libretto

CHARLES PALLISER

LE QUINCONCE, V

Le Secret des Cinq Roses

roman

Traduit de l'anglais par
GÉRARD PILOQUET

libretto

Titre original :
The Quincunx
The Inheritance of John Huffam

ISBN : 978-2-36914-168-6

Né en 1947 à Boston aux États-Unis, Charles Palliser a vécu en Angleterre dès l'âge de huit ans et est diplômé d'Oxford. Ce professeur de littérature dans une université écossaise devint célèbre en 1989 en publiant chez un petit éditeur d'Édimbourg, dont il fit aussitôt la fortune, un premier roman au titre mystérieux : *Le Quinconce*. Fruit de plus de douze années de travail, cet ensemble de mille cinq cents pages est traduit dans le monde entier.

LIVRE CINQUIÈME

LES MALIPHANT

PREMIÈRE PARTIE

EN DE MAUVAISES MAINS

I

Si vous saviez avec quelle délectation je me représente la débâcle de la Vieille Classe pourrie ! Dans leurs vêtements de nuit, voyez se hâter Lady Mompesson et Sir David, tandis qu'à leur suite la cohorte des valets affolés se bouscule et pousse des clameurs ; Joseph commence à faire de la lumière, mais quand les maîtres se ruent au Grand Salon, ils l'en chassent, ainsi que les subalternes : vite, qu'on réveille un médecin, qu'on prévienne la garde ! À l'autre bout de la pièce gît une forme que scrute, à quatre pattes, Mr Thackaberry. La chiche clarté que répand le manchon de l'unique lampe allumée montre sur le superbe tapis d'Orient une tache sombre qui va s'élargissant.

– Vérifiez si tout est là, jette Lady Mompesson.

Sir David enjambe le corps et fond sur la cache ; mais tout aussi vite, il fait chemin arrière et vient murmurer à sa mère :

– Il a disparu ! À première vue, c'est tout ce qu'on a pris, ajoute-t-il, horrifié.

– Qu'est-ce qui a disparu ? demande-t-elle.

Devant l'intense désarroi de son fils, qu'elle peut lire sur ses traits, elle désigne le corps du regard.

– Fouillez-le ! ordonne-t-elle d'un ton impérieux.

Sir David s'agenouille à côté de Mr Thackaberry, qui a entrepris d'ouvrir la redingote du blessé.

– Je m'en occupe, sir, déclare le majordome. Vous saliriez votre beau linge. Ah, l'immonde crapule ! D'abord les loyers de Hougham, et à présent… ! Vraiment, il ne mérite pas que vous leviez le petit doigt pour lui.

– Ôtez-vous de mon jour, imbécile ! lui lance Sir David.

Avec tout le restant de dignité que lui concède sa tenue, chemise et bonnet de nuit, le majordome se relève et s'écarte pour laisser le maître inspecter les poches de la victime.

– C'est là, il n'y a pas à dire ! s'écrie Sir David, qui se remet à chercher fébrilement.

Il ne trouve pas davantage. Pour mieux l'apostropher, le voilà nez à nez avec Mr Assinder :

– Dis, qu'en as-tu fait ?

Mr Thackaberry regarde tour à tour les deux maîtres :

– Monsieur et milady me pardonneront, mais il me semble que Mr Assinder est…

– Ce ne peut pas être ailleurs que sur lui ! crie Sir David, exaspéré : il a été atteint par le coup de feu dès l'ouverture !

– Eh bien, c'est qu'il avait un complice, déclare sa mère.

Sir David se remet debout.

– Rassemblez tout le personnel, immédiatement, ordonne-t-il au majordome. Que chacun soit fouillé ! Qu'on cherche au corps, qu'on regarde dans les malles, partout !

– À vos ordres, monsieur. Mais si quelque chose a été dérobé, je crains qu'il ne soit maintenant trop tard. Plusieurs serviteurs sont sortis pour aller chercher du secours.

– Tant pis. Faites ce que je vous dis. Il manque un papier important.

Le majordome s'empresse d'obéir ; à peine a-t-il quitté la pièce que Lady Mompesson se tourne vers son fils :

– Surtout, lui recommande-t-elle, pas un mot sur la nature du document ! Nul ne doit même soupçonner son existence !

– S'il venait à tomber en de mauvaises mains… fait son fils.

Un frisson le retient d'aller au bout de sa pensée.

– Impossible. Un des serviteurs qui était d'intelligence avec Assinder a dû le voler par erreur. Pour moi, c'est Vamplew : je les ai surpris en plein conciliabule. Quand il verra ce que c'est, il le détruira. La portée de cette pièce le dépasse, voyons.

– N'empêche, mère, que c'est la seule chose qu'ils aient volée ! Comme si c'était précisément cela qu'ils cherchaient !

– C'est en effet fort inquiétant, reconnaît Lady Mompesson. Et cela donne à entendre que j'avais raison de soupçonner Assinder d'œuvrer pour le compte de nos ennemis. Ah, si seulement le jeune Huffam pouvait être encore vivant ! Car si jamais on le déclare décédé, Silas Clothier héritera sur l'heure.

– Il est vieux. Qu'arrivera-t-il si c'est lui qui meurt le premier ?

– À moins que nous ne retrouvions le testament, c'est à l'héritier Maliphant que reviendra la succession, aux termes du codicille.

Quelques minutes plus tard, nul, dans la domesticité, ne manque à l'appel (bien entendu, personne ne se rappelle le marmiton). Mr Vamplew prend fort mal qu'on ait pu le tirer du lit pour lui infliger pareil camouflet : comment ! l'agréger au gros de la valetaille ! Mr Thackaberry, aidé de la garde, procède à une fouille réglée. (L'un des valets de pied – Edward, si je ne me trompe –, perdu de boisson, refuse hargneusement de se laisser faire, si bien que les gens d'armes doivent le maîtriser à force ouverte.) Mais si plus d'un, à sa courte honte, est démasqué pour avoir dissimulé sur lui ou dans ses affaires le produit de menus larcins – bouteilles de vin, pièces d'argenterie, linge –, de document, point.

La matinée est très avancée quand l'une des filles de l'office demande soudain où a bien pu passer Dick, le marmiton.

II

Je n'étais pas encore sorti de la ruelle plongée dans le silence qu'une seule idée me hantait : pourvu que je n'eusse personne à mes trousses ! Quelques pas me suffirent à mesurer l'épaisseur d'ouate du brunâtre brouillard givrant. Quelle heure pouvait-il être ? Je n'avais pas même la latitude d'interroger le soleil, invisible : la pauvre clarté de la brume en tenait lieu, qui semblait de ses doigts moites faufilés sous mes minces vêtements me palper de pied en cap. Quand j'eus pris un peu de distance, je constatai que machinalement je m'étais dirigé vers l'est. Une soudaine bouffée d'exaltation m'envahit : quel bonheur que de me retrouver à l'air libre, mon but atteint ! Mais quand, la tête froide, je pus me pencher à loisir sur ma situation, force me fut de déchanter. Certes, j'étais en possession du testament : comme pour me rassurer, je pressais contre mon flanc son enveloppe, dévoré du désir de la défaire et de lire le document, mais incapable de franchir le pas. À quel prix pourtant m'en étais-je rendu maître ! Et j'avais tout à craindre non seulement des Mompesson, mais encore et surtout de Silas Clothier. Oui, en voilà un qui ne négligerait rien pour le détruire… et me supprimer moi aussi !

Mon premier mouvement m'aurait dirigé chez les Digweed, sans l'information fournie par Joey ; du moment que Barney avait posté un homme à lui à proximité, leur maison m'était interdite. Si encore Joey avait eu le temps de me louer un gîte, j'eusse pu m'y rendre directement et m'y mettre en sûreté. Mais pour le moment j'étais bel et bien à la rue, et totalement démuni. Il ne ferait jour que dans quelques heures et, vêtu comme je l'étais, sans manteau, je cuisais sous la morsure du froid.

Pour me tenir chaud j'avais marché d'un bon pas, qui m'avait vite amené à Regent Street. À cette heure matinale le trafic était réduit, et les piétons rares. J'avisai, sur un angle du Quadrant, l'étal d'un marchand de pommes de terre cuites ; j'allai droit vers son brasero rougeoyant et m'en tins quelque temps le plus près possible pour profiter de ses bienfaits.

Durant cette halte, je rencontrai deux femmes parées de ce qui avait été autrefois du linge fin. L'une grelottait, et l'autre partit d'un rire forcé.

– Tu vois, moi, j'ai pas froid, Sal, fit-elle. C'est la vertu qui me tient chaud !

J'avais tant besoin de chaleur que je m'approchai encore un peu. À présent, tombereaux et charrettes à destination du marché de Covent Garden se faisaient plus nombreux, et, en troupeaux serrés, moutons et bovins prenaient le chemin de Smithfield. Ensuite, ce fut un détachement de la garde à cheval qui s'en revenait d'une ronde dans les faubourgs. Puis des ouvriers passèrent, qui se rendaient au travail ; ce n'était pas encore l'heure des employés de la City : je me souvenais bien de mon savoir acquis lors de ma brève carrière de marchand ambulant…

Je ne pourrais guère me mettre à l'abri qu'en produisant le testament devant la Haute Cour de la Chancellerie : attenter à mes jours perdrait alors de son sens et deviendrait plus risqué. Mais pour l'instant, faute d'avoir pu me faire connaître, et passant même pour disparu, il m'était malaisé de me défendre. En outre, vêtu comme je l'étais, je n'avais pas la moindre chance, ainsi que Miss Lydia me l'avait fait observer, d'être autorisé par les huissiers à franchir ne fût-ce que le seuil de la conciergerie, moi qui étais décidé à ne remettre le document qu'entre les mains d'un haut magistrat, et devant témoins : ne m'avait-elle pas averti de la présence d'un affidé des Mompesson au sein même du parquet de la Haute Cour ?

Restait Henry Bellringer, le demi-frère de Stephen Maliphant. Je l'avais vu au tribunal, et je savais qu'il était amené à fréquenter la Chancellerie. Il s'était montré affable à mon égard – aussi affable que les circonstances le lui permettaient – et, quand j'avais parlé à Miss Lydia d'un ami, c'était à lui que je pensais. Je me déterminai donc à prendre son conseil.

Il était encore trop grand matin pour songer à lui faire visite ; je passai donc le temps à arpenter les rues pour me réchauffer, en prenant bien garde au verglas qui rendait les trottoirs glissants, et m'offris le spectacle de la ville qui sortait péniblement de son sommeil par cet âpre et brumeux petit matin hivernal.

De dessous le comptoir des boutiques, des commis quittaient leur paillasse gelée pour allumer les becs de gaz, dont la flamme chancelait dans la brume qui allait s'épaississant. Puis ils entreprenaient d'ôter les volets, soufflant dans leurs mains gourdes de froid, que devait endolorir le toucher du bois et du fer. À présent les allumeurs de réverbères parcouraient les rues pour étouffer les lampes qui répandaient de petites flaques de lumière dans le brouillard compact. Quand on croisait des travailleurs qui marchaient d'un pas vif, on pouvait imputer leur célérité moins à l'empressement qu'au besoin de se réchauffer et de se retrouver vite à l'abri du froid. Autour de Leicester Square, des groupes de jeunes messieurs bien mis menaient grand tapage ; ils rentraient de la fête.

III

Instruit par l'expérience, je jugeai plus prudent, en arrivant à Barnards Inn, de ne pas me présenter au portier, et j'attendis pour me faufiler que son attention fût détournée par quelque personne de la maison venue lui laisser ses ordres.

Après avoir traversé les deux cours, je grimpai aux mansardes et, franchissant la porte ouverte du palier, j'allai frapper à celle de l'intérieur.

Au bout d'un moment, Henry vint ouvrir. Il n'en revenait pas : moi ici ! Il était le même, à part sa tenue – robe de chambre en chintz imprimé, bonnet de nuit de velours à pompon doré et babouches.

– Vous vous souvenez de moi ? demandai-je, songeant que deux années s'étaient écoulées depuis la dernière fois qu'il m'avait vu.

Son regard joyeux me rassura.

– Quelle question, John ! s'exclama-t-il. C'est vous qui m'avez appris le sort de ce pauvre Stephen ! Ravi de vous revoir, très cher.

Il m'introduisit et referma la porte. La pièce, beaucoup plus accueillante, comptait désormais un sofa neuf, une seconde table, un tapis d'Orient aux couleurs vives et plusieurs tableaux. Je l'avais interrompu alors qu'il s'apprêtait à prendre son déjeuner, car dans une poêle posée sur un trépied grésillaient trois tranches de lard et deux rognons. À leur vue… et plus encore à l'odeur qui s'en dégageait, je ressentis une crampe au creux de l'estomac.

Henry dut le remarquer, car il tint absolument à me faire prendre place à la petite table, qu'il débarrassa du capharnaüm qui l'encombrait, livres en tas, papiers, plumes, porte-plume et autres objets en vrac ; cela fait, j'eus beau m'insurger, il ne voulut rien entendre et me servit ce qu'il venait d'accommoder à son propre usage.

Alors, dans les minutes qui suivirent, sous l'œil perplexe de mon hôte, je me livrai, sans dire un mot, à une éhontée et vorace mastication.

– Bigre ! fit-il. On jurerait que vous n'avez rien avalé depuis une semaine !

Devant l'insatisfaction qui malgré moi s'affichait sur mes traits quand j'ingurgitai les dernières bouchées, il me coupa deux tartines de pain, qu'il prit la précaution de griller et de beurrer, puis fit chauffer du café pour nous deux.

– Mais je vous dérange… dis-je en me jetant dessus. Il est encore fort tôt, non ?

Il tira de sa poche une montre d'argent du meilleur goût.

– Huit heures moins vingt-cinq.

– Ah, bon ! J'aurais pu arriver de plus grand matin, mais je craignais de vous réveiller.

– De plus grand matin ? Sapristi ! Seriez-vous resté debout toute la nuit ?

Tout en continuant à jouer des mâchoires, j'opinai de la tête.

– C'est vrai ? Eh bien, je suis curieux d'en savoir la raison, déclara-t-il.

– Je vais vous le dire.

Voyant que je n'avais pas laissé une miette de son déjeuner sans pour autant m'être repu, il me servit une imposante tranche de cake aux fruits destinée à accompagner mon café.

– M'avez-vous reconnu, l'autre fois, à Westminster ? demandai-je. Je vous ai aperçu à la Haute Cour de la Chancellerie…

– Quand était-ce ?

– Il y a deux ans. Peu après ma visite chez vous.

– Et qu'y faisiez-vous ?

– Ah !... c'est une longue histoire. Mais il faut que je vous la dise. Je ressens le besoin de m'ouvrir à quelqu'un.

– Vous savez que vous pouvez me faire une entière confiance, mon garçon. Ne serait-ce qu'en mémoire de cet infortuné Stephen. Mon seul souhait est de me racheter : plus d'une fois le remords m'a pris de vous avoir laissé partir sans rien faire pour vous, mais à l'époque je tirais le diable par la queue.

– Je pense que vous pourrez m'aider. Êtes-vous compétent en matière de Chancellerie ?

– Et comment ! C'est là que j'effectue mon stage.

– Cela passe tout ce que j'avais espéré !

– Je suis l'un des « Soixante » ; entendez, expliqua-t-il, l'un des dix qui travaillent pour chacun des « Six ». (Bien entendu, ces magistrats ne sont pas six, ni leurs secrétaires soixante...) J'espère bien qu'un jour je serai moi aussi l'un des Six. Mais je suis sûr que ces détails vous assomment ; aussi, mon vieux, venons-en au fait : quelle est votre arrière-pensée ? Vous me semblez rudement mystérieux.

– Je tombe de sommeil, dis-je.

Tout épuisé que j'étais, je me trouvais l'esprit étrangement prompt, tenu en éveil par une lucidité presque douloureuse.

– En ce cas, dormez tout votre soûl. Vous me raconterez votre histoire après.

– Non, je veux vous la dire avant.

Aussi le reste de la matinée se passa-t-il pour moi à lui donner les éclaircissements nécessaires : il apprit ainsi que j'étais l'héritier Huffam et que j'avais en ma possession un testament qui durant fort longtemps avait disparu, et qui dissiperait tous les doutes. Il se dit stupéfait de l'apprendre, ajoutant qu'il savait à quoi s'en tenir sur ce procès particulièrement ignoble, de l'avis général. Quand je lui expliquai comment j'étais rentré en possession de l'acte, il me félicita d'avoir agi avec tant d'audace et d'astuce. Enfin, je le convainquis du grand péril que je courais désormais.

– J'ai donc besoin qu'on m'aide à produire la pièce devant la cour, dis-je pour conclure. Je suis en mesure de vous honorer, car la vieille demoiselle dont je vous ai parlé m'a fait don de certaine somme que j'ai confiée à des amis.

– Ne me parlez pas d'argent ! protesta-t-il. Ce serait pour moi un honneur que d'actionner pour vous sans me faire rétribuer. Ce qui montre, soit dit en passant, que je dois être un bien piètre avocat ! Mais j'ai cru comprendre que, ce document, vous l'aviez sur vous.

J'écartai les revers de mon veston pour lui faire voir le paquet suspendu à mon cou.

– Et vous n'en avez même pas encore pris connaissance ! Bien. La première chose à faire, c'est de le lire, fit-il.

Tandis qu'il dégageait un coin de la table, je retirai le document du sac pour le dérouler. Puis je m'assis près de Henry, qui le parcourut rapidement.

– Ciel ! Mais tout semble en bonne et due forme ! Autant que je sache, cette pièce met un terme à l'un des plus longs procès de l'histoire d'une institution complexe et tortueuse. Je vois déjà la mine des défenseurs des parties adverses quand le juge aura ce testament sous les yeux !

Il rit et, me voyant peu familier avec l'écriture des actes juridiques, il me lut le passage se rapportant à la succession : le domaine reviendrait à « John Huffam, nouveau-né, et aux hoirs de sexe masculin ou féminin par lui procréés ».

– Et puis, ajouta-t-il en examinant de plus près le texte, il est authentifié par la signature de témoins…

Il reposa le document sur la table.

– Eh bien, voilà qui est tout simple, fit-il d'un ton pondéré. Avec cela, je ne vois pas comment la Chancellerie, quel que soit son goût pour l'imbroglio et l'entortillage, pourrait bien trouver des chicanes et compliquer encore cette affaire, mon garçon.

Ces mots à peine prononcés, une grande fatigue me submergea. Tout se passait comme si, enfin advenu ce moment que j'avais appelé de tous mes vœux, la force qui me soutenait depuis si longtemps se dérobait tout à coup.

– Il faut que je dorme, dis-je.

– C'est ce que vous allez faire. Pendant ce temps, je vais étudier plus attentivement cet acte et décider de la méthode.

Il s'était exprimé avec un regard si rayonnant, une expression si franche, que j'eus honte de sentir monter en moi à mon corps défendant une grande hésitation à me dessaisir du document. J'étais sur le point de le prier instamment de me le restituer après examen, quand il perçut mes réticences.

– Non, dit-il, vous avez tout à fait raison, jeune homme. Ne le perdez pas de vue un instant. Nous le regarderons ensemble à votre réveil.

Il me tendit l'acte, que je repris avec beaucoup de gêne. Étais-je donc devenu méfiant au point de ne plus accorder ma confiance à quiconque ?

– Il me vient une idée, fit-il en me souriant. Ma chambre à coucher sera atrocement froide. Pourquoi ne dormiriez-vous pas ici, sur le sofa ? Vous ne me dérangerez nullement.

Je le remerciai, et il tira le sofa vers l'âtre.

– Voilà, vous serez près du feu. Je remettrai tout en place plus tard.

– Mais il est contre la porte, protestai-je. Vous ne pourrez pas sortir !

– C'est sans importance, me dit-il gaiement. Je n'ai aucun rendez-vous.

Je continuais à prendre sur moi pour ne pas lui révéler que ma méfiance n'avait toujours pas rendu les armes, mais l'occasion m'était offerte de faire amende honorable maintenant que je pouvais dormir sur mes deux oreilles, puisqu'il ne pourrait quitter la pièce sans m'éveiller.

– Pourriez-vous l'examiner pendant que je vais dormir? demandai-je.

– Oui, c'est une bonne idée.

Je lui remis le testament et m'allongeai sur le sofa. La matinée tirait à sa fin mais le brouillard s'était encore épaissi, et seule une pauvre clarté jaunâtre perçait au travers des petites vitres sales. La dernière vision que j'eus, avant de sombrer dans le sommeil, fut celle de Henry qui, assis à la table, prenait d'abondantes notes.

IV

Je dormis d'un sommeil sans rêves. Je m'éveillai un instant, à la faveur duquel je pus, l'esprit encore à demi obnubilé, contempler Henry qui me tournait toujours le dos. Quand je finis, tout désorienté, par sortir pour de bon de mon assoupissement, je sentis que ma tête effleurait un objet: c'était l'étui, et le saisir me replongea instantanément dans la réalité. Je levai les yeux; Henry, de sa place qu'il n'avait pas quittée, détourna les siens. Je ne pus m'empêcher d'ouvrir le paquet. Non, jamais ladre mirant son or ne fut ravi au septième ciel comme je le fus moi-même par ce testament contemplé. Quand enfin je dressai la tête, mon regard rencontra le sourire de Henry qui justement s'était retourné, et l'idée qu'il m'avait vu faire sans me juger m'empourpra. Sautant du lit, je lui demandai:

– Alors, quel est votre sentiment?

– Votre cause est inattaquable, car les clauses de la succession sont on ne peut plus explicites. Si la pièce est authentique, ce dont je ne doute pas un instant, elle supplante la précédente. À cet égard, la loi ne stipule aucune réserve.

– Cette affaire doit vous agiter tout autant que moi, remarquai-je.

– La perspective de voir se conclure cet interminable procès me coupe le souffle, fit-il.

Ce n'était pas une façon de parler : le sourire cachait mal son haleine courte.

– Mon cher John, poursuivit-il, il ne vous reste plus à présent qu'à obtenir de la cour qu'elle rende une ordonnance vous reconnaissant l'héritier de plein droit du domaine, et avant peu vous serez le propriétaire de Hougham. Puis-je être le premier à vous en féliciter ?

La chaleur, la cordialité qu'il mit à me serrer la main me bouleversèrent.

– Cela dit, il est encore une barrière au moins à franchir, fis-je observer.

Je l'instruisis des doutes qu'avait soulevés le mariage des parents de mon grand-père, et qui avaient étayé chez nos ennemis la thèse disqualifiant ce bâtard comme héritier. Henry convint qu'il y avait là matière à retarder l'issue. Je lui fis part, cependant, de mon optimisme sur ce point, sans lui révéler pour autant que ma conviction reposait sur les informations fournies par Miss Lydia concernant le mariage célébré dans la chapelle du Vieux Manoir.

J'étais resté si longtemps à me reposer que le crépuscule d'hiver déjà revenait, hâté par un brouillard plus épais que jamais. Le sofa retrouva sa place, et nous la nôtre devant le feu, après quoi le souper fut servi : quelques pommes de terre accompagnaient deux petites tranches de bœuf achetées la veille. Mon hôte, qui se répandait en excuses sur sa médiocre hospitalité, tint à sortir et à déboucher en mon honneur une bouteille de bordeaux, dont un verre chacun nous suffit pourtant.

– Voici ce que je vous propose, me dit-il après le repas : je vais de ce pas trouver, à son domicile, un haut magistrat de la

Chancellerie. Sous le sceau du secret, je lui livrerai cette seule information : un document de première importance vient d'être mis en lumière, et la partie qui le détient entend ne le lui remettre qu'en main propre, en présence d'un témoin, moi en l'occurrence. Je le convaincrai de la nécessité de ne rien ébruiter et lui proposerai un rendez-vous à trois, dès demain, en ce même endroit privé, où il recevra de vous le testament. Qu'en dites-vous ?

J'acquiesçai d'un mouvement de tête et, ne trouvant pas sur-le-champ les mots qui lui auraient exprimé ma gratitude, je lui pris la main pour la serrer chaudement.

– Plaise au ciel que tout se passe bien, dis-je lorsque enfin je me fus ressaisi. Je ne me sentirai en sûreté qu'après le succès de cette démarche. Pourquoi, sur vos instances, ne nous recevrait-il pas dès ce soir ? J'aimerais tant ne pas vivre une journée de plus avec ce fardeau sur mes épaules !

– Mon brave, déclara-t-il, un délai d'un an passerait aux yeux d'un magistrat de la Chancellerie pour de la précipitation… Mais bon, je vous promets de faire l'impossible. Vous êtes ici en sûreté, et je crois superflu de vous recommander de n'ouvrir à personne en mon absence.

Pareille idée me fit frémir.

– Tenez, reprit-il en mettant son manteau et son couvre-chef, profitez-en pour prendre connaissance des précédents que j'ai trouvés. J'ai glissé des signets aux références.

Il prit congé, et ce n'est qu'après avoir barré derrière lui la porte du palier, puis fermé à clé celle de son domicile, que je me sentis assez rassuré pour dérouler, assis devant l'âtre, le testament et me mettre à le lire. Par une de ses clauses était léguée « au sieur Jeoffrey Escreet » en tout et pour tout la somme de cinquante livres, ce qui était en contradiction avec ce que je me rappelais des carnets de ma mère : aux termes du testament original c'était la maison de Charing Cross qui devait lui revenir. Ce détail pesait-il lourd ? Après avoir lu et relu le testament, je me penchai sur les ouvrages que Henry m'avait conseillé de consulter. Dans la mesure où ils me parurent clairs, les arrêts significatifs versaient du baume sur mes plaies.

V

Nul ne se montra. Il y avait bien eu des bruits de pas dans l'escalier, mais personne n'avait dépassé l'étage du dessous pour s'aventurer jusqu'aux combles et encore moins frapper chez Henry.

Ainsi donc, on ne pouvait rêver meilleur épilogue, et il ne me restait plus qu'à attendre le moment d'entrer en possession de mon héritage !

Pourtant, au bout de deux bonnes heures d'horloge, l'inquiétude finit par me gagner. Il n'avait pas fallu tout ce temps-là à Henry pour effectuer sa démarche auprès du magistrat, tout de même ! Ma confiance était-elle bien placée ? Sinon, n'aurais-je pas intérêt à prendre la fuite sans tarder ? N'allais-je pas le retrouver accompagné de Barney ? Était-ce seulement plausible ? Non, n'est-ce pas, puisque Henry, ni de près ni de loin, n'avait de lien avec ceux que mon histoire avait croisés.

Enfin, la soirée était fort avancée quand j'entendis gravir les marches. Je sursautai. Celui ou celle qui montait possédait une clé ouvrant la porte palière de chêne… Mais bientôt, à mon grand soulagement, résonnait la voix de Henry qui me priait de déverrouiller de l'intérieur.

Il entra tout d'un pas dans la pièce, radieux, les bras chargés de paquets qu'il déposa sur le sofa avant de se défaire de son manteau.

– Tout est arrangé ! s'écria-t-il. Nous irons voir tout à l'heure mon supérieur. Oui, dès ce soir. Chez lui !

– À la bonne heure ! dis-je.

Et pourtant, quelque chose en moi s'étonnait de la longueur de cette course.

– Attendez ! reprit-il, haletant. Donnez-moi le temps de reprendre mon souffle. J'ai du brouillard plein les poumons. Il est si épais qu'il faut marcher à petits pas, comme un aveugle. Si, si, je vous l'assure.

Il accrocha son couvre-chef et son manteau à une patère, puis m'adressa un sourire épanoui :

– Que je vous dise : je me suis arrêté à Oxford Market, et j'en rapporte deux bouteilles de vin, une paire de pâtés en croûte et un plum-pudding.

Il se mit en devoir de préparer le tout : le solide fut posé à réchauffer sur la grille de l'âtre, et le liquide bientôt débouché.

– Vous auriez vu la tête de mon supérieur tandis que je lui contais mon histoire ! fit-il. Vrai, je me suis bien diverti en le tenant en haleine. Ce n'est pas tous les jours qu'un de ses jeunes clercs en sait plus long que lui. Il a ouvert de grands yeux en apprenant que l'affaire avait trait à la propriété d'un grand domaine et à la fortune d'une des familles les plus en vue du pays.

Il emplit nos deux verres avant de préciser :

– Il habite Harley Street, et il nous attend chez lui entre onze heures et minuit.

– Pas avant ?

– Mon cher John, quelle heure croyez-vous donc qu'il soit ? Plus de huit heures. Nous partirons dans l'heure qui vient. Mais ce qui m'a tant retardé, c'est qu'au retour, comme je passais par Great Titchfield Street, j'en ai profité pour m'arrêter chez un ami que j'ai là-bas.

– Vous avez eu fort à faire, en effet, dis-je, sentant mes soupçons s'apaiser.

– Il est sur le chemin. Nous allons donc nous mettre à table, et nous partirons sitôt qu'il arrivera.

– Est-ce à dire qu'il nous accompagne ? demandai-je.

– Précisément. Il m'a paru tout à fait souhaitable qu'un tiers assiste à notre entretien.

Il dut lire la méfiance qui se peignait sur mes traits, car il ajouta :

– Cher John, me dit-il, veuillez vous mettre ne serait-ce qu'un instant à la place de mon supérieur. Il voit, à une heure indue, débarquer chez lui un de ses subalternes, un novice de la basoche, dont la réputation – bonne ou mauvaise – n'est jamais parvenue jusqu'à ses oreilles ; ce jeune homme lui tient la jambe, pour lui annoncer quoi ? Qu'il héberge l'héritier d'une grande fortune, détenteur d'un testament disparu depuis des années et des années et qui va le rétablir dans ses droits. Je l'amène, et que voit-il arriver en guise de bienheureux successeur ? Soit dit sans vouloir vous offenser : un béjaune qui a encore beaucoup à faire pour que sa mise inspire confiance à un homme blanchi sous le harnois de la justice.

Il avait, pour me débiter ce compliment, adopté un ton si charmant que je lui pardonnai d'un sourire.

– En revanche, reprit-il, songez à ce qu'il pensera si nos deux gaillards se présentent accompagnés d'un personnage au-dessus de tout soupçon… en l'occurrence un ministre du culte, pas moins ! Convenez que l'affaire s'engage alors sous un tout autre jour, non ?

– Un ministre du culte ?

– Le révérend Charles Pamplin. Un excellent homme qui loge dans un douillet presbytère, au nord de Londres.

J'avais beau ne voir aucun inconvénient à ce renfort, je n'en demeurais pas moins tarabusté par un léger malaise.

– Et du point de vue qui est le nôtre, me fit observer Henry tout en disposant le couvert, il nous servira de témoin lorsque vous remettrez le testament à mon supérieur… Vous voyez bien qu'il n'y a pas lieu de vous inquiéter.

Nous fîmes honneur aux mets délectables que mon hôte avait rapportés, et notre souper fut des plus plaisants. Ou plutôt, pour reprendre le langage dont usa Henry, nous avions « rendu notre arrêt » sur les pâtés, et nous allions « prononcer » sur le pudding, lorsqu'on frappa à la porte.

Henry se leva d'un bond pour aller accueillir l'arrivant, qui entra en jetant sur la pièce un regard amusé et quelque peu condescendant. Je me levai à mon tour et il me tendit une main fine, parfumée et ornée de plusieurs bagues. L'homme était mafflu, et malgré sa petite trentaine avait déjà des bajoues. L'œil noir, très vif sous le couvert de lourdes paupières, vous fixait d'une façon nonchalante qui vous troublait, et l'on pouvait croire que, si ce qu'il contemplait lui était pénible à voir, plus pénible encore lui eût été l'effort déployé pour en détourner son attention. Il laissa choir sur mes chaussures un regard qui, languissamment, remonta jusqu'à mon visage. Il portait la barrette et un superbe manteau ; ses gants délicats étaient de chevreau ; quand il tendit le tout à Henry, comme à un vulgaire valet de pied, nous pûmes voir, sur une culotte blanche, une splendeur de pourpoint et des flots de dentelle s'échappant d'un gilet brodé.

De sa blanche main, dont je sentais la moiteur, il retint longuement la mienne :

– C'est donc vous, le jeune homme qui…

Me lâchant, il se tourna vers Henry :

– Mais je ne sais presque rien, sinon qu'il s'agit d'une affaire importante. Que de cachotteries, Bellringer ! Vais-je enfin pénétrer ces arcanes ?

– Du tout, Pamplin. Je vous trouverais bien plaisant d'aller vous en plaindre, homme d'Église que vous êtes, et, comme tel, orfèvre en matière de secrets !… Ce que je peux vous dire, c'est que je ne vous en dirai pas plus. Mais on a dû vous confier des choses plus incroyables encore, sinon vous ne seriez pas dans les ordres.

– Vous n'êtes qu'un maudit hérétique, Bellringer, et vous serez damné, je vous le promets, répondit le pasteur d'un ton affable.

– Tenez votre langue, Pamplin, sinon vous allez ruiner le rôle qu'on attend de vous voir remplir ce soir. Votre attitude doit se porter garante de votre respectabilité. A-t-on jamais vu gueux avaliser la dette d'autrui ?

Il prit place à la table pour servir du porto à la ronde.

– Nous ne devons plus tarder à partir, fit-il.

– Fichue nuit pour sortir, déclara le révérend Pamplin. J'exige le coup de l'étrier, sans quoi vous ne me ferez pas redescendre votre satanée échelle de meunier.

À ce vin lourd, vrai sirop à mon goût, les deux messieurs, et en particulier le ministre du culte, s'abreuvèrent tant et plus, sans en subir d'effets visibles.

– Ah ! j'allais oublier, fit l'ecclésiastique. Sir Thomas est de retour. Je l'ai vu hier soir au Crockfords [1], et il m'a remis un billet pour vous

– Ce n'est pas le moment, répondit Henry, qui me regarda en plissant le front.

– Mais, palsambleu, je n'ai rien dit de mal !

– Prononcer le nom de ce gentilhomme est en soi dommageable.

– Écoutez, Bellringer, fit courtoisement Mr Pamplin, n'attendez pas de moi que je prête l'oreille à des médisances que l'on pourrait répandre sur mon protecteur.

La conversation bifurqua, et, tandis que tous les deux s'entretenaient, je vis Mr Pamplin m'envelopper d'un regard songeur.

1. Cercle de jeu à la mode. *(Toutes les notes sont du traducteur.)*

DEUXIÈME PARTIE

PRIS DANS L'ARANTÈLE

I

Une fois de plus, il me faut vous ramener dans la vieille maison de commerce sise à proximité de l'appontement délabré. Le sieur Clothier, enfermé dans son bureau avec le clerc qui administre ses affaires, respire l'allégresse. Il se frotte les mains, laisse échapper un petit rire grinçant, puis esquisse quelques pas de danse sur le parquet. Le sieur Vulliamy l'observe ahuri, comme s'il se demandait ce qui peut bien mettre le vieux monsieur de si bonne humeur.

– Qui donc, monsieur Clothier, vous a rendu visite pendant que je soupais ? demande le clerc. J'ai croisé quelqu'un à mon retour…

– Ne te soucie pas de cela ! réplique le vieillard d'un ton allègre.

– J'avais pensé qu'il s'agissait d'un rendez-vous d'affaires, sans quoi je ne vous aurais pas posé cette question.

– Oui, mais une affaire bien précise… déclare le sieur Clothier, soudain moins aimable. Rien d'important.

– Vraiment ? Le soir, et par un brouillard pareil ?…

– Te voilà bien curieux ! s'écrie le vieux monsieur, qui

brusquement change de ton. Assieds-toi. J'ai quelque chose à te dire, mon vieil ami.

Il marque une pause.

– Depuis combien de temps travailles-tu pour moi, Vulliamy ?

– L'un dans l'autre, plus de trente ans, monsieur Clothier.

– Et… as-tu jamais douté de mes bonnes dispositions envers ta personne ?

Le sieur Vulliamy dévisage son patron :

– Pas depuis quelques années. Non, monsieur, c'est bien fini.

– Parfait, déclare le vieillard, qui pose sur le clerc un regard plutôt équivoque.

– Te souviens-tu de la *Pimlico and Westminster Land Company* ?

Vulliamy opine du chef.

– Je l'ai mise à ton nom, comme tu sais. C'est dire combien je me suis toujours fié à toi ! Bon, à vrai dire… et pour en venir au fait… les fâcheuses spéculations de la compagnie… Enfin, autrement dit…

– Si je comprends bien, monsieur Clothier, il se pourrait qu'on se saisisse de ma personne, en exécution d'un mandat d'arrêt, et qu'on m'emprisonne pour dettes en raison de vos pertes sur le marché des valeurs. C'est bien cela ?

– Allons, allons, ne vois pas tout en noir ! proteste avec indignation le vieux monsieur. Non, disons que si les choses tournent au pire – mais alors au pire, tu m'entends ? –, ne t'attends qu'à un petit séjour d'un mois ou deux sur les pontons.

– Et si je refuse de payer pour vous les pots cassés ?

– Refuser ? Comment ça, refuser ! se récrie le vieillard, qui maintenant n'a plus rien d'affable. Écoute-moi bien : en ce cas, avec les effets bancables que tu m'as signés, je peux te dire que j'ai les moyens de t'offrir une prolongation de villégiature. Tandis que, si tu acceptes de me rendre ce service, tu verras de ta cellule avec quelle générosité je saurai vous gâter, toi et ta famille.

– Oui-da, ce point, je ne le discute pas ! déclare le clerc-gérant, d'une voix si lourde de sous-entendus que le vieillard en demeure interdit.

Au même instant on entend cogner à la porte d'entrée.

Peu après, le commis, la mine défaite, se rue dans la pièce sans même frapper.

– Monsieur Clothier ! s'écrie-t-il. Le bailli ! C'est le bailli et ses hommes !

Laissant là son patron encore abasourdi, le sieur Vulliamy se lève brusquement pour gagner le premier bureau.

– Messieurs, bien le bonsoir, fait-il. Je crois que c'est moi que vous venez chercher.

– Voilà qui est fort aimable, monsieur, déclare le bailli. Ah, si tous nos clients faisaient preuve d'autant de bonne volonté !...

Tandis que le sieur Clothier se tient sur le seuil du Saint des Saints, Vulliamy s'en remet à la garde des officiers de police, et c'est un homme parfaitement calme qu'on emmène. Sur le point de sortir, il adresse à son bienfaiteur un si étrange regard que le vieillard, tout pâlot et quelque peu mal à l'aise, en reste pantois.

II

Peu avant dix heures, Henry se leva de son siège.

– Allons-y, dit-il, si nous ne voulons pas nous mettre en retard.

Il ouvrit une fenêtre :

– Bigre, annonça-t-il en poussant un volet, on n'y voit goutte ! Le brouillard s'est encore épaissi.

– Et si nous remettions à demain ? suggéra Mr Pamplin.

– Hors de question ! répondit Henry d'un ton catégorique.

– Mais il faudra des heures à une voiture de place ! Et encore, à condition de trouver un cocher qui accepte de s'aventurer si loin !

– Vous l'avez dit, déclara Henry ! Aussi prendrons-nous nos jambes, qui nous conduiront plus vite et plus sûrement.

– Plaît-il ? Mais c'est de la folie ! s'écria Mr Pamplin. Jamais je n'accepterai de parcourir une si grande distance à pied par une nuit pareille.

– C'est pourtant bien ce que nous allons faire. Je connais le chemin, et je trouverais la rue les yeux fermés.

– Puisque vous y tenez… fit l'ecclésiastique de mauvaise grâce.

Il se saisit de la carafe pour se servir un autre verre, qu'il but d'un trait en se levant.

Henry se munit d'une lanterne, qu'il alluma. Puis il me remit un manteau, et, une fois tous trois équipés contre le froid, nous nous mîmes en route.

À peine franchie la sortie de la cage d'escalier, je faillis être suffoqué sous le choc de cet air âcre qui nous assaillit dès la cour. Il était si lourd de fumées de charbon que je crus entrer dans une pièce dont la cheminée refoule. Nous ne voyions qu'à quelques pas devant nous, et, quand nous sortîmes de la bâtisse, le roulement des rares véhicules nous parvenait assourdi. Dans cette brume à couper au couteau, la lanterne ne répandait qu'une faible lueur.

– Je vais ouvrir le chemin, fit Henry lorsque nous fûmes dans la rue. Avançons comme les légionnaires des armées romaines, *haeret pede pes*, chacun collant aux talons de celui qui le précède. Restez derrière moi, John, car pour citer Ovide, *medio tutissimus ibis*… le plus sûr, c'est d'être au milieu.

– Si vous voulez mon avis, Bellringer, le latin ne s'accommode pas de ce froid de canard.

– Vous devriez être heureux, Charles, je vous voyais très bien en queue de peloton !

Mr Pamplin releva la pointe d'un grognement et nous nous mîmes en chemin. Je ne tardai point à perdre tout sens de l'orientation, mais Henry semblait parfaitement s'y retrouver, et il marchait en tête d'un pas assuré.

Après une enfilade de rues quasi désertes, nous en étions à dévaler un boyau pentu, quand je crus entendre à peu de pas devant nous marcher un autre groupe.

Je demandai à Henry de s'arrêter, et nous fîmes halte pour tendre l'oreille.

– Que diantre, Bellringer, fit Mr Pamplin. On pourrait nous occire ! Quelle idée, aussi, d'aller à pied, corbleu !

– Chut ! Taisez-vous ! lui ordonna son ami.

Nous tendîmes l'oreille, mais sans rien discerner de précis.

– Votre imagination vous joue des tours, John, me dit Henry.

Nous reprîmes notre marche.

Mais nous allions enfin déboucher de l'étroit passage quand, plusieurs silhouettes émergeant soudain derrière nous du brouillard, je sentis une main ferme se plaquer sur ma bouche et une prise m'enfermer les deux bras avec une force qui me rendait tout mouvement douloureux. Le brouillard et l'obscurité m'empêchaient d'y comprendre goutte, mais, au bruit, je devinai que Henry se défendait ; sa lanterne tomba comme on s'en prenait directement à sa personne, puis il s'affaissa à son tour, assommé, me sembla-t-il. Dès le début de l'échauffourée, Mr Pamplin avait disparu dans le brouillard. Je tentai de me débattre, mais un violent coup de poing dans les côtes me priva de respiration.

– Fouille-le, vite ! fit une voix près de moi qui me sembla familière.

Une main se glissa dans mes poches, sans rien y trouver. Je me félicitai d'avoir pensé à dissimuler le précieux document en le suspendant à mon cou.

– Rien ! J'ai rien trouvé ! déclara la voix, atrocement familière, de l'homme qui me tenait.

Je fus traîné jusqu'à l'extrémité du passage, et je compris que nous avions été les victimes d'une soigneuse machination. Brutalement soulevé dans les airs, j'eus à peine le temps d'apercevoir la portière de la voiture où l'on me jetait et sur le plancher de laquelle je me retrouvai étendu de tout mon long dans de la paille, aux pieds d'un homme assis.

– Joli travail ! fit ce dernier dans le noir.

Mon assaillant se tenait maintenant agenouillé au-dessus de moi, la main me bâillonnant toujours. Le dernier homme s'engouffra dans le véhicule, referma derrière lui et jeta au cocher l'ordre de rouler. Quand je reconnus mes deux agresseurs et le troisième homme qui nous avait attendus, je crus toucher le fond du désespoir : c'étaient le Dr Alabaster et ses deux aides, Hinxman et Rookyard.

III

Étendu sur le plancher du coche qui cahotait, Hinxman pesant sur moi de tout son poids, je versais des larmes d'humiliation qui ne devaient rien au péril où je me trouvais. Quoi, me disais-je, toutes ces tribulations en pure perte ! Pour me faire reprendre un testament que j'avais eu tant de mal à récupérer ! Pour abandonner tout espoir, quoi qu'il pût arriver, de me faire rétablir dans mes droits, d'obtenir justice et de faire rendre gorge à ceux qui avaient traité ma mère avec tant d'ignominie ! Comment se pouvait-il faire qu'une fois de plus je fusse tombé dans les rets de mes ennemis ? Comment étaient-ils parvenus à remettre la main sur moi ?

Clair était le sort qui m'attendait : enfermé de nouveau, je finirais à l'asile ce que le destin me laissait de jours à vivre, un asile dont il était vain de penser pouvoir m'échapper jamais. À quoi bon me débattre ou crier ? Il ne me restait que les yeux pour pleurer de rage et de chagrin, tandis que sous l'épais brouillard cheminait notre équipage, tout juste à la vitesse d'un homme au pas.

Pourtant j'avais dû me tromper quant à notre destination, car un quart d'heure ne s'était pas passé que la voiture, coupant à angle droit, emprunta, après ce quasi-arrêt, une rue en pente où elle dut encore freiner. Nous approchions donc du fleuve, dont les effluves salins envahissaient la brume. Puis nous fîmes halte, et, toujours sous ferme escorte, toujours incapable de me démener ou de crier, je fus tiré hors de la voiture et conduit jusqu'à une porte qu'on me fit franchir pour, une fois là, me précipiter à terre. Au-dessus de moi, une lampe à gaz m'éblouit un instant de son vif éclat.

Détournant mon regard, je vis un vieillard qui me dévisageait en souriant avec un air d'extrême curiosité. Ce vieil homme, je l'avais déjà vu quelque part. Mais où ? Et quand ? Les chairs blêmes, affaissées, il était de petite taille, et la maigreur de ses jambes, prises dans d'étroits hauts-de-chausse, ne faisait qu'accuser la rondeur de son ventre. Cette vieille perruque poudrée à frimas, chou-fleur fané sur son crâne chauve, ces mitaines noires, ce pourpoint sale et froissé, cette cravate de batiste jaunie, ces lunettes à monture verte de corne, ces chausses taillées dans une étoffe à carreaux, bref, tout dans sa mise contribuait à en faire une figure surannée.

– Compliments ! dit-il au Dr Alabaster avec un sourire, si toutefois il est possible de qualifier ainsi une bouche entrouverte, le bout de la langue appliqué sur la lèvre supérieure. Vous serez bien payé de la peine. Qu'on l'attache et l'emmène en bas !

Hinxman me lia les mains, puis, aidé de Rookyard, il me fit dégringoler deux volées de marches et me jeta dans une cave humide où de vieux foudres et des tonneaux vides s'alignaient contre les murs. Dire qu'elle sentait le moisi serait en dessous de la vérité : bien plutôt, son odeur évoquait les miasmes d'une vasière.

De nouveau je pris un contact brutal avec le sol, non loin d'une trappe ouverte qui semblait être l'abattant d'un puits, après quoi les deux hommes m'abandonnèrent dans le noir. Quelques minutes plus tard le vieillard descendait, une lanterne à la main, et, d'un pas de crabe, s'approchait. Quelle curieuse démarche ! Se penchant sur moi comme s'il examinait un vulgaire paquet, il ouvrit mon col et entreprit de me palper la nuque. Tandis que de la main il cherchait le cordon sur ma peau, je me demandais d'où il tenait que c'était précisément là ma cachette. Quand il eut découvert l'étui, il en sortit l'acte, qu'il alla déplier sous la lanterne ; il en dévora le texte, cependant que la lumière projetait derrière lui sur le mur suintant son ombre sautillante et démesurée. Alors, ayant fait coulisser le volet, il replia le testament, puis le présenta à la flamme.

Tel était le couronnement de ma peine ! Voilà où aboutissaient les épreuves traversées par la grand-tante Lydia pour un document qui lui avait coûté la vie ! Voilà comment s'envolait tout espoir de voir ma famille recouvrer son dû et obtenir réparation !

Maintenant il agitait de la main le document afin de le réduire en cendres. Cela fait, il les broya et les dispersa au-dessus de l'ouverture de la trappe, puis me regarda d'un air pensif. Du sol, la lanterne qui noyait d'ombre une partie de son visage l'éclairait suffisamment pour me fournir le mot de l'énigme :

– C'est vous que j'ai vu chez Daniel Porteous, le jour où j'étais malade ! m'écriai-je.

C'était bien ce vieillard qui avait traversé mon délire, me laissant incapable de dire ensuite, une fois la fièvre retombée, s'il m'était apparu en rêve ou en chair et en os.

Que je fusse en état de parler l'étonnait ; du moins c'est ce qu'on lisait dans son regard.

– Vous êtes le père de Daniel Porteous ! m'exclamai-je.

Alors seulement je tirai la conclusion de ce que je venais de dire :

– Vous êtes le père de Peter Clothier ! Si bien que vous êtes mon…

Ses traits se durcirent et je me tus. C'était donc lui l'ennemi de ma mère, mon ennemi. Celui qui avait été la cheville ouvrière de tous mes malheurs, de tous ceux de ma famille !

Il me fixa d'un œil perçant.

– Je ne vous suis rien, fit-il. Je suis le père de l'infortuné mari de votre mère.

Ajoutant une remarque sur ma mère, il alla extraire de sa poche un petit objet qu'il me tendit tout en y braquant la lanterne.

– Cette femme, fit-il.

Je regardai le médaillon auquel ma mère tenait comme à la prunelle de ses yeux et dont la perte l'avait tant attristée. Il contenait toujours l'anneau fait de deux boucles de cheveux entrelacées.

– Voilà ce qui m'a fait retrouver votre chère maman, dit-il. C'est grâce à cet objet qu'un des prêteurs sur gages que j'emploie a reconnu mon fils.

Ce disant, il tint pendant quelques instants le médaillon au-dessus de la trappe ouverte, puis le lâcha. Je crus entendre au bout d'un bref instant le bruit lointain et amorti d'un corps rencontrant la surface de l'eau. Était-ce le fleuve qui coulait sous nos pieds ? Je me souvins du jour où Joey et moi avions échappé à la marée montante en nous glissant sous les voûtes de soutènement d'un entrepôt, et je me demandai si, de nouveau, je ne me trouvais pas dans la proximité de Fleet Market.

– Pourquoi l'avez-vous acculée à la mort ? dis-je. Pourquoi tant de haine ?

– Que de questions ! répondit-il avec un sourire sinistre, pour ne pas dire un rictus.

– Répondez-moi ! Dites-moi la vérité !

– Soit, je vous révélerai ce que vous voulez savoir, fit-il, la bouche toujours déformée. Maintenant, cela ne peut plus faire de mal à personne, et nous avons un peu de temps devant nous : nous sommes encore à marée basse.

Qu'entendait-il par là ? Voulait-il me faire embarquer pour un exil ? La vue du médaillon, éveillant en moi de pénibles souvenirs, m'avait stimulé. Ma propre sûreté ne m'importait plus guère. Il me fallait savoir, quel que fût le sort qui m'attendait.

– Est-ce vous qui avez fait assassiner mon grand-père ? demandai-je.

– Non.

– Si, c'est vous ! Vous ! Vous qui avez payé quelqu'un pour le faire. Un dénommé Barney Digweed.

– Ce nom-là ne me dit absolument rien, affirma-t-il.

Fallait-il le croire ? M'étais-je totalement trompé en imputant le meurtre à Barney ? À vrai dire, je manquais d'indices, sinon d'arguments.

– Je ne vous livre que la vérité, mais vous ne voulez rien entendre ! me cria-t-il, comme soudain pris de colère. C'est votre mère qui a entraîné Peter. C'est elle qui est cause de tout. Et lui, il se croyait trop distingué pour accepter que son père ne fût qu'un honnête prêteur. Seulement, il avait la chance de profiter de mon argent, alors qu'il s'est prétendu scandalisé le jour où il a découvert que c'était au prix d'un dur labeur que lui avaient été payées et ses belles manières et les leçons apprises dans ses livres. Pourtant, je misais tant sur lui !… Mais il ne m'aimait pas assez, et c'est en pure perte que j'ai dépensé pour lui tout cet argent.

Tout en parlant, il avait attaché une forte corde à un anneau de fer fixé dans le mur.

– Et puis il a fait la connaissance de votre mère, et c'est elle et son père qui l'ont dressé contre moi. Pauvre garçon ! Comment vouliez-vous, tiraillé à hue et à dia comme il l'était par eux, qu'il s'en sortît avec toute sa tête ? Réfléchissez aux bonnes raisons qu'il avait d'en finir avec Huffam : c'était son intérêt. Et à elle aussi.

– C'est faux ! Vous insultez la mémoire de ma mère !

– Avec ses minauderies et ses ruses, elle a pris Peter dans ses filets pour le pousser à cet acte. Aussi sûrement que si elle avait tout tramé elle-même… Ah, maudite corde ! C'est bien trop long, mais tant pis… Moi, si Huffam mourait, je n'avais rien à y gagner. Au contraire, cette mort a monté Daniel contre moi. Contre son vieux père qui a travaillé toute sa vie pour faire de lui ce qu'il est et lui laisser une fortune ! C'est ainsi qu'il a changé de nom, en épousant une riche veuve. Il avait peur du scandale provoqué par le meurtre et par le procès. Il disait que nous pourrions continuer à traiter ensemble sans que personne sût que nous étions apparentés. Et c'est vrai, puisque c'est lui qui a persuadé sa maison de banque, *Quintard and Mimpriss*, de garantir diverses petites entreprises à moi. Mais il avait une autre raison d'agir ainsi. Entre-temps, ce qui n'était au début qu'un faux-semblant, le fait d'avoir rompu avec moi tout lien de parenté, est bel et bien devenu réalité.

Quintard and Mimpriss ! Bien sûr ! C'était la banque qui avait apporté sa caution à la spéculation immobilière dans laquelle le sieur Sancious avait conseillé à ma mère de placer ses avoirs. Je revoyais encore ce nom inscrit sur les lettres que l'avocat lui envoyait. Et plus tard, c'était ce même nom que j'avais entendu prononcer dans le prétoire comme étant celui de l'employeur de Daniel Porteous.

– Oui, aujourd'hui Daniel a honte de moi, reprit le vieillard. Exactement comme Peter autrefois. C'est injuste ! Tout ce que j'ai lui reviendra quand je mourrai. Les biens que j'ai à Londres, les terres de Hougham maintenant. Et pourtant il ne peut me cacher son mépris. Et sa fille, alors ! Son vieux grand-père n'est donc rien pour elle ? Quand j'entre dans la pièce, elle plisse son joli nez. Seulement, elle ne fera pas la fine bouche quand elle recevra sa part de mon argent. Ah, que non !

À présent, il attachait fermement autour de ma taille l'autre extrémité de la corde.

– Non, jamais je n'ai cherché à tirer vengeance de votre mère, fit-il. La seule chose que je voulais, c'était me voir rétablir dans mes droits. Les droits dont j'avais été dépossédé alors que je n'étais encore qu'un tout jeune homme. Les Huffam et les Mompesson avaient trop d'orgueil pour ne pas nous mépriser, mon père et moi. Seulement, ils avaient besoin de nous. Ah ! il fallait les voir accourir quand ils voulaient de l'argent, pour garder leurs grands airs, entretenir leur train de maison et rouler carrosse ! Ai-je jamais profité de rien de pareil, moi ? Et pourtant, j'aurais pu en faire mille fois plus.

– C'est pour vous faire rétablir dans vos droits, sans doute, que vous avez tué ma mère ! m'écriai-je. Que vous l'avez fait jeter dehors par Assinder afin qu'elle ne puisse rien révéler aux Mompesson !

– Ah ! vous savez cela ! Bon, qu'ai-je à craindre, si maintenant je vous dis la vérité ? Oui, je remets de l'argent à Assinder pour qu'il veille à mes intérêts. Et tout d'abord pour qu'il ait bien la certitude que ces canailles de Mompesson n'essaient pas de négocier leur actif avant que je mette la main sur le domaine. Mais je n'ignore pas qu'il détourne une partie de leurs fermages, et il se fera prendre avant longtemps.

– C'est vous qui l'avez précipitée vers la mort ! m'écriai-je.

– Elle s'était emparée du codicille que j'étais pleinement fondé à réclamer, et elle a voulu me dépouiller de mes droits !

Tout en me parlant d'une voix enflée de colère, il s'était mis à me faire ramper vers l'ouverture de la trappe.

– Ce n'était pas la seule raison ! répliquai-je. Pour que vous fussiez en mesure d'hériter, elle devait d'abord mourir. Tout comme moi…

C'était l'évidence même : il voulait me lâcher dans le puits où la marée me noierait ! Mais pourquoi cette corde ? Sans doute avait-il, pour une raison ou pour une autre, l'intention de remonter mon corps. Soudain je vis clair : c'était la preuve de ma mort qu'il voulait !

– Et Henry Bellringer ? demandai-je, hurlant de terreur. C'est aussi un de vos agents ? Comme Sancious et Assinder ?

– Cela suffit ! me répondit-il, essoufflé par l'effort.

Je me débattais autant que je pouvais, car j'étais fermement attaché, mais j'eus beau tenter de le repousser à coups de pied, il finit par me basculer sur le bord de l'ouverture. Par bonheur, je chutai tout debout ; quant à l'eau, glaciale, elle ne coulait guère qu'à cinq ou six pieds au-dessous du fond. Le vieillard brandit alors la lanterne, et examina le fond du puits avec une expression étrangement soucieuse. Puis il rabattit la trappe, et le noir absolu me recouvrit.

M'aidant des pieds, je réussis à me redresser ; je tentai en vain de me délier les mains, trop solidement attachées. Dans moins d'une heure, le flot me plaquerait contre le panneau de la trappe. Le vieillard l'aurait certainement verrouillée, ou bien pèserait dessus de tout son poids. À en juger par l'odeur fétide que j'avais respirée en entrant dans la cave, la marée devait probablement en envahir le sol. Je périrais noyé. Et à bref délai, si le froid en m'engourdissant m'empêchait de surnager. La mort ! Bientôt je serais mort. Et nul ne saurait jamais comment j'avais péri. Quel souvenir garderaient de moi Joey et sa mère ? Ne serais-je plus pour l'un et l'autre que celui qui avait conduit au trépas leur père et mari ? Que pouvais-je exiger d'autre ? J'avais tué Mr Digweed, et ce n'était pas d'avoir sauvé Joey d'une mort certaine qui rachèterait ma faute. Même si je l'avais fait au péril de ma vie.

Et tout à coup mon esprit s'éveilla ! Ne l'avais-je pas sauvé de la mort par noyade ? En le faisant passer sous une voûte immergée ? Et n'avions-nous pas repris pied dans une cave tout à fait identique ? Pourquoi ne serais-je pas aujourd'hui dans la partie supérieure d'une voûte semblable ? Une de ces voûtes, je m'en souvenais, séparées les unes des autres par des piliers que la marée submergeait ? Si tel était bien le cas, alors je pourrais gagner la voûte suivante en plongeant, puis grimper dans la cave voisine, comme nous l'avions fait ce jour-là. L'idée de réitérer l'exploit, attaché à une corde et les mains liées, m'emplit de frayeur. Mais que tenter d'autre ? Et si je n'agissais pas promptement, le froid paralysant ne me laisserait plus nul espoir de me tirer d'affaire. Mieux valait courir au-devant du danger que de l'attendre passivement.

La corde était longue, avait-il dit. Assez, peut-être, pour me permettre d'aller si loin. Mais sinon ? Je chassai cette idée et, la tête sous l'eau, me mis en quête, à tâtons, d'un passage sous l'arche : peine perdue ! Cette voûte n'était-elle pas bâtie de la même façon que celle d'où j'avais tiré Joey ? Je remontai à la surface pour reprendre mon souffle, avant de plonger de nouveau. Cette fois je trouvai la percée et m'y engageai en battant des jambes. Quelques brasses plus loin, je remontai. L'obscurité était totale. Mais au-dessus de moi il me sembla déceler un vide. Je poussai un petit cri, qui me revint en écho. Oui, c'était bien un vide. Assurément je me trouvais sous la voûte voisine ! Épouvanté à l'idée que la corde pût d'un instant à l'autre m'empêcher de progresser, m'apportant pour seul bénéfice d'avoir troqué le lieu de ma noyade, je palpai le mur, à la recherche de l'échelle, et, l'ayant trouvée, me hâtai d'y grimper. En quelques instants j'atteignis son dernier barreau. Restait la trappe. Je m'arc-boutai. Le panneau se souleva de quelques pouces. Redoublant d'efforts, je réussis à le pousser et, en aveugle, à me hisser sur le sol d'une cave ; je dus attendre de me mettre debout pour sentir se tendre la corde. Suffirait-elle à me préserver du flot ? Qu'y faire ? On verrait bien. Forcé à l'immobilité, je sentais l'eau me monter d'abord aux chevilles, puis aux genoux, à la ceinture... Étais-je inéluctablement voué à la noyade ? Les yeux grands ouverts dans le noir, le front brûlant de fièvre tant le froid était vif, je passais le temps à ressasser un souvenir de lecture : la mort de pauvres diables condamnés à être submergés dans un caveau d'Execution Dock.

Les heures s'écoulaient, qui me parurent des jours, des semaines. Devant mes yeux défilaient des scènes que j'avais vécues. Mes jeunes années à Melthorpe. Ma mère, Sukey, Bissett, Mrs Belflower. Jamais je n'avais rendu à Sukey l'argent qu'elle m'avait prêté ! Henrietta et les Mompesson. Henrietta ! L'avais-je aimée ? Et elle, m'avait-elle aimé ?

Tout à coup, la honte en moi monta : de ce que j'avais fait, et plus encore de ce que j'avais omis de faire. J'avais été si prompt à juger les autres ! Si enclin à reprendre ma mère à la moindre occasion ! Je n'avais pas voulu pardonner à ce pauvre bossu de Richard d'avoir trahi Big Thom, au temps de mon séjour chez les Quigg. Pourtant, je ne lui pardonnais pas davantage à présent. Je ne le pouvais pas. Mais je m'en voulais de ne pas m'être soucié un peu plus de Joey et de sa mère, et un peu moins d'être rétabli dans mes droits. Droits... Justice... Que signifiaient ces mots ? Je m'étais aveuglé sur moi-même. Mes raisons d'agir avaient été beaucoup plus intéressées que je n'avais voulu le croire. Si seulement il m'était donné de rester vivant, je me conduirais tout autrement. M'étais-je jamais dévoué à quiconque ? Je songeai à toutes les fois où j'avais fait pleurer ma mère : maintenant c'était moi qui versais des larmes, surtout quand je me rappelais quels soupçons j'avais nourris sur son compte. Ma mère, mon père. Mon grand-père... Quelle importance tout cela avait-il à présent ? Je compris brusquement combien nous nous ressemblions, cet horrible, ce pitoyable vieillard et moi : cette histoire qu'il m'avait racontée, marquée par le besoin de justice, la rumination du mal, l'évaluation perpétuelle de l'amour qu'on lui vouait, n'aurais-je pas pu m'en prévaloir moi aussi ? Toute cette hideur m'était familière. Si bien que je pouvais toujours prendre des engagements et des résolutions à n'en plus finir, qu'est-ce qui m'assurait que je ne serais jamais amené à les rompre ?

D'abord, je n'en crus pas mes yeux : il me paraissait que l'eau avait cessé de monter. Elle baissait, donc ? Oui, elle baissait ! Mais je n'étais pas tiré d'affaire pour autant. Encore me fallait-il retourner à mon point de départ, sans quoi jamais je ne pourrais me défaire de la corde qui me retenait. Retourner ! Étais-je donc voué à toujours revenir sur mes pas ? Ne serais-je donc jamais libre ? Combien de temps me restait-il à attendre ? Tout ce que je pouvais espérer, c'était que le vieux Clothier eût quitté la cave sans verrouiller la trappe. Plus je tardais, plus je risquais de l'y trouver, qui attendrait là le moment de hisser ma dépouille. Il fallait seulement que l'eau eût baissé jusqu'à marquer un niveau inférieur d'environ un pied à celui de la trappe, afin de me permettre de respirer tandis que je tenterais de soulever le panneau.

Sitôt que l'eau se fut retirée à suffisance, je m'agenouillai de manière à en effleurer de mes deux mains liées la surface, et, au moment que je jugeai propice, je plongeai : sous l'eau, je n'avais qu'à me guider sur la corde pour effectuer le chemin inverse. Quand je remontai, mes mains me renseignèrent sur l'emplacement de la trappe. Elle n'était pas verrouillée. Et pour cause : l'épaisseur de la corde la maintenait entrouverte ! Et comme aucune lumière ne filtrait par l'intervalle, j'en conclus que le vieillard n'était plus dans la cave. Mais, en essayant de soulever le panneau, je sentis brusquement céder l'échelle, à laquelle je m'agrippais tant bien que mal et que la rouille avait rongée au point que sous mon poids ses pattes de scellement avaient lâché. La première frayeur passée, je compris que, l'eau me soutenant, la chose était indifférente ; du reste, aidé de la seule corde, je pus et ouvrir le panneau et me hisser dans la cave obscure. Puis je m'arrangeai pour refermer l'abattant, non sans être au même instant tracassé par l'idée, fort préoccupante, qu'à son retour Silas Clothier ne manquerait pas de voir sortir de l'ouverture deux longueurs de corde au lieu d'une. Force m'était donc de bondir sur lui sans lui laisser le temps d'approcher suffisamment la trappe pour s'en apercevoir. Aussi trouvai-je vite une cachette, à proximité du bas de l'escalier.

Trempé, je grelottais de froid. Un bon moment s'écoula, puis j'entendis ouvrir en contre-haut et perçus le faisceau de la lanterne. Le vieillard s'arrêta sur le seuil, sans doute pour écouter sous la trappe le clapotis de l'eau refluant, et attendre qu'elle eût encore baissé. Puis il descendit quelques marches et je le vis plus distinctement, avec le couteau qu'il tenait à la main et qui lui servirait à sectionner la corde ! Si l'instrument augmentait le péril, il représentait aussi, pour peu que je fusse à la hauteur de ma tâche, une chance inespérée. Dans ma crainte de voir l'homme remarquer d'un instant à l'autre la double longueur de corde, je présumai que mieux valait prendre les devants : je me jetterais sur lui avant même qu'il ne dépassât ma cachette ; j'essaierais alors de me saisir du couteau et de trancher mes liens, car mes mains, tout attachées qu'elles étaient, se prêtaient encore à une certaine liberté de mouvement. Une fois en possession du couteau, je l'obligerais à me laisser sortir de la bâtisse.

J'étais prêt à bondir quand soudain un bruit se fit entendre, qui venait d'en haut. À l'évidence, il s'en était rendu compte, car, posant le couteau à ses pieds, il ouvrit la porte pour sortir. Il l'avait à peine refermée que je me précipitais à la place où il avait laissé le couteau ; je le ramassai comme je pus, et en coupai la corde qui m'enserrait la taille. Cette seule entreprise me prit un temps fou ; que serait-ce au moment de me libérer les mains ? En tout cas je fis volte-face et, arrivé à la trappe, j'y balançai l'extrémité de la corde, de sorte qu'on n'en vît plus désormais ramper qu'une longueur, après quoi, regagnant à pas de loup l'entrée, je me retrouvai, au bout d'une deuxième volée de marches, sur un palier. De là, je pouvais observer sans être vu la pièce principale de la maison de commerce. J'avais le couteau, et s'il le fallait, je saurais m'en servir.

Élevant la voix, le vieillard s'en prenait à quelqu'un que je ne pouvais voir :

– Mais que reviens-tu faire ici ? Et à une heure pareille ?

– Ce que je viens y faire ? Je vais vous le dire avec grand plaisir. Avec plus de plaisir que je n'en ai jamais pris à vous obéir, Clothier, du temps que je vous appelais monsieur.

Quelques pas de côté m'offrirent une vue plus complète de l'homme qui venait de parler. Le vieillissant bonhomme était replet, sa calvitie presque totale et sa face ronde cramoisie, sans qu'il me fût possible de dire si c'était de couperose ou d'émotion. Son humble mise se résumait à un pauvre pourpoint marron aux boutons de cuivre ternis sous un gilet jaune canari, et à une culotte bleu ciel.

– Qu'est-ce que c'est que cette folie ? vociférait Silas Clothier.

– Une folie ? Que nenni ! La véritable folie, c'est d'avoir continué à commettre à votre service les choses où vous m'avez contraint, à dépouiller les indigents jusqu'à leur dernier penny, à ligoter les futurs héritiers pour les saigner à blanc, à entasser des gens dans des galetas dont un homme qui n'aurait pas une pierre en guise de cœur ne voudrait pas pour ses cochons. Je n'ai pas fini : persécuter comme vous l'avez fait cette malheureuse jeune femme ! Votre propre belle-fille, Clothier ! Lui escroquer le peu qu'elle avait, avec l'aide de ce Sancious, de cette sangsue de Sancious, devrais-je dire, pour l'acculer au déshonneur et la précipiter vers la tombe !...

Écoutant ces propos, je dus faire effort sur moi-même pour ne pas m'avancer de quelques pas et serrer contre mon cœur ce brave garçon.

– Viens-en au fait, Vulliamy, fit hargneusement le vieillard. Comment as-tu fait pour sortir de prison ?

– Je n'y suis jamais allé. Mais je vais vous confier une chose. J'ai commandé voici quelque temps un double de la clé de l'entrée, et depuis lors je viens ici la nuit transcrire certains papiers. C'est pourquoi je ne suis pas toujours bien réveillé dans la journée, monsieur... Non, plus de *monsieur* ! Clothier tout court. Quand on m'a appréhendé, j'ai porté ces papiers au bailli, et le bailli les a montrés au procureur... qui n'a pas mis longtemps à comprendre, celui-là. Non seulement il ne m'a pas fait écrouer, mais il m'a avancé l'argent pour m'élargir sous caution, en me recommandant bien de revenir lui apporter davantage de preuves encore.

– De quels papiers s'agit-il ? demanda le sieur Clothier d'une voix un peu tremblante.

– Oh ! un peu de tout. Principalement sur l'*Union métropolitaine de bâtiment* et ses tractations du terrain à bail. Et puis, plus particulièrement sur *Quintard and Mimpriss*. Mais aussi sur d'autres affaires.

– Et tu te figures que je vais te laisser ressortir d'ici vivant !

– Vous y avez tout intérêt, Clothier. Ces pièces sont entre les mains du procureur. Il saura ce qui lui reste à faire s'il n'entend plus parler de moi.

Entre les deux hommes le silence un instant s'installa.

– Soit, reprit le vieillard, du ton d'un homme redevenu raisonnable. Pose tes conditions. Cette fois, tu m'as eu. Mais les affaires sont les affaires, et nous allons trouver un moyen de conciliation, j'en suis sûr.

– Non, je ne pourrais pas trouver la paix avec ma conscience en vous laissant continuer à agir comme vous avez toujours agi par le passé.

– Rien ne pourrait t'y décider?

Le petit bonhomme observa un bref moment de silence avant de répondre:

– Pas moins de cinquante mille livres.

Il ne valait donc pas mieux que l'autre! Si, peut-être, puisque au moins, lui, il estimait à bon prix la paix de sa conscience!

– Tu es devenu fou! se récria Clothier, qui ajouta plus calmement: Tu dois bien savoir que je suis loin de posséder pareille somme!

– À présent, si.

– Comment ça?

– J'ai entendu ce qui s'est passé dans la cave il y a moins d'une heure. Maintenant que ce garçon est mort et le testament détruit, vous voilà propriétaire du domaine de Hougham. Ça représente une jolie pincée, non?

Ils s'abstinrent quelque temps de tout échange.

– Eh bien, fit le vieillard d'une voix soyeuse, je vois que tu ne manques pas de finesse! Seulement, d'ici à ce que je fasse affirmer mes droits sur le domaine, il faut que tu descendes me donner la main à la cave.

– Soit, mais n'essayez pas de me jouer un tour!

Ils s'approchaient de mon palier, et toute autre retraite

m'étant coupée, je me hâtai de regagner la cave et de m'y dissimuler derrière un tonneau.

– Voyons dans quel état il est, déclara Silas Clothier en se saisissant de la corde. Mais, mais… qu'est-il arrivé ?

Je l'entendis pousser peu après un cri, lorsqu'il constata que l'extrémité de la corde n'était plus attachée à rien.

– Il s'est noyé, c'est impossible autrement, reprit-il. J'ai attendu, debout sur la trappe, que l'eau me monte aux chevilles. La corde a dû s'effilocher et se rompre sur un angle vif. Si je veux faire la preuve devant la cour que la lignée des Huffam est éteinte, il est indispensable que je retrouve son corps. Absolument indispensable. Mais il ne s'agit pas de le retrouver les mains liées. Ni non plus sous les voûtes, trop près d'ici. C'est dans le fleuve qu'il faut le retrouver. Tu as vingt-cinq ans de moins que moi, Vulliamy. Descends et cherche.

– Comptez là-dessus, oui !

– Allons, Vulliamy, serais-tu couard à ce point-là ? Il nous faut le corps. Descends. Je te tiens la lanterne.

– Oui, oui, causez toujours, fit Vulliamy.

– Mais enfin, je ne veux pas te tuer, imbécile ! maugréa le vieillard. C'est bon, j'y vais, puisque toi, tu refuses de descendre. Mais rappelle-toi, Vulliamy : si tu veux toucher ton argent, encore faut-il que je reste en vie pour hériter. Tiens-moi la lanterne !

Il entreprit de descendre. Je savais que l'échelle était descellée et qu'au contraire de moi il ne pouvait pas compter sur une corde pour se secourir. Si je le mettais en garde, je risquais ma vie. Je me souvins alors de l'indécision qui m'avait ballotté lorsque Assinder avait ouvert la cache. Cette fois, j'étais loin d'être en proie aux mêmes scrupules.

Un hurlement emplit soudain la cave.

– Ça lâche ! À l'aide !

J'entendis un horrible grattement de mains et d'ongles sur

la pierre, suivi d'un cri prolongé, et enfin le bruit mat d'un corps chutant sur une surface dure. Puis ce fut le silence. La marée s'était retirée. Le corps avait dû s'écraser sur le quai, vingt pieds au-dessous. Risquant un œil de derrière mon tonneau, je vis Vulliamy, debout près de la trappe, la lanterne à la main, plonger le regard dans l'ouverture. Mais il ne tarda pas à se précipiter vers l'escalier pour quitter les lieux.

Je lui laissai tout le temps de gagner le large, et à mon tour je trouvai, dans le noir, la porte donnant sur la venelle en pente, que je m'empressai de remonter. Arrivé en haut, je dus me réfugier dans un coin d'ombre à cause d'un bruit de pas ; en effet Vulliamy revenait, accompagné de la garde. Au plus vite j'enfilai une rue, puis une autre, et je finis par trouver un endroit tranquille. Je claquais des dents et j'avais les doigts gourds, mais je réussis à libérer mes mains de leurs entraves en m'aidant du couteau.

IV

Dans ma hâte à m'éloigner de la rive du fleuve, je songeai que pour la deuxième fois en vingt-quatre heures je ne savais absolument pas où aller. La veille, c'était chez Henry Bellringer que j'avais frappé, persuadé de pouvoir m'en remettre à lui. M'avait-il trompé ? Si ce n'était lui, il fallait bien que quelqu'un l'eût fait : sans cela, mes assaillants m'auraient-ils trouvé dans le coupe-gorge ? Et qui donc avait appris à Silas Clothier que je dissimulais le testament suspendu à mon cou ? Je ne pouvais empêcher mes soupçons de tomber sur Henry. Mais comment en était-il venu à se faire le complice de mon ennemi ? Pourtant, il s'était défendu vaillamment lorsqu'on nous avait attaqués. Était-ce Barney qui avait retrouvé ma trace ? Oui, l'hypothèse était plus probable, mais elle m'interdisait de me rendre chez Joey et sa mère. C'était donc Henry que je retournerais voir, mais en me tenant sur mes gardes. Je traversai Fleet Street et pressai l'allure pour gagner Fetter Lane.

Il était encore très tôt lorsque j'arrivai à l'entrée de Barnards Inn, mais la porte de la cour n'était pas fermée à clé car le gardien venait de se lever, ainsi qu'en témoignait la faible lueur qui éclairait sa fenêtre. M'approchant de la vitre, je constatai qu'il était en train d'apprêter son déjeuner ; aussi n'eus-je guère de mal, le brouillard aidant, à passer devant sa loge sans me faire voir et à m'introduire dans la cour.

Quand j'atteignis le haut de l'escalier, la porte palière de chêne était ouverte, et des bruits de voix s'échappaient de chez Henry. Après tout ce que je venais de subir, on ne m'en voudra pas, je pense, si je confesse que je m'approchai du panneau sur la pointe des pieds afin d'y coller l'oreille.

C'est la voix de Henry que j'entendis d'abord :

– Je crains fort, Pamplin, disait-il, que nous ne revoyions plus notre jeune ami.

– Bigre ! Mais qu'est-ce qui vous fait dire cela ?

– À l'en croire, il avait des ennemis qui souhaitaient sa mort.

– Sa mort ! Pourquoi m'avoir mêlé à cette affaire, Bellringer ? Ainsi, à votre idée, ces gredins qui nous ont attaqués voulaient l'assassiner ?

– Oui, c'est bien ce que je redoute.

Un sifflement grave, prolongé, assez inattendu chez un ecclésiastique, préluda à une question posée d'une voix que la peur faisait trembler :

– Et maintenant, qu'allons-nous faire ? demanda Mr Pamplin.

– Aller voir la police et porter les faits à la connaissance d'un magistrat.

– Mais songez au scandale si cette affaire s'ébruite et que nos noms…

– Il le faut, Pamplin. Allons, c'est notre seule chance de sauver ce garçon.

– Vous connaissiez ces gens ? Et vous savez où ils l'ont emmené ?

– Je n'en ai pas la moindre idée.

– Alors, à quoi bon se présenter à la police ? Cela ne peut que m'occasionner les pires tracas. Songez à mon évêque. Vous savez quels désagréments il m'a déjà causés.

– J'en suis navré pour vous, Pamplin, mais malheureusement vous devrez supporter les conséquences de vos actes.

– Vous me la baillez belle ! C'est vous qui m'avez entraîné dans cette affaire, Bellringer. C'est votre faute. Si j'ai accepté, c'est parce que vous m'avez aidé par le passé. Vous devez avertir un magistrat, me dites-vous, mais ne pourriez-vous me tenir en dehors de cette affaire ?

– Je ne vois pas comment. Il me faut quelqu'un qui se porte garant de mon innocence.

– Votre innocence ! Et la mienne, alors ? Nous sommes tous les deux innocents, seulement avez-vous idée de ce que deviendra notre histoire, une fois étalée dans les gazettes ? Vous trouverez toujours un de ces faillis chroniqueurs qui traînent dans les postes de police à l'affût de faits divers. Et puis, quelles raisons la justice aurait-elle de nous croire ? Tout cela me paraît relever de la pure fantaisie : un héritier disparu, un mystérieux document, et, mêlé à tout cela, je ne sais quel éphèbe ! Vous semblez ne tenir aucun compte de ma situation. Cela pourrait ruiner tous mes espoirs d'avancement.

– Que vous en souciez-vous ? Vous vivez déjà comme un coq en pâte, non ? Mais il va bientôt faire jour, et j'ai une faim dévorante. Avant tout, prenons un déjeuner.

– Excellente idée. Le *Cocoa-Tree* ouvre à peu près à cette heure-ci.

– Allez-y le premier, alors. Je vous y retrouve. Le temps de me laver et de me changer.

Lorsque j'entendis des pas se rapprocher, je m'écartai de la porte. Les propos que je venais de surprendre suffisaient à dissiper mes soupçons.

La porte s'ouvrit et Mr Pamplin s'arrêta tout net pour me contempler avec ahurissement. Un instant, je crus qu'il se trouvait nez à nez avec un revenant et, face à pareil miracle, ses convictions intimes se trouvèrent saboulées. Puis il recula, coi, bouche bée, et j'entrai.

Henry se retourna, et je m'aperçus qu'il était presque en aussi piteux état que moi : il avait le visage meurtri, et comme il portait encore sa chemise et sa culotte, je vis que ses habits étaient en lambeaux et sa chemise ensanglantée.

Il me contempla un certain temps avec une expression de totale stupéfaction.

– Mon cher John ! finit-il par s'exclamer. C'est bien vous ! Dieu merci ! vous êtes sauf !

Il s'approcha de moi et, sans se préoccuper davantage de mes hardes sales et mouillées, il me prit dans ses bras. Dans l'état de faiblesse où je me trouvais, les larmes me vinrent aux yeux tant il manifestait de joie à me revoir.

– Quel bonheur de vous retrouver sauf, mon garçon ! fit Mr Pamplin, qui avait repris contenance. Vous me tirez une jolie épine du pied, je vous l'affirme.

Henry me poussa tout doucement vers une chaise, disposée devant le feu.

– Qu'est-il arrivé ? me demanda-t-il.

Puis me désignant son ami, qui ne nous quittait pas des yeux, il ajouta à mi-voix, non sans lui avoir adressé du regard une pressante invite à nous laisser :

– Bon, attendez qu'il soit parti ; vous me raconterez ensuite.

Je me le tins pour dit, et remis à plus tard et mon abondant récit et mes nombreuses questions.

– À ce que je vois, vous vous êtes tiré d'affaire, reprit Henry d'un ton plus naturel. Mais je vous vois bien fatigué : nous avons tout le temps pour écouter vos aventures.

– Et à vous, qu'est-il arrivé ? demandai-je.

Henry se mit à rire.

– Vos charmants amis me sont tombés dessus pour me jeter à terre et me bourrer de coups de pied, fit-il. Après leur départ, Charles et moi avons passé une bonne demi-heure à errer dans le brouillard pour essayer de nous retrouver. C'était d'un comique !

– C'est vous qui le dites ! protesta l'ecclésiastique.

– Si, après coup, c'est comique. Pas sur le moment, je vous le concède. Voyez-vous, John, sans le vouloir je lui faisais une peur bleue chaque fois que je m'approchais de lui : il s'enfuyait comme un lapin, croyant avoir affaire à l'un de nos assaillants. Mais nous avons fini par nous rejoindre. Ensuite nous avons cherché la garde, mais bien entendu elle n'était pas dehors. La nuit, par un temps pareil, les *charlies* se la coulent douce dans leurs postes. Alors nous avons jugé que mieux valait revenir ici pour nous faire un peu plus présentables avant d'aller porter plainte.

Avec un sourire en coin pour moi, il interpella le troisième larron :

– Soyez charitable, Pamplin, fit-il : allez donc nous commander de quoi déjeuner.

– Très bien, très bien, j'y vais, fit le pasteur avec une pointe d'humeur.

Quand la porte se fut refermée, Henry m'adressa une mimique de conspirateur :

– Bon, avant qu'il revienne, vite, racontez-moi, fit-il. Et passez des vêtements secs.

Il me tendit une robe de chambre et, tout en parlant, j'ôtai mes hardes trempées, qu'il déploya devant le feu.

– Mes ravisseurs étaient des agents de Silas Clothier, dis-je. D'après le codicille, c'est à lui que doit revenir le domaine, si je meurs. Il a tenté de me tuer, mais j'en ai réchappé. Et c'est lui qui est mort.

– Mort ?

– Oui, mais avant de mourir, il a détruit le testament.

– Vous êtes sûr qu'il est mort ? demanda Henry.

– Certain, répondis-je, un peu surpris de le voir tant se préoccuper du sort du vieillard, et si peu de celui du testament.

Je lui narrai l'événement en peu de mots.

– Selon vous, que dois-je faire, à présent ? demandai-je. Aller déposer ?

– À quoi cela vous avancerait-il ? dit Henry, l'esprit visiblement ailleurs.

– À rien, je sais. Au moins n'ai-je plus rien à craindre de cette famille, puisque les Clothier, ou plutôt les Porteous, ne peuvent plus réclamer le domaine à présent que Silas est mort et que je suis toujours vivant.

– C'est exact, marmonna Henry. Ils ne peuvent plus rien réclamer.

Pendant quelque temps, nul ne dit mot. Ce fut lui qui rompit le silence :

– Si vous faites savoir que vous êtes vivant, déclara-t-il, cette révélation aura une portée considérable.

Je le regardai, étonné.

– Songez au procès ! s'exclama-t-il, voyant à quel point j'étais éberlué.

De nouveau nous nous tûmes.

– Mais oui, reprit-il. Tant que vous serez en vie, les Mompesson resteront en possession du domaine !

– C'est vrai, dis-je. Mais cela me met aussi en péril.

– En quel péril ? s'empressa-t-il de me demander.

– Eh bien, puisque le testament a été détruit, c'est maintenant le codicille qui fait foi, et si je continue à me cacher jusqu'à expiration du délai au terme duquel je serai réputé défunt, c'est à l'héritier de George Maliphant que reviendra dès lors la succession. Donc, il reste quelqu'un qui a intérêt à ma mort.

– Votre supposition est injustifiée, me dit-il.

– Ah bon ? Et pourquoi ?

– Êtes-vous certain qu'un héritier Maliphant soit encore en vie ? Jamais je n'ai eu connaissance d'un fait pareil.

Je n'étais pas peu surpris qu'il en sût si long sur le déroulement du procès et la généalogie des parties plaidantes.

– Vous avez raison, dis-je. La lignée s'est sans doute éteinte, auquel cas je n'ai plus rien à craindre. Mais qu'adviendra-t-il du domaine ? Restera-t-il la propriété des Mompesson ?

– En aucune façon. Ils n'en demeureront les propriétaires que si vous vivez. Dès que vous serez réputé défunt, et si on ne trouve aucun héritier qui descende de George Maliphant, c'est à la Couronne que le domaine écherra.

Ainsi donc, selon que je me cacherais ou me ferais connaître, j'aurais le pouvoir de décider du sort des Mompesson. C'était là une pensée qui n'avait pas de quoi me déplaire, et que je méditai en silence un bon moment. Henry semblait lui aussi plongé dans ses réflexions, en sorte que nous restâmes assis sans rien dire. Il me faudrait quelque temps pour songer à cela et considérer les conséquences qu'aurait pour Henrietta la décision que je prendrais. À présent que le testament n'existait plus, la forcer à se marier n'offrait plus d'avantage pour personne. Assurément la jeune fille perdrait tout intérêt pour ses tuteurs. Elle pourrait donc épouser qui lui plairait.

Mr Pamplin, à son retour, nous retrouva toujours assis à ne rien nous dire ; le suivait un garçon qui nous apportait notre déjeuner dans des assiettes d'argent empilées.

Quand il eut déposé le tout sur la table et se fut retiré, c'est d'un ton allègre que Henry reprit la parole :

– Charles, fit-il, si cela peut vous rasséréner, sachez que

nous n'aurions rien à gagner, tout bien considéré, à porter cette affaire devant un magistrat.

Mr Pamplin, visiblement écarlate, se félicita de notre décision et fit honneur aux côtelettes d'agneau à la moutarde, aux crêpes et au café. Il prit congé de nous sans tarder, se déclarant épuisé après cette nuit mouvementée. Henry et moi étions de notre côté également si fourbus que nous allâmes nous étendre, bien que la matinée, brumeuse et froide, fût à présent fort avancée. Il tint à me laisser son lit, affirmant qu'il serait tout autant à son aise sur le sofa. À vrai dire, je n'eus pas le temps de m'en embarrasser, car sitôt couché je m'endormis.

V

Je m'éveillai vers midi et demeurai allongé, méditant les événements des deux dernières journées. J'avais vu un homme que l'appât de l'or avait conduit à braver, pour ne pas dire à se donner la mort. Et je n'avais pas levé le petit doigt pour le détourner d'une entreprise qui, je le savais fort bien, l'exposait à un danger qu'il ne soupçonnait pas. Pourtant, je ne me sentais pas fautif en repensant au sort d'Assinder. Et voilà qu'à ma vue se tuait un autre homme, que je ne pouvais pas tenter de sauver sans courir moi-même à ma perte. Là encore, si je ne me sentais pas vraiment coupable, j'avais à tout le moins été pour quelque chose dans sa disparition. Bien sûr, le geste était fou, mais comment me persuader que j'y étais totalement étranger ? C'était impossible désormais. Et qu'est-ce qui avait bien pu pousser le vieillard à attenter à mes jours, et ensuite à risquer sa vie ? L'or, là encore ! À moins qu'il se fût agi de quelque chose de plus insidieux, la soif de justice par exemple ? Si je pouvais me disculper d'avoir agi par cupidité, ainsi que j'en étais convaincu, je devais bien m'avouer que j'étais moi aussi coupable d'avoir assouvi l'idée fixe de faire triompher mes droits. Et la liste de ceux qui avaient payé de leur vie cette obsession de justice ne se bornait pas à Assinder et au vieux Clothier. J'avais aussi conduit George Digweed à la mort, même s'il avait accepté de m'accompagner de son plein gré. Et Miss Lydia serait sans doute encore de ce monde si je n'avais pas fait irruption dans sa vie. Peut-être Henrietta avait-elle eu raison d'affirmer que sa grand-tante confondait justice et désir de vengeance. Peut-être avais-je moi aussi opéré le même amalgame.

Je me vêtis et entrai dans le salon, où je trouvai Henry, dans la même tenue que la veille, assis à son bureau. Il me sembla, mais je n'eusse su dire pourquoi, qu'il n'avait pas dormi.

Il m'accueillit chaleureusement, mais me parut préoccupé.

– N'allez-vous pas travailler? demandai-je.

– Si, si, bien sûr! fit-il avec brusquerie.

– Le magistrat que nous devions aller voir hier soir ne sera-t-il pas étonné d'avoir attendu en vain?

– Bah, j'irai le voir et je lui expliquerai.

– Que lui direz-vous? Pas la vérité, assurément.

– Certes non! s'exclama-t-il avec un petit rire sans joie. J'inventerai quelque excuse, ajouta-t-il sur le ton de la confidence. J'en fais mon affaire.

Il avait ouvert devant lui *The Globe*, une gazette du soir, que je lorgnai par-dessus son épaule. Au bas de la deuxième page, je tombai sur un article intitulé: «Mort accidentelle d'un marchand de la Cité: Mr Silas Clothier se tue en essayant de sauver héroïquement son petit-fils.» Suivaient l'adresse de sa maison de commerce et celle de son domicile particulier: quai Edington à Blackfriars; Bell Lane, dans le canton de Spitalfields. On rapportait le témoignage du sieur Vulliamy à la police, selon lequel le vieillard était mort en tentant de sauver la vie de son petit-fils, tombé dans le fleuve par une trappe et vraisemblablement décédé par noyade, bien qu'on n'eût point encore retrouvé son corps.

Bell Lane ! Voilà pourquoi ma mère avait été si épouvantée autrefois, à Cox's Square, en entendant Mr Sackbutt prononcer ce nom qui lui avait rappelé que nous n'étions qu'à deux pas du domicile de son ennemi.

– Il a dû laisser un joli magot, fit observer pensivement Henry. Daniel Porteous va en hériter. Il aura toutes les raisons de se réjouir de la mort de son père, car il est dans un fâcheux pétrin depuis la déconfiture de *Quintard and Mimpriss.* Mais vous êtes parfaitement en droit de réclamer la moitié de la succession Clothier, selon moi.

– Jamais ! me récriai-je.

Je ne voulais rien posséder qui me vînt de ces gens-là, expliquai-je. Il m'écoutait avec une irritation de plus en plus visible, et finalement ne me laissa pas même terminer :

– Et pour vos droits sur Hougham, qu'allez-vous faire ? me demanda-t-il. Ne me dites pas que vous vous en désintéressez. Le délai au terme duquel vous serez réputé défunt va expirer dans deux ans, bien qu'on vous croie mort dès à présent, même si on n'a pas retrouvé votre cadavre… et pour cause. À mon avis, vous devriez faire savoir que vous êtes toujours vivant. Quand vous y déciderez-vous ?

– Je n'ai encore rien décidé, dis-je d'un ton neutre.

– Mais ne vous rendez-vous pas compte de tout ce qui en dépend ? s'exclama-t-il vivement.

Je le regardai, surpris de le voir si préoccupé par le sort des Mompesson.

– Selon vous, je devrais me faire reconnaître ?

– Certainement pas ! s'écria-t-il, me souriant timidement. Voyez-vous, mon cher garçon, vous pourriez tirer bien des choses d'eux… mais à la condition de ne pas vous manifester.

Je le dévisageai avec stupéfaction, car je ne voyais pas où il voulait en venir.

– Si vous faites établir que vous êtes toujours vivant, reprit-il, vous ne leur serez plus d'aucune utilité, puisqu'ils demeureront en possession du domaine. Alors, restez dans l'ombre, et négociez avec eux par personne interposée.

C'était donc cela ! Une manière de chantage, en somme. À présent je comprenais tout, et point n'était besoin qu'on me nommât l'intermédiaire.

Je me levai.

– À présent, il faut que je m'en aille, dis-je. Je vous remercie de l'aide que vous m'avez apportée.

Il rougit.

– Ne faites pas l'idiot, dit-il. Après tout, ne leur avez-vous pas volé le testament ? Ce que je vous propose n'est pas plus déshonorant.

Non, ce n'était pas du tout pareil. Si j'étais rentré en possession du testament, c'était dans le propos de me faire rendre justice. Me laissait-il entendre que j'avais tiré parti de la situation par pur intérêt ?

Je me hâtai de gagner la porte, mais il me rappela :

– Où allez-vous ?

– Chez des amis.

– Qui sont-ils ? Où habitent-ils ?

– Je sais où se trouve leur logis, mais je ne connais pas le nom de la rue, dis-je sans me soucier de lui faire affront.

– Faites-moi tenir votre adresse, vous voulez bien ? s'écria-t-il alors que j'ouvrais la porte.

Du seuil, je le toisai.

– Adieu, Henry, dis-je.

J'espérais ne plus jamais le revoir, car ce qu'il m'avait proposé me remettait à l'esprit les plus noirs soupçons. Il me dévisageait, gêné, mais s'efforçant à garder bonne contenance et à me faire un sourire qui me rappela Stephen. Cette évocation toutefois fut de courte durée. Je refermai la porte et m'empressai de descendre l'escalier.

Je ne quittai pas la cour sans m'être assuré par de fréquents coups d'œil en arrière qu'il ne me suivait pas. Puis je hâtai le pas pour me diriger vers l'est, commençant à regretter ma conduite et à me demander si, pour soupçonner sans cesse les autres de nourrir de malveillants desseins à mon égard, je n'étais pas tout bonnement devenu un être vil, rongé par la méfiance. Qu'est-ce donc qui me prouvait que les attentions prodiguées par Henry à mon endroit ne partaient pas d'un bon sentiment ? Qu'il ne voulait pas tout simplement m'aider à tirer parti de ma situation ? Pourquoi, alors, n'en serait-il pas récompensé ? Et pourtant, je m'entourai de mille précautions pour être bien certain de n'avoir personne à mes trousses. Plusieurs fois je me pris à traverser brusquement une rue encombrée, coupant la route des véhicules, m'exposant aux jurons et aux coups de fouet des cochers, à seule fin de m'engouffrer dans une ruelle, de l'autre côté.

Lorsque j'arrivai à Wapping et m'engageai dans le passage où habitaient les Digweed, je m'approchai de leur logis avec une égale circonspection. Autant que je pouvais le constater, personne ne se dissimulait à proximité.

Je trouvai Mrs Digweed et Joey assis devant le foyer. Ils m'accueillirent avec surprise, car Joey ne s'attendait pas à me revoir avant une semaine ou presque, au petit matin, dans la ruelle située derrière l'hôtel de Brook Street. Ne lisant pas les gazettes, ils ignoraient qu'on y avait mentionné ma mort. Le visage de Mrs Digweed n'exprimait rien d'autre que la joie de me retrouver, et je déchiffrai le même sentiment, bien qu'atténué encore par de la rancune, sur celui de son fils. Je voulais à tout prix surmonter la méfiance qui m'avait empoisonné l'esprit.

Je leur dis tout d'abord combien la mort de Mr Digweed m'affligeait moi aussi. Puis je répondis aux questions qu'ils me posèrent, et quand je leur racontai ce qui s'était passé ils se réjouirent de ma fuite, mais se désolèrent d'apprendre qu'après tout ce que nous avions enduré, eux et moi, le testament était parti en fumée.

Joey me déclara qu'il avait loué un logis, à ma demande, et qu'il avait payé d'avance un mois de loyer, puis il me rendit le reste de la somme que j'avais reçue de Miss Lydia. Il tint à me détailler ce qu'il avait dépensé en habits comme en linge et qui se montait à quatre livres. Sa mère et lui refusèrent obstinément d'accepter un seul shilling pour eux.

Plus tard dans la journée, Joey me conduisit au logis qu'il avait retenu pour moi dans Chandos Street. J'étais bien résolu à me faire restituer mes arrhes, ayant changé mes plans depuis la disparition du testament. Mais la propriétaire, une certaine Mrs Quaintance, refusa fermement de me rendre la totalité de la somme perçue, ou de m'autoriser à sous-louer l'appartement. Elle n'accepta de me restituer que deux misérables livres, considérant que le loyer était de dix shillings la semaine. Je me dis alors que, tout compte fait, j'aurais tout avantage à occuper les lieux, et je pris en conséquence mes dispositions pour m'y installer.

Lorsque je m'y retrouvai tout seul, je m'assis sur le bord du lit, songeant avec soulagement que j'étais enfin à l'abri des entreprises des Clothier. Je n'avais désormais plus d'intérêt pour eux, pas plus qu'aucun d'entre eux n'en avait pour moi. Mais ce qui me liait aux Mompesson n'avait pas été tranché de façon aussi décisive.

Dans les jours qui suivirent, je tentai d'adopter une ligne de conduite. L'idée suggérée par Henry de faire chanter les Mompesson me répugnait profondément. Ou bien je me faisais reconnaître, ce qui les sauverait de la ruine, mais sans bénéfice aucun pour moi ; ou bien je les laissais se faire déposséder de leurs biens. Mais qu'adviendrait-il de Henrietta ? Il me restait quarante-sept livres sur l'or dont m'avait gratifié

Miss Lydia. C'était un joli pécule, dont je n'étais nullement certain d'avoir moralement le droit de disposer : ce don ne m'avait-il pas été fait pour subvenir aux frais que j'exposerais pour produire le testament devant la Haute Cour, autrement dit pour secourir Henrietta ? (C'était aussi ce qui m'avait retenu d'en user pour rembourser Sukey.) Mais si cette somme n'était pas mienne, à qui appartenait-elle ? J'en vins d'une certaine façon à me dire que j'étais le grevé de substitution, et Henrietta l'appelée d'un fidéicommis ; si je voulais servir au mieux ses intérêts, je devais user de cet argent pour m'établir, afin de lui venir en aide plus tard. Quant à savoir si j'allais me faire porter vif, je résolus de ne pas précipiter les choses, puisque deux années ou presque restaient à courir avant qu'on ne me réputât décédé.

Au bout d'un certain temps je découvris que la destruction du testament m'était à vrai dire bénéfique, puisque je me sentais à présent délivré d'un énorme poids. J'étais désormais en mesure d'orienter ma vie sans plus tenir compte de facteurs qui échappaient totalement à mon pouvoir, et il me vint à l'esprit que toute mon existence avait été régie par le passé : par ce qu'avait enduré ma mère dans sa jeunesse, par le meurtre de mon grand-père, voire par ses actes et par ceux qu'avait commis avant lui son propre père. Maintenant, au moins, l'avenir, quoi qu'il me réservât, m'appartenait.

De quoi allais-je subsister ? Qu'allais-je faire de ce qu'il me restait à vivre ? Tout ce que je pouvais espérer – considérant mon petit bagage et le peu de relations capables de me faire avancer dans le monde –, c'était me procurer un emploi de clerc, un emploi subalterne rétribué vingt livres l'an. Encore devrais-je m'estimer heureux si j'y parvenais, car je ne savais ni convenablement rédiger, ni calculer, ni tenir un livre de comptes. La perspective d'entrer dans la carrière qui depuis longtemps faisait l'objet de tous mes vœux était à présent ruinée, car pour cela il m'eût fallu suffisamment d'argent pour acquitter les frais de mon stage, deux cents livres pour le moins, sans compter qu'il me fallait vivre en attendant d'être inscrit sur le tableau. Le plus avisé, finis-je par conclure, serait donc de chercher un emploi de gratte-papier et de continuer à m'instruire dans l'espoir d'être en mesure de nourrir un jour de plus vastes ambitions.

TROISIÈME PARTIE

DE VIEUX AMIS SOUS UN NOUVEAU JOUR

I

Au cours des mois qui suivirent, je ne fis qu'essuyer d'amères déconvenues. J'entrepris de détailler les annonces paraissant dans les gazettes et de répondre à toutes celles qui proposaient un emploi me paraissant dans mes cordes. Pas une seule fois je ne fus seulement invité à me présenter pour qu'on examinât ma candidature. Entre-temps je piochais mes livres et perfectionnais ma calligraphie, afin de me pourvoir des capacités qui me faisaient défaut.

Mais le premier mois, que j'avais payé d'avance, s'était écoulé, et, effrayé de voir filer l'argent, je déménageai pour un galetas à quatre shillings la semaine. Au bout du second, je compris que j'avais péché par excès d'optimisme en croyant pouvoir me fier aux annonces de la presse, et désormais je consacrai une partie de mes journées à me traîner d'un établissement de commerce à l'autre pour demander si quelque emploi n'était pas vacant. Malheureusement, et c'était là mon principal désavantage – outre mon manque d'expérience –, je n'étais en mesure ni de présenter le moindre billet de recommandation, ni d'avancer le nom de quelqu'un de respectable auprès de qui l'on pût s'enquérir de ma moralité, ni même de raconter en détail ce qu'avait été ma vie jusque-là. Aussi étais-je à tout coup éconduit, le plus souvent sans égards, parfois avec froideur, et de temps à autre de façon passablement courtoise.

Les rares fois où l'on admettait qu'un emploi était bel et bien vacant, il se trouvait qu'on le réservait au neveu de l'épouse du premier clerc ou à un jeune homme connu de la famille du caissier en chef. Peu à peu, j'en vins à me persuader que l'activité commerciale de l'Angleterre reposait sur le népotisme, les liens de cousinage, les relations d'amitié ou de bon voisinage, bref, un système où je n'avais point part.

Un jour pourtant on me proposa un emploi de garçon de bureau, assorti de la perspective – lointaine et incertaine, certes – d'être promu aide-comptable, mais c'est moi qui cette fois déclinai l'offre : on m'adjugeait des émoluments hebdomadaires de cinq shillings environ, salaire ordinaire promis à des garçons plus jeunes que moi et qui vivaient en famille ; mais moi, qui avais à faire face à un loyer, j'y engloutirais la presque totalité de mes rentrées. Non, décidément, je ne pouvais vivre avec des émoluments inférieurs à douze shillings.

Rescapé de ma noyade depuis six mois, je me mordis les doigts d'avoir dit non : j'aurais fait fructifier un tantinet mon pécule, et augmenté mes espérances. Un avancement eût empêché mon petit capital de fondre comme neige au soleil, au lieu que j'étais guetté par des lendemains qui me trouveraient sans un rouge liard. Mes fonds s'épuisaient plus vite que prévu en raison des frais élevés qu'occasionnaient mes démarches. Je n'avais pas de bottes dignes de ce nom, et il m'était difficile de me passer de toute visite au rôtisseur, chez qui je me procurais de temps à autre un repas chaud, si bien qu'en plus du gîte mon maigre train exigeait tout de même ses neuf shillings tous les huit jours environ.

J'habitais à une certaine distance de chez les Digweed, que je voyais de loin en loin, mais régulièrement, car Mrs Digweed, qui avait repris ses tâches de buandière, tenait à blanchir mon linge. J'en avais fort peu, mais toutes les trois semaines elle venait le chercher, et c'était d'ordinaire Joey qui me le rapportait quelques jours plus tard. Un marchand des quatre-saisons de Covent Garden l'employait à la petite semaine : je savais sa mère anxieuse de le voir d'autant mieux repris par la tentation de renouer avec les coupables errements d'autrefois qu'il continuait de fréquenter son ancienne bande, où l'argent se ramassait vite et se dépensait à loisir. Une chose pourtant me rassurait, c'était que les Digweed n'avaient plus revu ni Sally ni Barney ; la dernière fois que Joey avait aperçu son oncle remontait au jour où j'avais depuis peu récupéré le testament. À présent j'avais toutes les raisons de me sentir en sûreté, car depuis que Silas Clothier était mort personne à ma connaissance n'aurait rien gagné à me faire disparaître. Néanmoins, je n'arrivais pas à chasser de mon esprit la clause du codicille stipulant que si la lignée des Huffam s'éteignait, le domaine reviendrait immédiatement à l'héritier de George Maliphant.

À la réflexion, je trouvai préférable de ne détromper ni Henrietta ni personne qui se fût figuré que j'étais mort : où serait le bénéfice, pour elle ou pour moi, à l'ôter, moyennant un certain risque, de ce doute ? Je prenais même un certain plaisir à la savoir acquise à l'idée de ma disparition. Pourtant, c'est plus d'une fois que je me surpris à rôder aux alentours de la maison de Brook Street, le visage dissimulé derrière mon col, certes, et ces initiatives ne furent pas vaines puisqu'il m'arriva de la voir entrer ou sortir.

Cette même année, un après-midi de la mi-octobre, le hasard mit sur mon chemin une rencontre qui eut pour moi les plus grandes conséquences : je parcourais d'un bon pas Fleet Street quand je croisai une personne dont les traits me disaient quelque chose ; avant même que ne se mît en branle le réflexe de me détourner pour éviter quiconque eût pu surgir de mon passé et percer mon incognito, je m'aperçus qu'il s'agissait d'une jeune fille vêtue d'une méchante robe de coton, et dont le visage pointu me fit songer à un museau de belette.

Trop tard ! déjà elle se précipitait derrière moi pour m'appeler :

– Monsieur ! S'il vous plaît ! Attendez !

Me retournant, je reconnus Nancy, la servante de Mrs Purviance. Je n'avais rien à redouter d'elle. Aussi m'arrêtai-je pour lui parler. J'appris ainsi que Miss Quilliam, revenue à Londres depuis à peu près un an, s'était brouillée avec Mrs Purviance. Nancy l'avait revue récemment qui sortait d'un établissement de nuit de King Street, dans le quartier de Saint-James Square. Je la remerciai de m'avoir confié ce renseignement et lui donnai un penny.

Miss Quilliam, me semblait-il, comptait parmi mes rares relations de jadis qu'à présent je n'eusse pas fuies. Pourtant, je m'en souvenais, elle avait à certains égards exercé une funeste influence sur ma mère, même si, ce faisant, elle avait agi pour les meilleures raisons, et je me rappelai aussi ce que Miss Lydia m'avait dit d'elle, ainsi que les rumeurs colportées sur son compte par les domestiques de Brook Street. J'étais très tiraillé, mais ce qu'il y avait de sûr, c'est que la bonté qu'elle nous avait témoignée, à ma mère et à moi, n'était pas dictée par l'intérêt. Décidément, s'il m'arrivait de la rencontrer, je ne tournerais pas la tête.

En tout état de cause nos routes avaient peu de chances de se croiser, dans la mesure où je n'étais pas un oiseau nocturne. Cependant il m'arrivait de me rendre dans cette partie fort connue de la capitale, ou bien dans sa proximité, car à cette époque de ma vie l'un de mes rares réconforts, et pour ainsi dire mon seul luxe, c'était le théâtre, pour lequel je nourrissais désormais une véritable passion. J'avais pris l'habitude d'assister à la dernière, en sorte que je bénéficiais d'une place à demi-tarif, au paradis, et que deux heures durant, plongé dans la pénombre, émerveillé par les feux de la scène, je savourais mes seuls instants de vrai bonheur.

Un soir, tandis que j'arpentais Haymarket, je fus frappé à la vue d'une jeune femme dont le regard venait de tomber sur moi et manifestait une horrible épouvante. J'étais hypnotisé par cette expression défaite, par ce masque d'effroi. Sally ! Sally qui pensait que j'étais mort et qui tout à coup me voyait en chair et en os ! Je la lâchai des yeux et m'engouffrai dans une ruelle, pestant contre ma déveine, car s'il en était un à qui je souhaitais laisser ignorer que j'étais toujours vivant, c'était bien Barney.

Quelques semaines plus tard, comme je revenais à une heure fort tardive de Covent Garden où m'avait retenu au théâtre un impromptu qui suivait le baisser de rideau, je croisai dans Maiden Lane une femme qu'il me sembla avoir déjà vue quelque part. Je fis volte-face pour la suivre, tandis que dans sa marche elle accostait un passant puis un autre. Elle se dirigeait vers Court End[1]. Elle avait dû s'apercevoir que je m'étais attaché à ses pas, car une ou deux fois elle se retourna, ralentit son allure, et finit par pénétrer dans une maison de King Street. J'y entrai à mon tour et, sans me soucier du portier qui s'avança vers moi dans le vestibule chichement éclairé, je débouchai dans un grand salon au décor défraîchi souligné par l'éclat des lustres.

Des femmes et des hommes vêtus comme des personnes de qualité se tenaient dans la pièce, les uns debout, d'autres assis, répartis en petites assemblées, et des serviteurs passablement obséquieux leur présentaient des rafraîchissements, en sorte qu'on eût pu se croire, sans les manières empruntées,

1. Dans le West End, aux alentours du palais royal.

les toilettes et costumes un brin râpés de l'assistance, l'invité de quelque soirée mondaine donnée dans un salon de bon ton, à quelques rues de là, un peu plus au nord.

Miss Quilliam, qui avait déjà pris place sur une ottomane, se tourna vers moi lorsque j'entrai. Tandis que je traversais la pièce pour la rejoindre, je vis que le fard qui lui rougissait les joues cachait mal à quel point son visage avait vieilli. Bien qu'elle me sourît, elle me fixait d'un œil sans expression, mais comme elle s'exprimait de façon confuse, j'eus beaucoup de mal à saisir ce qu'elle me dit tout d'abord, alors que pourtant ses propos n'avaient rien d'équivoque.

– Je crois que vous vous méprenez, dis-je. Je suis un vieil ami à vous.

Il lui fallut du temps pour comprendre qui j'étais. Quand cela lui revint, elle en fut tout émue. Elle avait maintenant repris contenance, et c'est de ma mère qu'elle s'enquit tout d'abord. Lorsque je lui appris ce qu'il était advenu, elle baissa les yeux en se mordant la lèvre.

– J'ai souvent pensé à elle, fit-elle. Et à vous, aussi. Cette époque où nous vivions à Orchard Street a été le dernier... je ne dirais pas «le dernier moment de bonheur», mais au moins...

Elle se tut. Je posai ma main sur la sienne.

– Je sais, dis-je.

Nous demeurâmes longtemps muets, puis elle nous fit apporter du café. À sa demande, je lui racontai par le menu les circonstances de la mort de ma mère, puis lui narrai en partie ce qui m'était arrivé: comment m'avaient persécuté les ennemis et tortionnaires de ma mère, mon enfermement à l'asile, ma fuite, et enfin mon emploi de petit domestique au service de la maison Mompesson. Mais je ne lui dis pas pourquoi je m'y étais fait engager, et elle ne m'interrogea pas sur ce point.

– Dites-moi, fit-elle avec vivacité, savez-vous ce qu'est devenue Henrietta? Je n'ai jamais cessé de m'inquiéter du sort de cette enfant bizarre.

Je lui répondis que je m'étais entretenu à quelques reprises avec elle et que six mois plus tôt, lors de notre dernière entrevue, elle était en bonne santé. J'avais des raisons toutes particulières, lui déclarai-je, de chercher à en savoir davantage sur les Mompesson, et je la priai de m'en dire le plus possible sur l'époque où elle avait vécu sous leur toit.

– Un jour j'ai raconté ma vie à votre mère, me dit-elle, mais j'ai omis de lui rapporter bien des choses. Si seulement je lui avais dit toute la vérité ! Cela aurait peut-être pu la sauver... Mais j'avais honte de moi. Je voulais préserver sa candeur.

Elle eut un rire sans gaieté.

Je m'abstins de lui confesser que j'avais cette nuit-là surpris ses confidences, si bien qu'à présent, c'était ce même récit qu'elle me déroulait à nouveau, et dans les mêmes termes, à ceci près qu'elle m'en révéla bien davantage sur les circonstances qui l'avaient amenée à Londres.

– À la mort de ma grand-mère, me dit-elle, j'avais à peine quinze ans, et on m'a envoyée à l'ouvroir. C'est quand j'eus demandé en vain à mon grand-père de me venir en aide que j'ai fait appel à Sir Thomas.

– Vous voulez parler de l'ami de David Mompesson ?

– C'est cela même : Sir Thomas Delamater. C'est lui qui a procuré à Mr Charles Pamplin la sinécure que son oncle avait promise à mon père.

– Pamplin ! m'écriai-je.

Je lui fis la description de l'homme dont j'avais fait la connaissance chez Henry Bellringer, et elle m'affirma qu'il devait s'agir du même personnage.

– Il a joué un grand rôle dans ma vie, reprit-elle en me souriant avec tristesse : à l'initiative de Sir Thomas, il m'a adressé une lettre où il me rassurait sur la confiance que je pouvais accorder à son protecteur. Il ajoutait à quel point il se désolait d'avoir été l'instrument, bien à son insu, qui avait précipité les infortunes de ma famille. Nous sommes restés en relation épistolaire, et quelques années plus tard, quand je suis sortie de l'école que tenaient les deux sœurs, il m'a conseillé de venir à Londres, où Sir Thomas et lui pourraient m'aider à trouver un emploi de gouvernante. C'est en toute innocence que j'ai accepté son invitation. Est-il nécessaire de vous en dire plus ? Il m'a procuré un logis chez Mrs Malatratt, qui me parut être une femme des plus respectables. Quoi de plus naturel, me disais-je, que mon bienfaiteur, Sir Thomas, vînt m'y voir ?

Elle s'interrompit d'un soupir.

– J'avais à peine dix-sept ans, reprit-elle, j'ignorais tout du monde comme il va, et je n'avais ni sou ni maille. Au bout d'un an cependant, j'ai voulu reprendre ma liberté, et c'est alors que Sir Thomas m'a trouvé cet emploi de gouvernante chez les Mompesson, qu'il connaissait de longue date. En agissant ainsi, il était convaincu de me garder en son pouvoir. Quand je suis partie pour Hougham, et ce fut tant mieux car c'est là-bas que je vous ai connus, vous et votre mère, j'ai dû laisser chez Mrs Malatratt mes malles, lesquelles contenaient les présents que m'avait faits mon bienfaiteur. Mais cette indépendance toute neuve n'en a pas pour autant mis fin à mes tracas, car Sir Thomas avait parlé à Mr David, pardon, à Sir David Mompesson, des relations qu'il avait entretenues avec moi, et c'est pourquoi ce dernier m'importunait tant par ses assiduités. Mais à Hougham j'ai été heureuse, grâce à Henrietta. Réellement heureuse, pour la première et la dernière fois de ma vie.

C'était donc de Sir Thomas qu'elle avait reçu en cadeau les robes de soie qu'elle serrait dans ses malles, ainsi que me l'avait rapporté la servante de Mrs Purviance, dont les dires, aujourd'hui, se trouvaient pleinement vérifiés !

Miss Quilliam me répéta le récit de sa vie, tel qu'elle l'avait déroulé devant ma mère. Quand elle en vint aux événements de cette sombre soirée dans les jardins de Vauxhall en compagnie de David Mompesson, de Mrs Purviance et d'un certain « Harry », quelque chose en moi fit écho, mais de si vague, de si lointain, qu'il me fut impossible de le faire remonter en toute lucidité à ma conscience.

– Quand j'ai quitté la maison de Brook Street pour revenir chez Mrs Malatratt, poursuivit-elle, celle-ci a refusé de me laisser emporter mes malles, qui contenaient tout mon bien. Elle alléguait la dette de Sir Thomas, qui courait encore depuis qu'il avait loué chez elle l'appartement où il avait avant moi installé une autre jeune fille pareillement « sauvée » de la misère. C'est finalement Mr Pamplin qui a acquitté l'arriéré à Mrs Malatratt, profitant de ce qu'il lui amenait une nouvelle victime, car, pour dire les choses comme elles sont, c'est lui le pourvoyeur ou, si vous aimez mieux, l'entremetteur de Sir Thomas. Alors Mrs Malatratt m'a autorisée à reprendre mes affaires. Ces événements précèdent de peu l'époque où vous m'avez retrouvée à Orchard Street.

Je lui demandai si ma mère lui avait parlé du journal où elle consignait le récit de sa propre vie : le lui avait-elle montré ? Y avait-elle lu les circonstances exactes qui avaient entouré la mort de mon grand-père ? Savait-elle ma véritable origine ?

– Non, je ne me souviens pas, répondit-elle.

– Est-ce à dire que vous ne vous rappelez pas l'avoir jamais su, ou au contraire que vous l'avez su puis oublié ?

Au mouvement de tête qu'elle me fit, je compris qu'elle ne répondrait pas. Mais c'était égal, je croyais pouvoir me faire une idée de ce qu'il en avait été au juste.

Elle me raconta à grands traits ce qu'elle avait vécu depuis notre dernière rencontre : Mrs Purviance l'avait envoyée à Paris ; revenue en Angleterre, elle s'était affranchie de sa protectrice, ce qui lui avait valu d'être emprisonnée quelques mois sur un ponton. Elle avait retrouvé là, m'apprit-elle

– avec les heureux résultats que vous savez –, notre paire d'amis d'Orchard Street, qui par bonheur, si l'on peut parler de bonheur pour qualifier de telles circonstances, s'étaient rapatriés. Après cela, il ne lui restait plus rien à me dire, et c'est le cœur serré que je pris congé d'elle pour rentrer chez moi.

Quant à ce qu'elle est devenue, chers amis (puisque pour l'instant c'est à vous que je m'adresse), si jamais vous êtes curieux d'en savoir plus sur le sort de votre ancienne voisine, il vous intéressera d'apprendre que deux ans après notre dernière rencontre dans cette maison de King Street, alors qu'elle était totalement sortie de ma vie, j'ai entendu parler d'elle. Entre-temps, les douze premiers mois avaient vu un mieux considérable pour ses affaires : elle avait retrouvé une jeune amie du temps jadis – quand elle connaissait des jours plus roses –, elle aussi frappée de malheurs, et qui, dans les neuf mois qui avaient suivi son faux pas, eut besoin de son réconfort. Elles vivaient sous le même toit, à Holborn, de leurs travaux d'aiguille, à ce que j'en sais. Mais ce petit ménage ne résista pas à un coup du sort : la perte du dernier venu. Helen disparut d'un côté, sa compagne de l'autre ; toutefois, l'on m'a signalé que la première était partie pour la France, et que c'était à Calais qu'on l'y avait vue pour la dernière fois.

Mais revenons à nos moutons : vers la fin du mois de novembre suivant, par un début de soirée froid et pluvieux, les choses prirent pour moi un autre tour. J'avais passé la matinée dans mes livres, l'après-midi en vaines démarches pour trouver un emploi, et à présent j'attendais Joey, qui, conformément à une habitude bien établie, devait me rapporter mon linge propre.

La pluie tombait sans discontinuer et des nuages bas

s'amoncelaient à l'ouest. Pour occuper mon attente, je m'étais assis à une petite table, près de la fenêtre, et j'avais entrepris sans joie de dresser l'état de mes avoirs, tout à la fois pour m'exercer à la comptabilité et pour savoir où j'en étais. Au bout de neuf mois, il ne me restait plus que vingt livres et quelques shillings, et je calculai que, sur ce pied, je ne pourrais tenir qu'à peine six mois de plus. Après quoi, je me retrouverais sans le sou.

Un coup énergique frappé à la porte de la rue me tira de la morosité où m'avait plongé cette déduction. Pour lors seul et unique locataire d'une dame qui elle-même ne recevait guère de visites, je présumai qu'il s'agissait de Joey, même s'il n'était pas dans ses façons de toquer si furieusement. Cette manière intempestive de s'annoncer me rappelait bien un événement de mon passé, mais lequel? je n'arrivais pas à le dire.

Comme la petite chambre que j'occupais sous les combles donnait sur l'arrière de la maison, il m'était impossible d'observer la rue de ma fenêtre, mais bientôt j'entendis un bruit de pas dans l'escalier, qui me donna à penser que plusieurs personnes montaient à la fois. Puis on effleura ma porte, et Mrs Quaintance entra, radieuse:

– Un gentleman vous demande, monsieur Parminter, clama-t-elle, visiblement enchantée d'être en posture, et pour la première fois, de faire pareille annonce à son locataire du grenier.

Puis elle s'effaça pour laisser passer le fameux gentleman. Henry! Un gentleman? Un sang bleu, oui! Jugez-en à sa mise: chapeau de castor blanc, magnifique surtout et justaucorps vert bouteille d'excellente coupe orné de boutons d'argent.

– Ah, cher ami! s'écria-t-il. Quel bonheur de vous revoir!

Quoiqu'il se fût exprimé avec la vivacité qui lui était coutumière, il me parut tout chose.

– Comment m'avez-vous retrouvé? lui demandai-je.

Il m'agita sa main devant les yeux avant d'ôter ses gants de chevreau blanc.

– Je n'ai en effet pas reçu le moindre mot me donnant votre adresse, laissa-t-il tomber. Mais figurez-vous que je dois sa découverte au plus inattendu, au plus merveilleux des hasards : un jour, je passais justement dans la rue quand je vous ai vu entrer ici ; trop pressé pour m'arrêter, je me suis contenté de noter le numéro, et… me voici.

Simple concours de circonstances, en effet. De ceux dont j'avais justement appris à me méfier.

– Et que me vaut l'honneur ?…

Il s'assit avec beaucoup d'assurance avant de répondre :

– Le procès Mompesson, fit-il.

– Alors je ne vous retiendrai pas davantage, dis-je. Je ne veux plus en entendre parler.

Il me sembla le voir s'empourprer.

– Il ne s'agit pas de votre désir, mais des faits : vous ne pouvez vous y dérober… sous l'angle juridique, je veux dire.

– Bien sûr que si ! Maintenant que le testament n'existe plus, je n'ai rien à attendre d'aucun tribunal.

Il détourna la tête, se mordant la lèvre.

– Avez-vous bien pesé votre décision ? demanda-t-il.

– Je ne vous cacherai pas que la destruction du testament m'a plongé dans la détresse, dis-je. Mais aujourd'hui c'est pour moi un soulagement que de ne plus avoir à me tourmenter. Nul ne cherche plus à me faire périr. Et de cet honneur je me passe volontiers, je puis vous l'affirmer.

Dans le regard qu'il me lança soudain luisait comme un étrange triomphe.

– Vous croyez sincèrement ne plus être en péril ?

Sa question m'éberluait.

– Vous ne savez donc pas ce qui s'est produit ? poursuivit-il. À mon avis, vous devriez vous intéresser de près aux développements de l'affaire : sur le devant de la scène a surgi l'héritier Maliphant.

– L'héritier Maliphant ! m'exclamai-je. Mais de qui s'agit-il ?

– Son nom n'a pas encore été révélé. L'homme de loi qui le représente a officiellement informé la cour de son existence, et comme le codicille a maintenant force exécutoire, il résulte de la mort de Silas Clothier que c'est à l'héritier Maliphant que par substitution reviendra le domaine dès lors que la cour vous aura réputé défunt.

Un frisson me parcourut l'échine, qui semblait m'annoncer que je n'étais pas tiré d'embarras : je me croyais libéré du piège, et le voilà qui de nouveau m'enserrait, me terrassait !

– En ce cas, dis-je, je vais laisser la cause suivre son cours, c'est tout. La cour me réputera mort et le domaine, au lieu d'échoir à la Couronne, ira à ce particulier. Que voulez-vous que cela me fasse ?

– Oui, mais les choses ne sont pas si simples, voyez-vous. Vous êtes vivant, et votre existence est – ou, pour mieux dire, serait – de la plus grande importance tant pour les Mompesson que pour l'héritier Maliphant.

– C'est vous que je vois fort intéressé par les développements de l'affaire ! déclarai-je. Vous m'avez dit que le nom du requérant n'a pas été révélé, mais puis-je supposer que vous savez, vous, de qui il s'agit ?

Il me sourit, mais avec tant de froideur que je me demandai comment j'avais bien pu croire naguère qu'il était bon et généreux. À présent que je le voyais sous un autre jour, les idées les plus extravagantes me venaient à l'esprit.

– Pardonnez-moi de ne pas répondre à cette question, fit-il. Mais vous devez bien comprendre, n'est-ce pas, que vous n'en serez pas en sûreté pour autant, si tout bonnement vous attendez qu'on vous répute mort. Trop d'intérêts sont en jeu.

– Dois-je entendre par là que pour ce particulier ma vie n'est qu'un dérisoire obstacle ?

Pour toute réponse, il se contenta de promener le bord de son mouchoir sur ses bottes lustrées.

– Vous oubliez une chose, ajoutai-je, c'est que pour tout le monde je suis d'ores et déjà décédé.

Il me sourit.

– Certes, dit-il d'une voix douce. Seulement, *moi*, je connais la vérité, voyez-vous.

Je n'avais qu'à le regarder, et son âme se dévoilait, pleine et entière. Comment avais-je bien pu croire qu'il était dirigé par un autre mobile que l'égoïsme cupide ? À l'idée que j'avais pu placer ma confiance en cet homme, le sang m'afflua à la tête. J'étais allé le trouver pour lui rapporter l'abominable fin de Stephen : en avait-il été ému ? La fin de Stephen ! Stephen ne m'avait-il pas dit que c'était Henry qui l'avait persuadé de se fier à sa tante ? N'était-ce pas la preuve qu'il avait trempé dans la mort de son demi-frère ? Comment avais-je bien pu m'abuser à ce point ? Et oser reprocher à ma mère d'avoir fait confiance à des gens qui l'avaient conduite à sa perte ?

– J'en déduis donc que si vous êtes venu me voir, déclarai-je d'une voix que je m'efforçais de rendre aussi neutre que possible, c'est pour me réitérer l'abjecte proposition de faire chanter Sir David et Lady Mompesson. Je me trompe ?

Tout en parlant, je m'étais dirigé vers la porte pour lui signifier que je souhaitais le voir partir. Bien calé dans son fauteuil, il continua de balancer nonchalamment la jambe. Son assurance s'était accrue en raison inverse de ma sérénité.

– Vous n'y êtes pas du tout, déclara-t-il.

J'en fus si décontenancé que je me rassis.

– Imaginez un instant, reprit-il en fixant pensivement le plafond, combien la situation serait différente si ce testament que vous avez eu tant de mal à vous approprier, vous et certains de vos amis, existait toujours.

– Certes, mais tel n'est pas le cas, rétorquai-je. J'étais là quand on l'a détruit. C'est devant mes yeux qu'on l'a brûlé.

– Je ne dis pas non, mais supposez un instant qu'il n'a pas été détruit, insista-t-il.

– Dans ces conditions, le produire devant la cour me mettrait hors de péril, déclarai-je.

Il eut un petit rire aigu, irrité.

– Voilà tout ce que vous trouvez à dire ? fit-il. Ne comprenez-vous pas que cela ferait de vous le propriétaire du domaine ? On dirait que vous n'en avez cure.

– Oui, bien sûr… lui accordai-je.

– Oui, bien sûr, répéta-t-il en écho, presque dressé sur les accoudoirs de son fauteuil. Cela vous est-il si indifférent ? ajouta-t-il comme en aparté.

Il me fixa quelque temps.

– Et si je vous affirmais que le testament existe ? jeta-t-il soudain.

Je tressaillis.

– Eh bien, vous me contraindriez à vous répéter que c'est sous mes yeux qu'on l'a réduit en cendres.

Il sembla marquer un temps d'hésitation.

– Ce que Silas Clothier a détruit sous vos yeux n'était qu'une habile copie du testament, établie sur un parchemin identique et grossoyée par un homme de l'art.

– Ne dites pas de sottises ! protestai-je. C'est le document original que j'ai pris dans la cache. Vous me l'avez dit vous-même.

Il hocha la tête en signe d'assentiment.

– En effet. Et je n'ai pas menti.

– J'ajoute que je ne m'en suis pas dessaisi un instant jusqu'au moment où on me l'a pris pour le détruire.

Il sourit :

– Sauf une fois : quand vous avez dormi quelques heures

sur mon sofa, fit-il d'une voix melliflue. Le matin où vous êtes venu chez moi.

J'en eus le souffle coupé. Tout de suite je sus ce qu'il allait me dire.

– Et pendant que vous dormiez à poings fermés, reprit-il, je me suis assis à mon bureau et j'ai copié l'acte avec la plus extrême fidélité. Comme j'ai la main, et que traînait chez moi le nécessaire, jusqu'à la vieille feuille de papier parchemin vierge, j'ai pu établir une expédition suffisamment fidèle, ma foi, puisque vous n'y avez vu que du feu, si je puis dire, vous et le père Clothier.

Je savais, sans l'ombre d'un doute, qu'il me disait la vérité.

– Pourquoi avez-vous fait cela ? lui demandai-je.

– Pour parer à toute éventualité.

– Et où est l'acte, à présent ?

– À l'abri. Là où il doit être.

Cette réponse ne m'avançait guère.

– Voyez-vous comme j'ai été bien inspiré de prendre pareille précaution, poursuivit-il, et quelle gratitude vous me devez ?

Je tentai de rassembler mes esprits. Ce qu'il venait de me dire était totalement insensé.

– Mais quelles raisons aviez-vous de craindre ce qui est arrivé ? m'écriai-je. Nous allions porter le document à votre supérieur ! Il ne se serait pas laissé abuser, lui !...

Ma phrase, commencée en bredouillant, resta en suspens, car ce que je disais me mettait les points sur les *i*.

– Rien n'avait été convenu d'avance avec ce magistrat, n'est-ce pas ? fis-je, au comble de l'exaspération. C'était Silas Clothier que vous alliez voir, et non pas votre supérieur ! C'est vous qui aviez pris toutes les dispositions voulues pour me faire tomber dans ce guet-apens !

– Coquecigrues ! À croire que vous n'avez pas vu à quel point je me suis fait amocher !

– Faux ! archifaux ! Vous n'aviez que des égratignures ! Ou si c'est allé plus loin, c'est que vous étiez prêt à payer de ce prix-là votre traîtrise ! Tout cela n'était qu'un coup monté !

– Ce que vous dites est absurde. Vous n'allez tout de même pas imaginer qu'un homme tel que Pamplin, eu égard à son ministère, se serait prêté à…

– Je n'en sais rien. Je crois bien que je pourrais le soupçonner de n'importe quoi, tout ministre du culte qu'il est. Car j'en sais sur son compte plus que vous ne le pensez. D'ailleurs, je suis persuadé que vous l'avez dupé tout autant que moi. Si ! maintenant je vois clair dans vos cartes : vous aviez besoin d'un témoin irrécusable, de quelqu'un qui pût affirmer, si la chose avait été étalée au grand jour, qu'on m'avait enlevé et que vous aviez tout fait pour vous opposer à mes ravisseurs.

Je lui avais cloué le bec ; il regarda ailleurs.

– Je crois que je comprends, déclarai-je. Vous m'avez vendu à Silas Clothier, et le testament avec moi. Je le sais, même si je suis incapable de me représenter comment vous avez bien pu trouver ce vieux grigou ! Si vous avez forgé cette mise en scène, c'était pour lui manger la laine sur le dos, tout comme à moi. Moi mort, il clamait ses droits sur le domaine, comme l'y autorisait le codicille, et de votre côté, vous couriez avertir les Mompesson que vous aviez le testament. Ou plutôt que vous représentiez quelqu'un qui l'avait. Et ils auraient donné n'importe quoi pour remettre la main dessus.

– Bravo pour votre finesse !

Le sarcasme me relança de plus belle :

– Je sais que vous me prenez pour un fou. Mais moi, je sais. Et je n'ai pas fini : vous immolez à vos vils bénéfices tous ceux qui s'en remettent à vous. C'était le cas pour ce pauvre Stephen, et j'affirmerai la tête sur le billot que vous l'avez trahi, même si j'ignore les tenants et les aboutissants de la chose. Quand vous l'avez poussé à se fier aveuglément à sa tante, qui l'a envoyé dans cet infâme bagne pour se débarrasser de lui, je jurerais que vous l'avez fait dans l'espoir d'empocher une récompense. Et en agissant ainsi, vous vous êtes fait le complice de son assassinat. Voilà pourquoi vous étiez si pauvre lorsque je suis allé vous voir pour la première fois, et infiniment plus prospère la fois suivante !

Il me dévisageait sans plus sourire, mais sans non plus se donner la peine de se défendre de mes accusations.

– Seulement, cette nuit-là, poursuivis-je, ce n'est pas moi qui ai péri, mais Silas Clothier. Et vous avez été pris au dépourvu. Quand vous m'avez revu chez vous, quelle sidération ! Tous vos plans s'écroulaient. Car j'étais bien vivant, et les Mompesson n'étaient pas en aussi grand péril de tout perdre que vous l'aviez espéré. Alors vous avez voulu que je continue à laisser ignorer mon existence, pour que vous et moi puissions les faire chanter.

– Vous manquez de nuances, protesta-t-il d'un ton apaisant. Disons : « en venir à un compromis avantageux pour les deux parties ». Mais il a été fort maladroit de ma part de vous faire une telle proposition. Je n'avais pas subodoré l'élévation de vos principes moraux. Des principes qui pourtant ne vous ont pas empêché d'entrer par effraction dans une demeure pour y voler le bien d'autrui. Aussi me pardonnerez-vous de ne pas avoir pris toute la mesure de votre grandeur d'âme.

Je me sentis rougir.

– Cela n'a rien à voir. À mes yeux, j'avais le droit moral d'hériter, fût-ce au prix du vol du testament. Mais je ne me sens pas tenu de me justifier devant vous.

– Ne soyez pas si prompt à m'accuser. Cela dit, parlons franc, l'un comme l'autre. Êtes-vous prêt à m'entendre ?

– Je vous écouterai, mais je m'en tiendrai là. Soyez bref.

– Les Mompesson n'offrent plus aucun intérêt pour moi, dit-il. J'ai une bien meilleure offre à vous faire. Je me réjouis de vous avoir entendu parler du droit moral qui est le vôtre sur le testament, car ce testament, je vous l'offre.

– À moi ? Alors que je serais bien incapable de vous le payer ? Car je suppose que ce n'est pas en cadeau que vous me l'offrez.

– Vraiment, vous ne feriez pas un fameux homme d'affaires. Réfléchissez un instant. Qui d'autre peut tirer avantage de ce testament ? Pas les Mompesson, puisqu'ils ne pourront en faire usage tant que vous resterez en vie. S'ils le produisaient devant la cour, vous pourriez vous faire connaître et réclamer le domaine. Pour qu'ils puissent en tirer profit, encore faudrait-il qu'ils aient la certitude de votre mort et qu'ils marient cette écervelée à leur demeuré de cadet.

Je tressaillis : comment avais-je pu ne pas réfléchir aux conséquences que pouvait entraîner pour Henrietta la redécouverte du testament ? Contrairement à ce qu'elle avait cru, peut-être n'était-elle pas à même de se dérober à un mariage forcé. Mais comment Henry en avait-il appris si long sur les Mompesson ?

– Vous êtes celui qui a le plus à y gagner, reprit-il. De la condition de gueux, vous passeriez à l'opulence.

– Et qu'attendez-vous de moi ? demandai-je.

– Que vous acceptiez de me léguer le tiers de la propriété.

– Le tiers ! m'exclamai-je. Vous oubliez une chose, c'est que, n'étant pas encore majeur, je n'ai pas pouvoir d'aliéner un bien foncier en ma possession, ni non plus de m'engager à le faire dans l'avenir.

– Mon cher ami, vous semblez oublier que je suis du barreau, et vous auriez pu vous attendre que je me sois penché sur la question. Pour le moment, tout ce que j'attends de vous, c'est votre consentement. Je garderai le testament, mais j'introduirai devant le tribunal un recours – par le biais d'un tiers, il va sans dire, afin de rester dans la coulisse –, lequel invalidera la requête de l'héritier Maliphant, fondée sur les seules clauses du codicille. Il ne sera pas difficile de faire traîner en longueur le procès ; vous aurez atteint la majorité, et vous pourrez signer une promesse qui vous engage à ce transfert partiel de propriété.

– C'est par pure curiosité que je vous ai posé cette question, dis-je. Quant au marché que vous me proposez, je suis dès à présent en mesure de vous faire part de mes intentions. Ce que je venais de vous déclarer vous a fait conclure que je me croyais en droit d'exciper du testament, et donc de revendiquer le domaine, mais si vous m'aviez écouté plus attentivement vous auriez compris que, cette conviction, je l'ai peut-être eue par le passé, en tout cas je ne l'ai plus aujourd'hui. Et je puis vous affirmer que jamais je n'accepterai votre proposition.

Il fut visiblement surpris, et, à en juger par ses traits qui s'assombrirent, fort courroucé.

– Vous êtes fou, s'exclama-t-il. Acceptez, et vous hériterez de grandes richesses. Alors que si vous refusez…

– C'est pourtant ce que je vais faire, dis-je, l'interrompant. Je vous le jure.

– Alors, pour moi l'alternative est simple. Ou bien je revends le testament à Sir David…

Et alors, me dis-je, on forcera Henrietta à épouser Tom !

– … ou bien je le propose à l'héritier Maliphant, qui bien entendu le détruira, ruinant du même coup, et à tout jamais, vos espoirs de recueillir un jour la succession.

– Peu m'importe, je vous l'ai dit.

– Peu vous importe ? Mais vous oubliez que, dans un cas comme dans l'autre, la partie adverse ne pourra faire avancer sa cause que si vous êtes mort, les Mompesson pour que la jeune fille hérite, le requérant Maliphant pour que lui soit dévolue la succession, conformément aux clauses du codicille.

À la façon qu'il eut de m'observer, je sus précisément de quoi il me menaçait.

– À vous de choisir, fit-il. Ou bien l'opulence et la sécurité, ou bien la misère et… le péril, et c'est un euphémisme.

Ces paroles me rappelèrent étrangement le choix devant lequel m'avait placé ma mère, bien des années auparavant ; la différence, pourtant, c'était que désormais les termes de l'alternative s'opposaient bien plus brutalement : il ne s'agissait plus pour moi de mettre en regard richesse et danger d'une part, et indigence et sûreté de l'autre, mais de prendre une décision qui, sans équivoque possible, préservait à tous égards mes propres intérêts. Et puis – mais cela, Henry l'ignorait –, le sort de Henrietta contribuait encore à faire pencher d'un certain côté le fléau de la balance, puisque faire fi de l'opulence et de la paix, c'était aussi la condamner à épouser Tom contre son gré. Pourtant, je n'eus pas la moindre hésitation :

– Je vous ai donné ma réponse, dis-je. Et je ne changerai pas d'idée, je vous l'affirme. C'est vrai, il fut un temps où j'étais prêt à en venir à toutes les extrémités pour posséder ce domaine, car j'estimais être dans mon bon droit. Mais j'avais tort, car cela ne m'a valu que plaies et bosses. Et pas seulement à moi.

Je crois bien qu'il m'avait écouté en se disant que mon refus n'était probablement qu'un artifice pour marchander, mais à présent, j'en étais persuadé, il savait que j'avais parlé avec sincérité.

– Vous croyez que le préjudice que vos actes ont causé à autrui est la preuve manifeste que la Justice n'était pas votre garant ? fit-il d'un ton railleur. Votre vision du monde est bien naïve. Le juste récompensé et le filou puni… quelle ineptie !

– Là encore, vous vous méprenez. Je continue à croire que la Justice était mon garant, mais ce que j'ai appris, c'est que je n'ai pas le droit à la Justice. C'est la société en elle-même qui est injuste.

– Justice, injustice, vous en parlez bien à votre aise, jeune homme ! se récria-t-il soudain avec une hargne venimeuse. Que savez-vous de ces matières ? De quel droit venez-vous me parler de justice, vous, qui êtes un Huffam et un Clothier, alors que vos deux familles, sans parler de ces canailles de Mompesson, ont fait tant de tort à la mienne ?

– Mais... que voulez-vous dire ? demandai-je, abasourdi.

– J'ai autant de droits que vous à revendiquer ma part du domaine. Si mon grand-père avait reçu ce qui lui était dû...

Il s'interrompit, comme quelqu'un qui tout à coup se rend compte qu'il en a trop dit, et demeura un temps immobile, faisant effort sur lui-même pour se ressaisir.

Un droit sur une partie du domaine ? Aurait-il un lien de parenté avec ma famille ?

– Si vous changez d'idée, fit-il en se levant, vous savez où me trouver. Mais le temps nous est compté. Passé un certain délai, vous serez réputé mort. Et sous peu il sera trop tard.

– Je vous ai fait ma réponse, dis-je.

– En ce cas, attendez-vous à en supporter les conséquences.

Sur ces mots, il sortit de la chambre.

Je m'assis pour réfléchir à ces nouvelles données et à leurs suites. Tout d'abord, je tentai de deviner qui pouvait bien être cet héritier Maliphant, et comment Henry avait bien pu le connaître. Stephen Maliphant était le seul lien qui nous rassemblât. Stephen s'était-il retrouvé chez les Quigg pour y mourir parce que c'était lui le véritable héritier ? Et dans ce cas, la personne requérante était-elle la tante de Stephen, ou quelque proche parent de celle-ci ? Si cette supposition était fondée, Henry était-il apparenté au requérant ? N'était-il pas lui-même le requérant de la famille Maliphant ? Mais son offre ruinait l'hypothèse : il n'eût pas manqué au contraire de détruire le testament. À moins qu'il n'eût abattu ses cartes plus perversement encore que je ne l'avais cru. Pourtant, son allusion aux droits de sa famille donnait à entendre que lui et moi étions liés par le sang. Était-il apparenté à l'une des cinq familles qui descendaient de Henry Huffam : les Huffam, les Mompesson, les Clothier, les Palphramond et les Maliphant ? Mais alors, où le situer dans l'arbre généalogique ?

Pour me rendre compte que la soirée s'avançait, je dus attendre que la nuit noire m'obligeât à me mettre en quête d'une allumette lucifer. Alors seulement je m'aperçus que Joey n'avait pas honoré le rendez-vous, et dans l'état d'esprit qui était le mien cela ne fit qu'ajouter à mon inquiétude. La visite de Henry m'avait plongé dans un tel état d'agitation que je ne pouvais rester dans ma chambre à ne rien faire : aussi, prenant manteau et chapeau, la quittai-je avec l'intention de me rendre chez Mrs Digweed pour m'enquérir de ce qui était arrivé à Joey.

Je n'avais parcouru que la moitié de Church Lane, en direction du Strand, lorsque j'entendis derrière moi quelqu'un s'approcher en courant. Sans même me laisser le temps de prendre peur, on me plaqua la tête la première contre un mur, où une solide poigne m'immobilisa. Assommé par le heurt, je sentis monter une onde de nausée. Puis un visage s'écrasa presque contre ma nuque, et une voix râpeuse s'éleva dans l'obscurité.

– C'est-ti pas une bonne surprise, hein ? Et dire que j' te croyais mort et parti à vau-l'eau ! Ça fait du bon au cœur de voir que c'étaient que des menteries ! Je m' suis dit : Cette affaire-là, faut aller voir ça de plus près. Ça fait que j' suis venu. Et je regrette pas le voyage. Non mais des fois, s'i' fallait croire tout c' qu'y a d'écrit sur les canards !...

Il tira quelque chose de sa ceinture.

– Allez donc les prendre pour argent comptant, après ça,

hé ! Et l' plus beau, c'est qu'on pourra pas m'accuser de t'avoir escoffié, vu que t'es déjà mort !

Je savais que dans cet endroit désert il eût été vain de me débattre ou de crier à l'aide. Ma seule chance de m'en tirer résidait dans un appel à la cupidité de mon assaillant. Mais que lui proposer ? Pour le compte de qui Barney agissait-il ? Certainement pas pour celui de Daniel Porteous, puisque Silas Clothier n'était plus et que ma mort ne profiterait en rien à ses héritiers. Barney n'était-il mû que par sa propre soif de vengeance ? Alors, c'en était fini de moi. Mais une autre idée me vint.

– C'est Sancious qui vous a payé ! m'écriai-je.

J'avais prononcé ces mots sans avoir la moindre idée de ce qui pouvait bien pousser l'homme de loi à me supprimer. Mais quelles qu'eussent été ses raisons, elles devaient se fonder sur une fausse présomption. Alors je jouai mon va-tout :

– Ce qu'il ne sait pas, dis-je, c'est que le testament n'a pas été détruit ! Qu'il existe toujours. Tout comme moi ! Dites-le-lui !

Barney, d'une prise au bras, me contraignit à lui faire face, et il me regarda avec l'air de réfléchir. Essoufflé, il respirait fort, tout en promenant le pouce sur le fil de son couteau.

– Tu cherches à m'embabouiner, finit-il par lancer.

– Si vous me tuez maintenant, Sancious n'en tirera aucun avantage. Ça n'arrangera que les Mompesson. C'est ce que vous voulez ?

J'avais mis dans le mille, car son frère m'avait dit de lui, à présent je m'en souvenais, qu'il avait gardé une vieille rancune contre les Mompesson, qui autrefois l'avaient employé sans vouloir rétribuer son ouvrage au prix qu'il demandait.

On ne m'avait jamais aussi longuement dévisagé de ma vie. À la fin, il me repoussa brutalement et s'éloigna d'un pas vif.

Je ne demandai pas mon reste et me hâtai de gagner le Strand, où je me sentirais enfin protégé par l'éclat des réverbères et la bousculade.

Pourquoi Sancious voulait-il ma mort ? Pour le compte de qui agissait-il ? Cela restait pour moi une énigme. Mais soudain je compris du même coup comment Barney avait su me trouver, et pourquoi Joey n'était pas venu chez moi dans l'après-midi ! Contre espèces sonnantes, il avait révélé mon adresse à son oncle. Les yeux embués, je sentis sourdre des larmes. J'avais mis un temps fou à ravaler mes soupçons, j'avais fini par lui faire confiance, et voilà que, au moment où je m'en étais remis à lui de ma vie, il me trahissait ! J'avais le visage inondé. Je m'aperçus que ce qui coulait, ce n'étaient pas des larmes, mais du sang. Retrouvant davantage de maîtrise de moi-même, je constatai qu'une entaille me barrait le front, qui saignait d'abondance. Ma tête m'élançait et je me sentais faible, pris de vertiges. Qu'allais-je faire, maintenant ? Je n'avais nulle part où aller, si ce n'était dans mon lugubre galetas, à mes risques et périls. Mais avais-je le choix ? Le cœur lourd, je pressai le pas. Je me glissai subrepticement dans l'escalier pour me soustraire à l'attention de ma logeuse et, une fois dans ma chambre, j'en refermai la porte à clé. Puis je me bassinai le front et pansai ma blessure avant de m'étendre sur mon lit en regardant tournoyer la pièce.

II

Comme elle devait briller de tous ses feux, cette maison ! Il aurait pu m'arriver de passer devant par aventure, car à l'occasion je me laissais aller à arpenter de nuit le West End pour contempler (et déplorer, il va sans dire !) l'étalage ostentatoire des richesses de la Vieille Classe pourrie. Je peux aisément me représenter le désordre des carrosses qui arrivent et causent un embarras, obstruant quasiment la chaussée, preuve supplémentaire qu'on se moque éperdument de son prochain.

Permettez-moi donc de vous introduire dans la demeure telle qu'elle s'offrait ce soir-là aux regards. Un laquais nous accueille à la porte, un valet, engagé pour l'occasion, aboie notre nom, et, tandis que nous montons l'escalier d'honneur, l'annonce est répétée de degré en degré par tout un alignement d'extras. De somptueux sofas et d'élégants buffets sont disposés le long des murs, et déjà les violons de Collinet exécutent valses et courantes, bien qu'il ne soit que dix heures et que dans le beau monde (mais nous n'en sommes pas !) il n'est point de *bon ton**[1] d'arriver si tôt.

Lady Mompesson et Sir David s'apprêtent à recevoir leurs hôtes sur le seuil du Grand Salon, au sommet de l'escalier d'honneur. Ils montrent tant d'aisance que leurs invités se posent des questions sur ces rumeurs de ruine imminente. Comment croire à pareils potins devant tant de fastueuse prodigalité ? Non, caquets que tout cela, et caquets venimeux dont le grand monde n'est que trop enclin à se repaître, par malveillance et oisiveté.

Voilà Sir David qui s'avance, le sourire aux lèvres, vers deux de ses invitées : une dame dans sa cinquantaine, et une autre à la fleur de l'âge. On ne saurait qualifier celle-ci de jolie, mais elle semble ravie de voir le baronnet, au point de lui décocher la mimique la plus savante et la mieux faite pour ébranler une mâle poitrine.

Arrive maintenant Sir Thomas, en compagnie de la comtesse H. et de son fils, l'honorable Percy Decies. Serait-ce un clin d'œil que Sir Thomas, en tapinois, glisse à Sir David, tandis que celui-ci s'entretient avec Miss Sugarman ?

1. En français dans le texte, comme tous les termes en italiques suivi d'un astérisque (*).

Ah ! quelle belle collection de gentlemen bien charpentés, ma foi, tous en uniformes de parade ! Tiens donc ! Mais c'est Tom Mompesson ! Je croyais qu'il avait été renvoyé de son régiment. Peut-être, mais il a tout de même fière allure, en tunique écarlate à brandebourgs dorés, gilet jaune canari et bottes à la hussarde. Qui peut bien être ce gentilhomme si bien mis qui se tient près de lui ? Pardi, mais c'est Mr Vamplew ! Que vient faire son précepteur à ce bal ? Une soudaine bouffée de chaleur démocratique aurait-elle poussé ses maîtres à l'inviter ? Et le majordome ? Compte-t-il lui aussi parmi les hôtes ? Ou bien est-il là en qualité de maître de cérémonie ? Non. Mr Vamplew ne semble guère se divertir. Il tient à l'œil le puîné des Mompesson… et plus particulièrement compte les coupes de champagne dont celui-ci s'abreuve, car au moment où Joseph, l'un des valets de pied, s'avance vers eux, Mr Vamplew lui fait un bref signe de tête. Joseph s'empresse de s'éloigner.

III

Une heure avant minuit, ou un peu moins peut-être, alors que le bal commence à s'animer, un jeune gentilhomme se présente devant la porte de la maison. Le laquais l'arrête, mais le nouveau venu lui dit quelques mots et l'autre fait appeler Mr Thackaberry, qui descend, magnifiquement vêtu et sanglé au point d'en suffoquer. Il écoute le jeune homme, puis le laisse entrer. Celui-ci prend l'escalier et, sur le seuil du Grand Salon, Sir David vient lui serrer la main.

– Mais qu'est-ce que tu fiches ici, sacrebleu ? s'exclame à mi-voix Sir David.

L'arrivant rougit, et c'est en chuchotant qu'il répond :

– Il faut que je vous parle, à toi et à ta mère. De toute urgence.

– Dieu du ciel, pas maintenant ! On te prendrait pour un exempt !

Le jeune gentilhomme arrondit la bouche en cul de poule.

– L'héritier Huffam est vivant ! annonce-t-il dans un murmure.

Sir David le dévisage pendant quelque temps, puis lui désigne du doigt une porte, à l'autre extrémité du palier.

– Va m'attendre dans le boudoir chinois, dit-il. Je vais chercher ma mère.

Quelques minutes plus tard, Sir David et Lady Mompesson entrent dans la pièce obscure, que seule éclaire désormais le bougeoir dont s'est muni Sir David.

– Je vous ai souvent parlé de mon ami Henry, maman, dit-il en déposant le chandelier sur une table basse.

– Comment savez-vous que le fils Huffam est vivant ? demande de but en blanc Lady Mompesson.

Henry a un imperceptible sursaut, mais se reprend bien vite.

– Parce que j'ai une preuve irréfutable, milady : de celles qu'apportent les yeux et les oreilles. Je viens de le voir et de m'entretenir avec lui… Soyons précis : hier.

– Mais quelle preuve avez-vous qu'il s'agit bien de lui ? rétorque Lady Mompesson. Nul ne peut certifier l'avoir vu depuis qu'il s'est enfui de l'asile de fous où l'avait envoyé son oncle. Voilà quatre ans qu'a eu lieu cette évasion.

– Par la plus inouïe des coïncidences, déclare Henry, je l'ai rencontré quelques mois avant qu'il ne s'échappe et disparaisse. Mais sur le moment je n'ai pas compris que c'était lui. Tout ce que je savais, c'était qu'il s'agissait d'un compagnon d'école de mon demi-frère. C'est depuis fort peu de temps que j'ai pu établir le rapprochement : le garçon dont je vous parle est bien l'héritier Huffam.

– C'est en effet une coïncidence inouïe, déclare Lady Mompesson d'une voix glaciale.

Selon moi, c'est clairement laisser entendre qu'elle ne croit pas un mot de l'histoire. Henry pense d'ailleurs de même, semble-t-il, car c'est à Sir David qu'à présent il s'adresse :

– Il est venu me voir immédiatement après s'être échappé de la maison de commerce de son grand-père, et c'est alors qu'il m'a dit qui il était.

– Mais cela remonte à février ! se récrie Sir David. Pourquoi ne me l'as-tu pas dit plus tôt, Henry ? Tu sais pertinemment que nous vivons dans la crainte d'être dépossédés sitôt que la cour le déclarera mort !

Henry n'en est pas à un mensonge près :

– Il m'a fait jurer de garder le secret. Il sait que sa vie est en péril. Ensuite il a disparu, et je n'avais pas la moindre idée de l'endroit où je pourrais le retrouver. À présent, je le sais. Mais revenons-en à ce qui nous occupe : qu'on ait fini par découvrir qu'il est vivant est pour vous une excellente nouvelle, non ?

Sir David en convient :

– Assurément. D'abord la mort de Clothier père, qui, à lire les gazettes comme il faut, aurait assassiné son petit-fils, ensuite l'héritier Maliphant qui réclame sa part de la succession : les choses tournaient plutôt à l'aigre…

– Donc, reste à persuader ce garçon de se présenter devant la cour pour se faire reconnaître, fait observer Lady Mompesson. Nous en serions alors rendus à la situation antérieure. Nous n'aurons plus rien à craindre tant qu'il restera vivant.

– Ce n'est pas aussi simple, milady, déclare Henry. Ce qui complique tout, c'est le testament.

Elle paraît épouvantée, et elle se tourne vers son fils, qui bafouille :

– Voyez-vous, mère, j'ai consulté mon ami Henry à propos du fidéicommis qui… auquel nous avions songé quand nous avions décidé de marier Tom et Henrietta. N'oubliez pas que Henry s'y entend en matière de Haute Cour.

Elle observe avec attention l'ami de son fils, qui à son tour soutient hardiment son regard.

– Peut-être n'aurait-il pas dû me mettre dans la confidence, déclare Henry, mais ma profession me fait un devoir du secret, sachez-le, milady.

– Puisque vous en savez tant, fait Lady Mompesson, je ne vous apprendrai rien en vous disant que selon nous le testament a été détruit, et qu'Assinder avait pour complice – nous en sommes persuadés, aussi invraisemblable que cela puisse paraître – un garçon de réfectoire que nous avions engagé pour servir les domestiques. Un garçon… comment dirais-je, parfaitement simplet. C'est probablement lui qui a emporté le document, sans se douter un seul instant de ce que représentait cet acte, après la… mésaventure dont Assinder a été la victime. Nous avons donc toutes raisons de penser que par la suite il l'aura perdu ou détruit.

– Vous avez tout à fait raison de penser que ce garçon de réfectoire est bien celui qui a emporté le testament, dit Henry. Mais il n'était pas, comme vous le dites, parfaitement simplet. Je vous affirme tout au contraire qu'il savait fort bien ce que représentait pour vous le testament. Je dirais même que, s'il s'est fait engager ici, c'est à seule fin de dérober ce document. En deux mots, ce garçon de réfectoire n'était autre que l'héritier Huffam.

– Voyons, tu dis n'importe quoi ! s'écrie Sir David.

Mais sa mère lui pose la main sur le bras.

– Continuez, je vous en prie, fait-elle d'une voix impérieuse, sans quitter Henry des yeux.

– Après avoir réussi à se faire engager dans cette maison, m'a-t-il dit, il lui a fallu plusieurs mois pour aboutir et disparaître avec le testament. Quant à Assinder, ce n'était nullement son complice, sachez-le : il œuvrait pour son propre compte. Quand ce garçon est sorti d'ici, des hommes de main de son grand-père se sont assurés de sa personne. Silas Clothier voulait le supprimer, mais contrairement à ce qu'ont déclaré les gazettes, il a réussi à s'enfuir.

– Et le testament, qu'est-il devenu ? demande impatiemment Lady Mompesson.

– Ce garçon en a été dépossédé, et l'acte est à présent entre les mains d'une personne dont je ne puis révéler le nom. Mais le principal, c'est que ce document existe toujours, non ?

– Mais qui est cette personne ? s'écrie Sir David.

– Je vous l'ai dit : je ne puis vous la nommer, et c'est la vérité vraie. Elle a pris bouche avec moi pour me demander de négocier en son nom, avec vous, le rachat du testament.

Sir David et sa mère se regardent.

Henry les observe attentivement.

– Vous n'avez rien à perdre, et tout à gagner en le rachetant, déclare-t-il. Une fois que vous serez rentrés en sa possession, vous n'aurez plus à vous tourmenter à propos de la mort de l'héritier Huffam. Mariez Miss Palphramond à Tom, et si ce garçon décède sans laisser d'héritier, produisez le testament et vous voilà à l'abri de tout souci.

– Et comment saurons-nous si ce conte à dormir debout est bien la vérité ? demande Lady Mompesson.

– Avant d'acheter le document, il faudra bien entendu le faire certifier, répond Henry avec raideur. S'il s'agit d'un faux, vous n'aurez donc rien perdu.

Lady Mompesson et son fils se consultent en échangeant des chuchotis.

– Nous pouvons en proposer mille livres, annonce-t-elle, mais pas un penny de plus.

– Je crains que cela ne soit pas suffisant, milady, déclare Henry d'une voix attristée. Il s'en faut de beaucoup.

– Mais la banqueroute nous menace ! proteste le jeune baronnet. C'est un curateur nommé par les tribunaux qui lève nos loyers. Mon crédit est épuisé, et il faut absolument que je signe le contrat de mariage avant qu'on sache que je suis au bord de la déconfiture, sinon, les bons amis de Miss Sugarman s'empresseront d'y mettre le holà.

– Je vais demander à la personne que je représente de patienter pendant quelques jours, dit Henry. Mais ce que je redoute, c'est que si vous ne faites pas l'acquisition de cet acte, il ne le vende à l'héritier Maliphant.

– Ce qu'il faut, c'est amener le garçon à se placer sous la protection de la cour, déclare Lady Mompesson.

– Il a bien trop peur, répond Henry. Et je dois avouer qu'il n'a pas tort.

– Qu'est-ce à dire ? demande Lady Mompesson.

Henry hausse les épaules, comme pour signifier une évidence.

– Pour le requérant Maliphant, disons que ce garçon… gêne le mouvement. Je ne voulais rien dire d'autre.

La mère et le fils se regardent, effarés. Alors Sir David tend la main vers le cordon de la sonnette et le tire avec impatience.

IV

Les invités se rassemblent maintenant par petits groupes pour commenter l'étrange conduite de leurs hôtes. Çà et là on entend chuchoter, à voix contenue, le mot « bailli », et fuser de derrière les mains de petits rires polis. Dans la salle à manger, Miss Sugarman se tient près de sa mère. Sir Thomas Delamater s'approche afin d'engager la conversation. Mais elle continue de plisser le front, et de guerre lasse Sir Thomas la plante là.

Dans cette entrefaite, un personnage de haute taille, tout de noir vêtu, descend d'une chaise de place, entre dans la maison et, suivi d'un laquais, monte quatre à quatre les degrés de l'escalier d'honneur pour se diriger tout droit vers la porte du boudoir chinois.

Une heure s'écoule encore. Les invités se demandent sur quel pied danser. On a donné aux équipages l'ordre de ne revenir qu'à quatre heures du matin. Tom zigzague à travers la pièce en direction de Miss Sugarman : il a Mr Vamplew sur les talons, qui semble le morigéner. Tom le repousse pour dire un mot à sa future belle-sœur. Sir Thomas accourt de toute la vitesse de ses jambes et le tire en arrière. Mr Vamplew reprend possession de son bien et lui fait débarrasser le plancher. Cependant, Miss Sugarman, toujours aussi fâchée, s'adresse à sa mère, qui hèle un valet de pied. Sir Thomas semble demander à la jeune fille de faire preuve d'indulgence. Je n'ai pas de certitude sur cet échange, mais je présume qu'il l'a suppliée de rester, et qu'en réponse elle a fait valoir que son fiancé, depuis trois heures, la traite comme un meuble.

Miss Sugarman quitte la place, suivie de son clan. Un peu plus tard, un valet assiste Mr Vamplew, toujours en charge de son colis, qu'il souhaite acheminer vers le boudoir chinois où l'attendent sa mère, son frère et le sieur Barbellion. Le précepteur et le domestique attendent sur le palier, et, dix minutes après, tombe l'ordre d'aider le jeune monsieur à gagner son lit.

Le signal de la retraite ayant été donné, le gros des invités fait mander les carrosses ; sur le coup de trois heures, il ne reste presque plus personne ; à quatre heures les glaces ont fondu, les chandelles de cire se sont consumées jusqu'à la bobèche, les extras débarrassent le buffet des reliefs ; à cinq, un valet de pied a mission d'aller réveiller Mr Phumphred dans l'annexe : il doit tenir prêt l'attelage en vue d'un long voyage.

À six heures du matin la maison s'endort, dans le noir.

À présent que ma tâche tire à sa fin, j'ôte les jets de mon

imagination pour qu'elle prenne son envol, libre et altière, et qu'elle s'élance enfin vers le ciel, en quête de sa proie.

Dans le salon d'apparat, où, il y a peu encore, se pressait la fine fleur du *beau monde**, et qui étincelait de tous ses feux, les grandes glaces disposées entre les hautes baies ne réfléchissent plus aux yeux du gratin de l'aristocratie l'image complaisante de sa vanité, mais se contentent de se renvoyer leur cadre maintenant vide. Sur le marbre des dressoirs s'amoncellent confiseries et friandises qu'a dédaignées dame Faim, ce soir blasée, et dont le coût suffirait à emplir les ventres creux de rues entières de pauvres, que dis-je, de villages entiers de l'Erin, notre île sœur infortunée. Dans les soupentes exiguës, dans le sous-sol humide, gisent les domestiques fourbus, affalés sur leurs méchants châlits, anéantis par l'épuisement où les a jetés Labeur le juste, cependant qu'entre des draps soyeux sommeillent Morgue la cupide et Opulence née coiffée. Puisse le ciel envoyer aux uns les rêves les plus douillets et tourmenter les autres des pires cauchemars !

V

Ô joie ! Enfin j'en ai terminé avec ce chancre de la Vieille Classe, qu'on voit mal se soustraire au jour du Jugement. Et à présent que mon apport à l'ensemble se hâte vers sa conclusion, qu'il me soit permis de faire fi des contraintes qui m'ont ligoté, et qui nous imposent effrontément, tous tant que nous sommes, de juger, je dirai même plus, de condamner une société où le vertueux Mérite subit l'affront, où le Talent n'est tenu pour rien, et où l'Effronterie et la Naissance usurpent sans vergogne les prérogatives de tous. Les cyniques peuvent bien nous demander ce qui nous autorise à porter pareille condamnation : nous la portons du haut du

Tribunal de Conscience, prétoire qui tient ses assises dans le cœur de chacun d'entre nous et sert de fondement juridique à la justice souveraine, parfois travestie, mais toujours imitée par nos chambres les plus équitables.

De Jugement seul procède Providence, mère d'Intelligence. Je ne suis pas peu fier d'avoir tenu ma partie dans ce dévoilement progressif du rôle que joue pour vous-même le grand Dessein de Raison et de Justice, et donc de sa nature profonde.

Nul ne doit non plus se dérober au jugement, et cela exige un acte de confession. Votre personnage dans notre pièce a été en soi une confession, car vous n'avez pas dissimulé vos raisons d'agir, même quand ces raisons vous ont exposé au blâme. Et je vous en rends hommage. J'ai moi aussi connu le soulagement qu'apporte la pénitence. Dans mon cas, c'est à un ami que j'ai parlé ; il aurait pu croire que je l'avais trahi par pur intérêt. Eh bien non, ce qui prouve à quel point nous devons, avant de condamner à la légère, nous pencher soigneusement sur les motifs : mais ce principe, vous me l'avez maintes et maintes fois entendu professer... L'acte même que nous pouvons tenir pour déshonorant a aussi ses ressorts, qui le justifient et l'absolvent. Un défenseur a-t-il trahi son client, une épouse a-t-elle déshonoré son mari, un terroriste a-t-il dénoncé ses acolytes ? Chacun de ces prétendus coupables montrés du doigt s'est peut-être senti inspiré par quelque sens supérieur du Devoir que Justice nous commande à tous.

Alors, jugez, mon ami, mais pas avant d'avoir exploré les mobiles. Et, dans la mesure de vos forces, jugez vos propres mobiles. Alors, et seulement alors, si vous tenez leur probité pour assurée, à vous Opulence et Pouvoir. Songez au bien que vous pourriez faire ! Aux injustices que vous pourriez redresser ! Au Talent et au Mérite que vous pourriez récompenser ! Opulence et Pouvoir, vous le savez, ne sont pas mes amis : si je vous encourage à leur faire la cour, vous saurez juger des raisons qui m'inclinent à vous parler ainsi.

Pour conclure, c'est donc instamment que je vous pousse à accomplir un Devoir universel, l'ambition de faire avancer la Justice et, par là, de cultiver l'Amour du genre humain.

QUATRIÈME PARTIE

AUTELS ET DUELS

I

L'Amour du genre humain ? Laissez-moi sourire !

Allons, modérons-nous, car le concours que j'apporte à notre tâche commune n'a pas encore pris fin.

Voici à peu près comment, selon moi, les choses se sont passées.

Le vent se lève ; un quidam marche d'un bon pas dans Aylesbury Street, à Clerkenwell. Il s'arrête devant une petite maison, dont il tire la sonnette. Une servante lui ouvre, le regarde avec surprise, l'écoute, puis met la chaîne et laisse la porte entrebâillée avant de disparaître.

Peu après, c'est le sieur Sancious en personne qui s'encadre dans l'entrée ; il est tout pâle et frémissant.

– Je ne t'avais pas dit de ne jamais mettre les pieds ici ? fait-il d'une voix sifflante.

– Y avait urgence…

– Alors, viens, dit l'avocat, qui d'un œil inquiet scrute la rue dans les deux sens.

Le bonhomme est introduit dans le salon, où se trouve une dame.

– B'soir, m'dame, fait-il.

Et il sourit à l'avocat. Me Sancious fait celui qui n'a rien remarqué.

– Alors, qu'est-ce que tu as à me dire ? demande-t-il impatiemment.

– Sally avait pas tort. Dans les gazettes, ils disaient qu'il était mort, mais c'est pas vrai. Même qu'elle l'a vu, lui, bien vivant.

Les deux autres se regardent, atterrés. Et après, c'est le petit avocat qui parle, tout murmure :

– Continue. Tu l'as retrouvé ?

– Ouais. Comme j'avais prévu, c'est Joey qui m'a mené à lui. Droit dessus.

– Et après ? demande le sieur Sancious.

– J'étais justement pour lui faire comme on avait dit, quand voilà-ti pas qu'il me casse le morceau, et que j'en reste comme deux ronds de flan. Une affaire qui valait le déplacement, je me suis dit. Alors, ben, j'ai tout laissé tomber et me v'là.

– Comment ! Il est reparti ? demande la dame.

Le sieur Sancious, sans la regarder, agite la main pour lui enjoindre le silence.

– Et ce qu'il t'a dit, c'est quoi ? demande-t-il.

– I' m'a dit que l' testament, il existe encore.

Cette révélation plonge ses interlocuteurs dans la consternation.

– Existe encore ? Mais voyons, c'est impossible ! s'écrie l'homme de loi en se tournant vers la dame. Puisque le vieux l'a détruit. C'est Vulliamy lui-même qui me l'a dit.

– Ce garçon a menti pour se tirer d'affaire, certainement, dit la dame. Il est capable de toutes les audaces.

– Non, je crois qu'il disait la vérité, déclare le sieur Sancious, qui brusquement se tourne vers Barney.

– Alors, c'est qu'il l'avait sur lui ! clame-t-il.

– Non, attendu que je l'ai fouillé.

– Alors, où peut-il bien être ? s'exclame le sieur Sancious. Qui peut bien l'avoir ?

– Vous avez bien fait de ne pas… bien fait, voulais-je dire, de le laisser filer, déclare la dame en s'adressant à Barney. Mais maintenant, retrouvez-le. Il vous conduira au testament. Il le faut. Ensuite, et ensuite seulement, vous exécuterez l'ordre selon les termes du marché.

Le sieur Sancious ouvre la porte pour signifier au visiteur que l'entretien est terminé. Barney tire galamment sa révérence, et l'homme de loi le raccompagne jusqu'à la rue.

Quand il regagne le salon, la dame et lui se dévisagent un certain temps.

– Que ferons-nous si ce garçon ne le conduit pas au testament ? demande enfin l'avocat.

– Apaisez-vous, lui répond calmement la dame. J'ai ma petite idée sur la question.

II

Cette nuit-là ma plaie m'empêcha de bien dormir, et toute la journée du lendemain je gardai la chambre, à méditer les événements des dernières quarante-huit heures. Deux des rares personnes en qui j'avais mis toute ma confiance m'avaient trahi. Mais si la perfidie de Henry m'avait meurtri, la blessure que m'avait infligée Joey me cuisait davantage, avec ce qu'elle avait ravivé en moi de culpabilité liée à la mort de Mr Digweed et au chagrin qu'ils en avaient ressenti, sa mère et lui. J'avais cru que Joey ne m'en gardait pas rancune, mais à l'évidence je m'étais totalement trompé. Et sa mère, alors, nourrissait-elle aussi le même désir de vengeance ? Pareil soupçon m'était détestable.

Il était environ cinq heures de l'après-midi, et j'étais assis, à ressasser ces sombres pensées, lorsqu'on frappa à la porte d'entrée. J'entendis Mrs Quaintance répondre, des pas monter l'escalier, puis l'on toqua discrètement chez moi.

– Qui est-ce ? demandai-je.

– C'est moi, fit, à ma stupéfaction, la voix de Joey.

– Est-il seul, madame Quaintance ? criai-je au travers du panneau.

– Mais oui, monsieur, fit-elle, surprise.

Je tournai la clé dans la serrure et me hâtai de refermer sur mon visiteur. Son grand sourire masquait mal une expression bizarre, comme si mes précautions le surprenaient ; mais sitôt qu'il vit, à la lueur de la chandelle, mon front bandé et la pâleur de mon visage, l'inquiétude prit le dessus :

– Mais… qu'est-ce qui a bien pu t'arriver ?

Son étonnement, sa sollicitude étaient si manifestement sincères que je le pris dans mes bras, je l'avoue sans honte, pour fondre en larmes. Pourquoi pleurai-je ? Je n'aurais su le dire alors, pas plus qu'aujourd'hui. Je crois cependant que cela ne procédait pas seulement du soulagement que j'éprouvais à retrouver un véritable ami, mais encore du reproche que je me faisais d'avoir pu un seul instant me méfier de lui. Et puis, ma blessure m'avait affaibli. Joey me tapota l'épaule en me marmonnant quelque chose d'aussi inintelligible que ce que je lui disais.

– Pardonne-moi, Joey, j'ai douté de toi. En ne te voyant pas venir, j'ai pensé que tu m'avais lâché, et qu'ensuite tu m'avais donné à Barney.

Lui aussi était remué ; ce spectacle, nouveau pour moi, fit tomber d'un seul coup toute ma cauteleuse prévention.

Il me dirigea vers le sofa où il me força à m'asseoir.

– Qu'est-ce qui t'a mis ça dans la tête ? fit-il. Que je l'aie déjà fait deux fois ?

– Non, non, je n'avais pas le droit de penser cela. Tu as pris pour moi de tels risques, et renoncé à tant de choses pour…

Je n'achevai pas ma phrase, et c'est avec de pauvres mots que je tentai de lui dire :

– Ton père, Joey… je voudrais que tu saches combien je… combien…

– Dis rien, fit-il doucement. Je sais, « maître » John.

Notre émotion surmontée, je lui narrai les circonstances dans lesquelles Barney m'avait assailli. Je lui expliquai ma théorie : son oncle ne pouvait tenir que de Sally, croisée quelques semaines plus tôt dans le West End, la nouvelle que j'étais toujours en vie.

– Maintenant, fit-il, je m'en vais te dire ce que j'ai fait depuis avant-hier, et la raison qu'a fait que j' suis pas venu chez toi. J'avais pris la route, et là j'ai vu qu'on me suivait. Bon, je fais des tours et des détours ; à un moment, je me trouve le plus malin, sauf qu'y en avait un qui me filait toujours au train, et qui me talonnait de près, c'était Barney. Et voilà comment qu'il t'a r'trouvé. Ça m' fait honte de te le dire.

Je protestai de toutes mes forces : non, je ne lui reprochais rien.

– Je suis arrivé devant chez toi sur les coups de six heures, et j'ai vu quelqu'un sortir d'ici. Et tu sais qui c'était ?

– En effet, quelqu'un est venu me voir, et il est reparti à peu près à cette heure-là. Je peux te dire qui c'était : Henry Bellringer. Je t'ai déjà parlé de lui. Tu ne l'avais jamais vu ?

– C'est ce que je croyais, mais quand je l'ai aperçu avant-hier soir, je l'ai remis du même coup.

– Comment cela ?

– Tu te rappelles la fois où ce qu'on est allés à la turne de ton grand-père, dans Charing Cross ? Toi, t'es rentré, et tous les deux mon vieux on t'a attendu dehors.

Oui, je m'en souvenais fort bien. Ce jour-là quelqu'un, par ses coups frappés à la porte, avait forcé le sieur Escreet à interrompre son récit, et moi à quitter précipitamment la maison par la porte de derrière pour aller retrouver mes amis.

– Eh ben, c'est ce clampin-là que j'avais vu cogner à la porte, déclara Joey.

– Grands dieux ! m'écriai-je. Mais bien sûr ! C'est sa façon de frapper qui m'a rappelé quelque chose quand il est venu ici avant-hier !

C'était là une révélation stupéfiante, car je commençais à comprendre de quel genre d'affaire Henry était venu s'entretenir avec le sieur Escreet. Seulement, être averti de ce lien, à vrai dire extraordinaire, qui me raccordait à Henry ne m'avançait guère.

Surmontant toutes mes réticences, je rapportai à Joey ce que Bellringer était venu me dire : que le testament – ce document pour lequel son père avait perdu la vie – n'avait finalement pas été détruit.

– Bon, mais c'est pas tout ! fit Joey, une fois que je lui eus brièvement fait part des conséquences de la révélation de Henry. Ça m'est revenu que t'aurais bien voulu savoir qui c'était, ce clampin-là. Alors, je l'ai suivi. Et tu devineras jamais où qu'il est allé en sortant d'ici. Dans Brook Street, à la baraque Mumpsey !

Décidément, c'était de plus en plus étrange.

– Chez eux y avait un grand rastel, des lumières en veux-tu en voilà. Et lui, il est rentré. Les larbins l'ont laissé tout de suite passer, vu qu'on le connaissait, forcément.

– Que dis-tu ? Mais c'est inimaginable ! m'exclamai-je.

Ainsi donc, Henry était en relation non seulement avec le sieur Escreet, mais encore avec les Mompesson !

Je fis part à Joey de la conversation que j'avais surprise entre Henry et Mr Pamplin, lors de laquelle ils avaient parlé d'un certain « Sir Thomas », et je lui racontai comment j'avais appris de Miss Quilliam (laquelle tenait le renseignement de la bouche de Mr Pamplin) qu'il s'agissait de Sir Thomas Delamater, un ami de David Mompesson. J'avais tout d'abord cru à de pures coïncidences en apprenant l'existence de ces liens, mais à présent tout m'apparaissait dans une brutale clarté. Étant ami de Sir Thomas, David Mompesson se trouvait relié par lui à Mr Pamplin (qui tenait sa sinécure de la générosité de Sir Thomas) et aussi à Miss Quilliam (dont le père aurait dû recevoir ladite sinécure). Et c'était Sir Thomas qui avait procuré à Miss Quilliam son emploi chez les Mompesson. Tout s'articulait. Mais comment Henry avait-il fait la connaissance de David ? Tout à coup me vint à l'esprit que c'était l'inverse qui avait dû se produire : que c'était par l'intermédiaire de David Mompesson, dont il était l'ami, que Henry Bellringer était entré en relations avec l'ecclésiastique et Sir Thomas, car Henry n'était autre que le « Harry » dont m'avait parlé Miss Quilliam en me faisant le récit de la soirée qui lui avait valu d'être chassée de chez les Mompesson ! Je le subodorais depuis un certain temps déjà, mais à présent tout concordait. La description qu'elle m'avait faite de ce jeune homme, l'aspect, le langage qu'elle lui prêtait, tout allait comme un gant au personnage que je connaissais. Mais alors, comment Henry avait-il bien pu entrer en relations avec David ? Et qu'est-ce donc qui le liait aux Mompesson ? J'étais dans l'impasse. Mais au même instant une autre évidence se fit jour dans mon esprit : c'était lui, l'espion qui œuvrait pour les Mompesson au sein de la Chancellerie, celui contre qui Miss Lydia m'avait mis en garde ! Je m'étais jeté dans la gueule du loup en allant lui porter tout droit le testament.

Pourtant, ce n'était pas au bénéfice des Mompesson que Henry m'avait trahi, mais pour Silas Clothier ! Alors, ce lien-là, comment avait-il pu se nouer ? Et quel commerce – ce mystère me rendait plus perplexe encore – Henry et le sieur Escreet entretenaient-ils ? Enfin, si j'avais connu Henry, c'était par le biais de Stephen Maliphant, dont le nom suggérait encore un autre lien énigmatique avec ma parenté. Là s'arrêtaient mes déductions.

Faute de pouvoir aller plus loin, je demandai à Joey de reprendre le fil de son récit.

– Chez les Mumpsey, y avait un grand bal, reprit-il, et je me suis dit qu'on l'avait invité, malgré qu'il était pas pouillé comme les grosses légumes qui descendaient de leurs carrosses. Alors j'ai attendu dehors toute la nuit, jusqu'à tant que les carrosses reviennent chercher leurs maîtres et leurs maîtresses pour les ramener chez eux et que les lumières de la salle de bal s'éteignent. Mais mon clampin sortait pas. Et après, très tard… disons sur le coup de deux ou trois heures, v'là qu'un monsieur arrive dans une chaise de place. Pas un invité, non. Il m'avait plutôt l'air d'un pasteur ou d'un débarbot, un type qui voulait pas moisir à faire le poireau, et en plus de ça qui était pas greyé comme le restant du beau linge, mais comme un corbeau. J'avais peur que mon clampin il ait vidé par les écuries. Mais non, sur les sept heures du matin, le v'là qui descend le perron.

– À sept heures du matin ! m'exclamai-je. Qu'est-ce qui a bien pu le retenir là-bas pendant toute la nuit ? Alors que le bal était fini !

Joey haussa les épaules en signe d'ignorance.

– Et après, continua-t-il, j' lui ai filé au train jusqu'à une cambuse de Great Titchfield Street.

– C'est là qu'habite Mr Pamplin ! m'écriai-je, me souvenant de l'adresse qu'un jour Henry avait mentionnée devant moi.

– Et il en est ressorti avec un aut' clampin qu'avait un bavoir, comme un papot.

– Un ecclésiastique ! Cela ne peut être que lui.

– Il est resté une heure ou deux chez lui… le temps de déjeuner, sans doute, fit Joey d'un ton quelque peu dépité.

Je vis là une allusion voilée à la faim qui le tenaillait, et je disposai devant lui tout ce qu'il me restait de provisions de bouche.

– Après, i' sont allés retenir une chaise de poste chez Fozard, à Piccadilly. J'ai pu m'approcher suffisamment pour entendre qu'ils en voulaient une.

– Pour aller où ? Il l'a dit ?

– Non, mais chez Fozard ils louent seulement des chevaux et des voitures qui font de longs voyages dans le Nord. Bon, après ça ils ont pris une chaise de place, et il a fallu que j' galope derrière. Heureusement, y avait des embarras partout. Ils arrêtent devant une cayenne, près de Saint-Paul. Un genre d'église avec des cintres et des fenêtres pointues comme des feuilles de saule. Alors j' demande au portier ce que c'est que c'te cayenne-là, et tout ce qu'i' m' répond, d'après ce que j'ai compris, c'est : « V'là le docteur ! »

– Doctor's Commons [1] ! m'écriai-je.

– Tout juste. Alors j'ai donné un shilling au gardien, histoire qu'il me débagoule un peu ce qu'étaient v'nus faire là les deux messieurs qui v'naient d'arriver. Il est parti se rencarder, et quand il est revenu il m'a dit qu'ils étaient là pour un *alligator*, en vue d'obtenir une dispense.

– Une allégation [2], Joey.

– C'est ça, *alligation*, fit Joey.

– Et délivrée au nom de qui ?

– Au sien, tiens ! Au nom de Henry Bellringer. Mais le nom de la future, j'ai pas pu l' saisir.

Cela me déconcertait.

– Mais qui peut-il bien épouser ? dis-je. Et pourquoi se

1. C'est la juridiction ecclésiastique déjà mentionnée au tome IV, *La Clé introuvable*, et qui peut, entre autres, délivrer des permis dispensant les futurs époux de remplir les formalités requises pour contracter mariage. John a déchiffré ce nom derrière l'à-peu-près phonétique de son ami (*Doctor's coming*).

2. Ou dispense.

marie-t-il si précipitamment ? À présent qu'il est en possession du testament, n'est-il pas de son intérêt de le vendre au plus vite à Sir David ou à l'héritier Maliphant ?

– Oui, mais une supposition qu'il aurait appris ça que Barney a touché de l'argent pour t'échigner, qu'est-ce que ça changerait pour lui ?

– Ça changerait qu'à ma mort le domaine, d'après le testament, reviendrait à Miss Henrietta.

Je m'interrompis tout net pour fixer Joey d'un regard épouvanté. Il n'eut pas besoin d'explication supplémentaire pour comprendre, et nous nous levâmes tous les deux du même coup.

– Mais... dis-je, jamais elle n'y consentira. Elle...

Je me tus, frappé par l'idée qu'elle me croyait mort, bien entendu ! Ô Seigneur ! Qu'avais-je fait en me déterminant à ne rien lui dire ? Mais une autre idée m'assaillit :

– Mais pourquoi les Mompesson consentent-ils à ce mariage ? dis-je d'une voix affolée. Qu'ont-ils à y gagner ?

Ce n'était guère le moment de me perdre en spéculations sur pareille énigme.

– Va chercher une voiture, Joey ! lui criai-je en me hâtant de me vêtir. Non, attends ! dis-je alors que déjà il marchait vers la porte. Pour quelle heure Bellringer a-t-il retenu la chaise de poste ?

– Ça, j'ai pas entendu. Mais c'est pour aujourd'hui.

– Alors, nous n'avons pas un instant à perdre.

Tandis que Joey dévalait les escaliers, j'ouvris le tiroir de mon bureau pour enfouir au plus profond de ma poche tout ce qu'il me restait – vingt livres et quelques shillings – de la somme que m'avait donnée Miss Lydia. J'allais enfin user de cet argent pour défendre une cause qui lui eût été chère. Peu après je montai dans la chaise de place que Joey avait hélée, et je demandai au cocher de nous conduire à Brook Street.

III

À six heures et demie, lorsque nous arrivâmes à destination, il fut convenu que Joey contournerait la maison pour tenter de glaner quelques renseignements auprès des valets d'écurie. Quant à moi, je montai les degrés du perron pour tirer hardiment la cloche. Ce fut Joseph (alias Ned) qui m'ouvrit la porte, mais il ne me reconnut pas.

– Je souhaite m'entretenir d'une affaire urgente avec Sir David et Lady Mompesson, dis-je d'un ton impérieux.

Il me regarda d'un œil dubitatif, et je me représentai tout à coup ma dégaine : vêture élimée et souillée, de surcroît, mouchoir maculé de sang autour du front.

– Puis-je vous demander votre carte, sir ? fit-il. Je vais voir s'ils sont là.

La carte que j'avais fait imprimer portait mon nom d'emprunt.

– Dites-leur que je suis Mr John Huffam, déclarai-je.

Ainsi que je m'y attendais, ce nom, qui avait eu un effet magique sur le sieur Escreet, me fut un nouveau sésame car, lorsque Joseph revint, ce fut pour me prier de le suivre. Nous empruntâmes l'escalier d'honneur, et, quand il s'effaça devant moi pour m'introduire dans le Grand Salon, je ne pus me défendre contre une certaine gêne.

Sur un sofa se tenait Lady Mompesson, ayant Sir David près d'elle. Lorsque je franchis la porte que Joseph me tenait ouverte, ils me regardèrent fixement. Et je crus les voir tressaillir. Était-ce qu'ils me reconnaissaient ? était-ce seulement la faute de mon repoussant équipage ? je n'eusse pu dire.

Nous nous dévisageâmes sans un mot, et au bout de quelque temps David lança un regard interrogateur à sa mère.

Alors je formulai à haute voix la même question qu'il lui posait en silence :

– Eh bien, lady Mompesson, vous remettez-vous ma personne ?

– J'ai vu une fois l'héritier Huffam, fit-elle, et pendant très peu de temps. Ce n'était encore qu'un petit garçon, et plus de six années ont passé depuis lors. Il serait oiseux de chercher à savoir si vous êtes bien le même.

– Je m'en souviens parfaitement, dis-je. Alors que pourtant ma résurrection vous garantit désormais la propriété du domaine, chose étonnante, vous semblez mettre beaucoup de mauvaise grâce à me reconnaître, milady.

– Vous vous méprenez, car ce que vous paraissez ignorer, c'est que la légitimité de l'héritier Huffam – pour autant qu'il s'agisse bien de vous – sera très bientôt invalidée par la Haute Cour de la Chancellerie.

– Et sur quoi se fondera-t-elle pour l'invalider ?

– Le droit d'hoirie de John Huffam sera frappé de nullité parce qu'on n'a jamais pu trouver la moindre preuve du mariage de ses parents, fit-elle. Et aussi, bien sûr, parce que rien ne prouve que sa fille, Mary Clothier, a mis au monde un enfant qui soit un héritier légitime.

Cette allusion au mariage de ma mère me mit le rouge au front, et, aussi peu explicite qu'il me parût, je pris ce rappel de mes origines pour une offense. Cette femme avait décidément toutes les insolences, toutes les cruautés ! Mais au moins je comprenais à présent pourquoi je n'étais plus d'aucun intérêt pour eux. S'il n'existait plus d'héritier Huffam, le seul moyen dont ils disposaient afin d'empêcher le requérant Maliphant de recueillir la succession, c'était de produire le testament.

– Nous n'avons rien à vous dire, reprit Lady Mompesson. C'est vous qui avez sollicité cet entretien. Je vous prierai donc d'en venir au fait. Que nous voulez-vous ?

– Si je suis ici, dis-je, c'est pour intercéder en la faveur de Miss Henrietta Palphramond.

– Quelle impudence ! s'écria Sir David.

– Auriez-vous l'obligeance de vous expliquer ? demanda sa mère.

– C'est à propos de son mariage, dis-je.

Le regard qu'ils échangèrent me prouva que je ne m'étais pas trompé en supposant que la dispense avait été délivrée pour elle.

– Je me refuse à croire que vous approuvez cette union, ajoutai-je.

– Vous êtes d'une stupéfiante impertinence, déclara Lady Mompesson, outragée.

– Non, vous ne pouvez l'approuver, dis-je, sentant l'indignation me gagner cependant que je m'exprimais. Vous ne pouvez approuver ce mariage à la sauvette, quasi clandestin, conclu grâce à une dispense obtenue par l'entremise d'un homme d'Église dépravé. Que j'en sache si long vous surprend, n'est-ce pas ? Un garçon qui m'est tout dévoué, un ami, devrais-je dire, a vu Henry Bellringer aux Doctor's Commons ce matin de bonne heure. Et j'en ai suffisamment appris sur le futur mari pour croire que vous la condamneriez à une existence pitoyable.

– Cette fois, vous passez les bornes ! fit Lady Mompesson avec une fureur contenue, glacée. Nous ne vous retiendrons pas plus longtemps.

Son fils tendit la main vers le cordon de la sonnette.

– Je vous en prie, dis-je. Si je ne puis en appeler à votre honneur et à votre générosité, il ne m'est pas interdit de faire vibrer la corde d'intérêts bien compris.

Sir David interrompit son geste et se tourna vers moi.

– Vos raisons d'agir ainsi m'échappent, repris-je. Que vous rapporte ce mariage ?

Cette fois, il se saisit du cordon.

– C'est Bellringer qui a le testament ! criai-je. Ne comprenez-vous donc pas comment il va en user ?

Ils se regardèrent, interdits, puis me fixèrent des yeux.

– Où voulez-vous en venir? fit Lady Mompesson. Dans cette affaire, Mr Bellringer ne fait que s'entremettre.

– C'est cela qu'il vous a dit? Qu'il agissait au nom de la personne qui a le testament en sa possession?

À présent je comprenais tout! Voyant que j'avais deviné juste, je repris ma charge:

– Mais c'est lui qui l'a, je le sais. Je le sais parce qu'il me l'a volé. Oui, c'est moi qui l'ai pris dans la cache.

Alors je traversai le salon pour m'approcher de la cheminée, et à l'aide de mon couteau je tirai les clous, sachant bien, et pour cause, lesquels libéraient le bloc de marbre, que je fis glisser pour découvrir la cavité creusée dans le fronton. Puis je me retournai, incapable de réprimer un petit sourire.

– J'ai travaillé ici, en comptant parmi vos domestiques de plus bas rang, dis-je. Et une nuit, je me suis introduit dans cette pièce pour prendre le testament. Mr Assinder ne vous l'a-t-il pas dit?

– Il est mort sans retrouver sa faculté de parole, dit Lady Mompesson.

Cette révélation me fit frissonner, car je ne savais rien du sort qui avait frappé le régisseur.

– Mr Bellringer nous a déjà mis au fait de votre conduite déshonorante et criminelle, poursuivit-elle. Nous savions que vous aviez volé le testament.

– Mais ce qu'il ne vous a pas dit, c'est ce qui s'est passé ensuite, rétorquai-je d'un ton triomphant.

En quelques mots je leur appris que Bellringer avait fait une copie de l'acte, qu'il avait substituée à l'original pendant mon sommeil, puis qu'il m'avait traîtreusement livré à Silas Clothier.

Quand j'en eus fini, ils échangèrent ouvertement un regard consterné. Ce fut là l'un des plus ineffables moments de ma vie.

Sir David se tourna vers moi.

– Cela suffit ! me lança-t-il. Sortez d'ici !

– Encore un mot, fit Lady Mompesson en levant la main. Que disiez-vous il y a un instant à propos du mariage de Miss Palphramond ? Je ne suis pas sûre de vous avoir bien compris.

– Que si Bellringer l'épouse, c'est parce qu'il a le testament. Quand il sera devenu son mari, il ne sera peut-être pas le propriétaire en titre du domaine, puisque c'est elle qui en sera l'héritière conformément aux clauses du testament, mais il pourra en disposer à sa guise.

– Bellringer… épouser Henrietta ? Vous vous moquez du monde ! s'écria Sir David.

– Mais pas du tout ! protestai-je, ahuri. De qui d'autre parlions-nous, sinon de lui ?

– Vous êtes bien certain que la dispense a été établie au nom de Henry Bellringer ? demanda-t-elle.

Je les regardai attentivement.

– Mais… bien entendu, affirmai-je. À quel nom voulez-vous qu'il ait été établi ?

Je la vis pâlir tout soudain.

– David ! Il faut que vous partiez immédiatement, ordonna-t-elle. Tirez le cordon.

Son fils obéit.

– Apaisez-vous, maman, dit-il. Phumphred ne fera que ce qu'on lui a dit de faire.

– Certes, répliqua-t-elle, exaspérée. Mais qui le lui a dit ?

– La canaille ! clama Sir David dans une soudaine explosion de colère qui lui fit monter au visage la même rougeur apoplectique qui empourprait naguère celui de son père. Je suppose qu'il venge son grand-père !

– Moi, je sais ce qu'il veut faire, criai-je à la face de Sir David. C'était lui qui avait à charge de prendre toutes les dispositions voulues, à ceci près qu'il devait jouer le rôle de garçon d'honneur, pas celui d'époux !

Il s'avança vers moi d'un air si menaçant que je m'empressai de quitter le salon et de dévaler l'escalier. En sortant dans la rue, je courus pour faire le tour de la maison et gagner la ruelle des écuries, où je retrouvai Joey. Là, je dus m'asseoir sur un muret pour écouter le bilan de ses informations, tant ma blessure me donnait d'élancements dans la tête.

À cinq ou six heures de l'après-midi, avait-il appris, une compagnie composée de Miss Henrietta, de la première femme de chambre de Lady Mompesson, Miss Pickavance, et de Mr Pamplin était partie dans le grand carrosse de la famille, conduit par Mr Phumphred, en même temps qu'une chaise de louage occupée par Tom et Mr Bellringer. Il n'y avait que quatre places dans le carrosse : cela expliquait sans doute la nécessité de la chaise. Mais le plus important, c'était que tout ce monde se rendait à Hougham !

Je lui racontai mon entretien avec Lady Mompesson tandis que nous nous hâtions vers une écurie de louage située dans la proximité. Mais on nous annonça que nous n'avions aucune chance de trouver ce jour-là une chaise de poste, tout le monde en ayant pris à cause du mauvais temps. Les apparences le confirmaient : nous fîmes chou blanc partout où nous nous présentâmes. Très tard, pourtant, nous finîmes par trouver ce que nous cherchions, un véhicule venant d'être inopinément renvoyé au loueur, et nous pûmes enfin, peu avant minuit, nous mettre en chemin. À raison de cinquante shillings l'étape, sans compter les péages de long, ma modeste réserve d'argent serait épuisée quand nous arriverions à Hougham. Les autres avaient six ou sept heures d'avance sur nous, mais le carrosse était beaucoup plus lent que notre chaise, et vraisemblablement ils s'arrêteraient quelque part pour prendre un peu de repos pendant la nuit. S'ils se rendaient bien à Hougham, nous avions une forte chance de les rattraper.

Nous n'avions derrière nous que la première étape de notre trajet sur la grand-route du Nord lorsque nous dépassâmes une voiture dont pourtant l'attelage était lancé au grand galop, et que je pus reconnaître grâce aux armes décorant ses flancs. Il ne faisait pas l'ombre d'un doute pour moi que Sir David y avait pris place.

C'était le début du dégel, et la route était fort mauvaise. Nous cheminions vers le nord, et le vent se mit à forcir; de plus, comme il soufflait d'ouest, balayant le plat pays, il frappait de plein fouet notre chaise, qui oscillait dangereusement. Contraints de demander à chaque relais si le gibier que nous pourchassions y avait gîté, nous prenions du retard. Mais il s'agissait d'un équipage facile à identifier, et bientôt nous fûmes assurés de rouler sur la bonne route. Le temps passant, nous apprîmes que nous le gagnions de vitesse. Mais aux premières heures du matin il commença de nous paraître évident que ces personnes avaient décidé de voyager d'une traite durant toute la nuit. Cela ne nous empêcherait pas de pouvoir encore rejoindre le pesant carrosse des Mompesson une heure ou deux après la collation du matin.

Cependant, lorsque nous fîmes halte dans la cour d'une auberge de Hertford, à cinq ou six heures, l'un des valets d'écurie nous apprit que ceux que nous cherchions étaient arrivés quelques heures auparavant. Mais si le carrosse était toujours dans la remise, la chaise, elle, à notre grand dam, était repartie.

Joey et moi entrâmes dans l'auberge, et j'envoyai une servante ahurie chercher le tenancier, qui se présenta en chemise et bonnet de nuit, la peur peinte sur le visage. Il commença par ne rien vouloir nous dire, mais il me suffit de brandir la menace de poursuites pour complicité en rapt de mineure pour qu'il consentît à nous renseigner. La compagnie que nous cherchions était arrivée une ou deux heures après minuit et avait loué des chambres dans l'intention, lui avait-il semblé, de séjourner un certain temps dans l'établissement. Mais quelques heures plus tard tous, sauf deux, qui étaient toujours là, s'étaient levés pour repartir dans la voiture la plus légère et la plus rapide. C'était le cocher du carrosse qui avait pris les rênes, et ils s'étaient fait accompagner par deux postillons, dont un galopait en éclaireur pour acquitter les droits de péage et préparer l'échange des chevaux. Ils avaient repris la route à peine une heure auparavant !

Restaient donc à l'auberge un jeune gentilhomme et une jeune dame, Miss Pickavance, à en juger d'après sa description. Elle dormait toujours, mais l'aubergiste refusa de nous laisser la réveiller. Quant au jeune gentleman, nous dit-il, eh bien… il était à peu près dans le même état qu'à son arrivée, lorsqu'il avait fallu l'aider à descendre de voiture. Je demandai à le voir, et ce fut de fort mauvaise grâce que l'aubergiste nous fit monter au premier.

Comme nous traversions le palier, je regardai par la fenêtre qui donnait sur la cour des écuries, à ma droite, pour m'apercevoir que les premières lueurs de l'aube commençaient à éclairer l'arche cochère. De l'autre côté de la voûte, sur la rue, j'aperçus en partie l'enseigne de l'auberge, où je pus lire *llamphy*.

– Monsieur l'aubergiste, demandai-je, comment s'appelle votre établissement ?

– *Le Dragon Bleu*, monsieur, fit-il, essoufflé par la montée de l'escalier.

Je m'arrêtai pour observer le couloir.

– L'une des personnes que nous cherchons est-elle dans cette chambre ? demandai-je en montrant une porte sur la droite, laquelle s'ornait d'un croissant peint, aux couleurs désormais pâlies, et aux pointes relevées, telles les cornes d'un taureau.

– *La Demi-lune*[1] ? Ben… c'est la jeune dame qui a dormi là, répondit le propriétaire.

1. *Half-moon.* Il était d'usage, dans les auberges anglaises, de donner un nom à chacune des chambres.

J'ouvris la porte, qui me montra un vaste salon dominant la cour, avec vue sur la rue, par la voûte de l'arche. Les meubles étaient en piteux état, et les murs tapissés d'un méchant papier décollé par endroits. On accédait plus loin à une petite chambre à coucher, où je promenai mon regard. Il y avait là un fauteuil et un grand lit à courtines ; la pièce était baignée d'une atmosphère moite, oppressante. Je passai un long moment à examiner les lieux, étreint d'angoisse devant ce décor lourd d'un passé qui me revenait par bouffées et tout ensemble gros d'un avenir qui s'annonçait sinistre. Je m'attardai si longtemps dans cette chambre que Joey dut venir m'y chercher et, interdit, me secouer par le bras. Je refermai et regagnai le palier.

Suivant toujours l'aubergiste par un autre escalier, puis un couloir, nous aboutîmes à un salon particulier : là, comme il était prévisible, Tom cuvait son brandy, vautré sur un sofa.

Le temps de nous préparer quelques rafraîchissements pour la route, nous voilà repartis. Ceux que nous poursuivions avaient une allure au moins égale à la nôtre : il n'était pas question de les dépasser, mais au moins l'avance de deux ou trois heures qu'ils avaient sur nous ne s'accroîtrait pas.

Je m'assoupissais par intermittence, mais ma blessure au front m'élançait horriblement, et quand, sous l'effet d'une bourrasque qui faisait brimbaler et tanguer la voiture, il m'arrivait de heurter de la tête le dossier du siège, la souffrance devenait proprement intolérable.

IV

Fouettés par le vent qui redoublait de fureur, nous voyageâmes toute la journée et toute la nuit suivantes : nos calculs nous laissaient prévoir une arrivée à destination pour midi ; nous pensions nous rendre alors sans détour au domaine

Mompesson, où, selon toute vraisemblance, seraient déjà ceux qui nous devançaient. La cérémonie interviendrait très vite, peut-être dans l'heure qui suivrait, dans les deux heures au plus, et dans ce cas nous serions là-bas après la bataille. Le mariage serait très probablement célébré dans la toute proche église de Thorpe Woolston, ou à la rigueur dans celle de Melthorpe, qui n'était guère plus éloignée du domaine, mais malheureusement Joey n'avait pas réussi à savoir pour quelle paroisse avait été délivrée la dispense. Et puis, à supposer que nous n'arrivions pas trop tard, comment nous y prendre pour secourir Henrietta ? Il fut convenu que Joey, que nul à Hougham ne risquait de reconnaître, entrerait délibérément dans le manoir en se faisant passer pour un courrier extraordinaire venu lui délivrer une lettre en main propre. Il lui apprendrait que j'étais toujours en vie et lui remettrait un billet de ma part. Et de fait, je profitai de l'arrêt au relais de poste suivant pour écrire à Henrietta quelques lignes où je lui promettais de la sauver des entreprises de Bellringer et l'engageais à se fier totalement au porteur.

Je me perdis en conjectures sur l'effet qu'auraient sur elle des nouvelles de moi, qu'elle croyait mort. N'était-ce pas cette certitude qui l'avait poussée à consentir à ce mariage ? Tout donnait à penser que Bellringer l'avait circonvenue : l'épouser était pour elle la seule manière d'échapper à l'union avec Tom ; quant à lui, il brûlait pour ses beaux yeux. Voilà ce qu'il devait lui dire, et non qu'il détenait le testament ! Je lui mettais cela noir sur blanc. Elle n'aurait qu'à lire, et à suivre Joey qui, l'ayant aidée à sortir du manoir, la mènerait à la chaise de poste, où je l'attendrais pour la ravir au danger.

Le vent s'était un peu calmé, mais de gros nuages noirs s'amoncelaient, menaçants, lorsque nous traversâmes vers midi le village de Hougham. Quelques minutes plus tard, nous arrivions au domaine. Après avoir franchi la porte monumentale où pour la première fois j'avais vu Henrietta, la chaise suivit le chemin sinueux, tourna devant le manoir, s'arrêtant au bas de l'escalier à double rampe qui jadis m'avait fait songer aux deux pinces d'un crabe et dont les degrés s'élevaient vers le péristyle.

De la voiture, je pouvais voir sans être vu ; j'observai la scène : Joey s'élançant dans l'escalier pour agiter le heurtoir et récitant sa leçon au valet qui lui ouvrait.

– C'est pour Miss Henrietta. Sans délai. J'arrive de Londres, porteur d'un message urgent à lui délivrer, de la part de Lady Mompesson.

– Dis donc, mon gars, t'aurais pas pu frapper ailleurs qu'à la grande porte ?

J'avais reconnu la voix de Dan, l'un des valets de pied. Il poursuivit :

– Toutes façons, elle est point céans. La famille est à Londres, t'aurais dû l' savoir.

Puis me parvint une voix féminine, sans doute la gardienne de saison :

– Que se passe-t-il, Robert ?

Je descendis de la voiture pour grimper l'escalier.

– Accompagnez-moi, dis-je, d'un ton que je m'efforçai de rendre impérieux. Je sais que Miss Palphramond est ici.

Les deux domestiques me regardèrent, ahuris. Dan m'avait-il reconnu ?

– Je suis tenu au secret, affirmai-je à l'intendante. Lady Mompesson m'a dépêché ici pour remettre une lettre à Miss Palphramond. Et pour la lui remettre en main propre.

Elle me regarda comme si j'avais perdu le sens commun.

– Je n'ai pas la moindre notion de ce dont vous parlez, jeune homme, déclara-t-elle.

Elle s'était exprimée avec tant de sincérité que je ne savais plus que penser.

– Alors, c'est que nous les avons dépassés et qu'ils ne sont pas encore arrivés, dis-je, avant d'ajouter en me tournant vers Joey : Rebroussons chemin, nous les croiserons sur la grand-route. Et s'ils arrivent sans nous avoir rencontrés, repris-je, m'adressant cette fois à l'intendante, dites à Miss Palphramond que Mr John Umphraville tient absolument à s'entretenir avec elle de certaine affaire, et qu'elle ne doit rien entreprendre avant de l'avoir vu.

Ce nom que je venais d'avancer, me disais-je, tout en restant indéchiffrable à ses compagnons de voyage, ne manquerait pas d'alerter Henrietta, lui révélant à la fois la gravité de mon message et, qui sait ? l'identité de son porteur – même si, comme je m'en étais forgé l'idée, elle me croyait mort. L'intendante me promit de lui faire la commission, et nous tournâmes les talons, moi pour ordonner au cocher d'aller stationner plus loin, Joey pour contourner le manoir et se rendre aux dépendances.

Quelques minutes après, il était de retour.

– Le garçon d'écurie m'a dit qu'y avait pas de voiture d'arrivée, m'annonça-t-il. Et je le crois. Y a pas plus de chevaux dans les stalles que d'ornières sur la terre mouillée.

– Tu crois qu'on les aurait dépassés ?

Sur son visage, je pouvais lire que l'hypothèse était absurde. Je lui avouai que je n'y croyais pas davantage.

– Alors, c'est que Bellringer est sûrement allé autre part, sans passer par Hougham, ajoutai-je, au désespoir.

– Mais tu m'as pas dit toi-même comme quoi Sir David racontait que le cocher, il avait des ordres de Lady Mumpsey ? fit-il. Et là-bas, d'après les palefreniers, c'était pour Hougham que le carrosse avait mis les voiles.

– Oui, c'est ici qu'ils auraient dû venir. Seulement, ils sont sans doute allés directement à l'église !

Je le regardai, affolé.

– À l'église, mais laquelle ? repris-je. Celle de Melthorpe ou celle de Thorpe Woolston ?

– On va essayer les deux. La plus près, c'est quoi ?

– Thorpe Woolston.

– Alors, moi, je vais aller là-bas en courant, et toi tu prends la chaise et tu vas à Melthorpe.

Il me lança un regard inquiet.

– Tu t' sens pas bien ? fit-il.

– Tu ne sais pas comment on va là-bas, dis-je.

– Mets-moi sur le chemin et après, j'aurai qu'à demander.

La proposition de Joey me parut bonne. Nous revînmes en voiture jusqu'au logis du gardien, et là nous nous séparâmes. Il partit dans la direction que je lui indiquai, tandis que j'expliquais au cocher comment nous rendre à Melthorpe en prenant par la route ferrée.

Le temps s'était assombri quand nous débouchâmes dans la grand-rue, où rien ne semblait avoir changé. Que d'eau pourtant avait coulé sous les ponts depuis la dernière fois que j'avais vu ces lieux si familiers ! Ne voyant pas de lumière dans l'église, je descendis de voiture et traversai la rue pour aller frapper à la porte de chez Mr Advowson.

Au bout d'un moment qui me parut une éternité, il entrouvrit le vantail de quelques pouces, juste de quoi glisser un œil.

– Savez-vous si quelqu'un devait se marier aujourd'hui dans la paroisse ? lui demandai-je.

– Dans cette paroisse, monsieur ?

Visiblement il ne me reconnaissait pas.

– Non, reprit-il. Personne, pour la bonne raison qu'il n'y a pas eu publication de bans.

– Un mariage avec dispense.

Il hocha négativement la tête.

– Quand bien même, monsieur ; je n'ai connaissance de rien de semblable.

Sauf si Joey avait mieux réussi, je n'avais plus maintenant aucune chance d'empêcher le mariage !

J'allais prendre congé de lui lorsque le vieux pasteur me regarda plus attentivement.

– N'êtes-vous pas maître Mellamphy? Ou plutôt, monsieur Mellamphy, devrais-je dire, non?

– C'est moi, en effet.

– Alors, je suis fort heureux de vous voir, sir. Auriez-vous la bonté de m'accompagner jusqu'à la sacristie? J'aimerais vous montrer quelque chose.

Quelque peu surpris, j'acceptai, car je n'avais plus aucune raison de me hâter. Il alluma une lanterne, et nous traversâmes la rue pour nous engager dans l'allée du cimetière. Tout en marchant, il ne cessait de me parler des métamorphoses du village, mais j'avais l'esprit ailleurs. Il ouvrit de sa grosse clé le portail de l'église, déserte à cette heure, qu'il me fit traverser pour me mener à la sacristie.

– Voilà deux ou trois ans de cela, m'expliqua-t-il, peu de temps après votre passage, monsieur Mellamphy, un inconnu est venu me trouver: il souhaitait consulter les registres des baptêmes des vingt dernières années, et il s'avéra qu'il avait en tête de prendre copie d'un certain nombre d'actes: je l'ai laissé seul ici pendant une heure environ. Il m'en a remercié, puis il a pris congé de moi. En rangeant les livres, je me suis souvenu du jour où vous étiez venu me demander votre acte de baptême: figurez-vous que dans le dernier registre consulté par le visiteur était précisément couchée cette pièce. Alors, ne me demandez pas pourquoi, j'ai regardé de plus près ce registre.

Il se tourna vers moi.

– Figurez-vous, m'annonça-t-il, ménageant ses effets, que la page avait été tout bonnement arrachée!

Voilà donc ce que signifiait la remarque de Lady Mompesson, selon laquelle on n'avait pu prouver l'authenticité de mon existence même! Elle et ses conseillers avaient sans doute eu vent de la disparition de la pièce d'état civil, détournement qui contrariait leurs affaires dans la mesure où ils soutenaient mes prétentions à l'héritage. Cette page arrachée, méfait signé Clothier, devait remonter à l'époque où ces derniers avaient produit le codicille devant la Haute Cour. Il ne me restait qu'à espérer que la copie délivrée par Mr Advowson le jour où j'étais passé par le village après mon évasion de chez les Quigg était toujours en sûreté au creux de sa cachette, dans la chaumine de Sukey.

Au milieu de la pénombre, Mr Advowson fourgonnait dans une pile de vieux registres énormes.

– Mais le plus étonnant, ahana-t-il en en soulevant un qu'il tentait de poser sur la table, c'est que l'auteur incontesté du méfait, je l'avais déjà vu ! Sur le moment je n'ai pas remis ses traits. C'est après que cela m'est revenu. Je ne pouvais m'y tromper : jamais encore je n'avais vu un homme aussi grand.

Un frisson me parcourut l'échine lorsque, me regardant en face, il conclut :

– Cet homme-là, monsieur, était le même qui était déjà venu ici bien des années auparavant, en compagnie de la jeune dame.

– Hinxman ! murmurai-je.

Celui qui s'était fait le complice d'Emma lorsqu'elle avait tenté de m'enlever ! L'homme de main du Dr Alabaster ! Tout se tenait, car j'étais certain qu'il avait agi à l'instigation de Silas Clothier pour détruire la preuve que j'étais bien l'héritier Huffam, la preuve qui eût permis de rendre exécutoire le codicille. Et puis, il m'en souvint, du temps où j'étais emprisonné dans l'asile du Dr Alabaster je l'avais entendu dire un jour à l'un de ses collègues porte-clefs qu'il partait pour le Nord, et la date cadrait parfaitement avec l'époque que venait d'évoquer Mr Advowson.

– Est-ce ce registre-là ? demandai-je en regardant le livre que le pasteur avait retiré de la pile.

– Oh non ! monsieur. Celui-là n'a rien à voir avec l'autre, seulement, il contient quelque chose qui se rapporte à vous. J'espère que vous n'y verrez point d'impertinence de ma part, seulement, quand vous êtes reparti d'ici pour la dernière fois j'ai repensé au sieur Barbellion, qui avait examiné les registres de mariages remontant à une cinquantaine d'années, mais sans trouver ce qu'il y cherchait. Et puis, je me suis souvenu que vous m'aviez interrogé sur la famille Huffam, comme si vous vous intéressiez à elle. De fil en aiguille m'est également revenue à l'esprit la fleur à quatre pétales que Pimlott avait remarquée ici, gravée sur un coffre. Après ce que vous m'aviez déclaré, sir, je lui ai dit que s'il voulait de l'ouvrage, il irait en trouver ailleurs… Vous ne vous rappelez pas, monsieur Mellamphy ? Il disait qu'il avait vu le même dessin sur un objet appartenant à votre mère… Enfin, toujours est-il qu'en remâchant tout cela j'ai regardé de plus près dans le coffre. Et voilà ce que j'ai trouvé, m'annonça-t-il en me montrant le livre en partie rongé par la moisissure. Il date du temps où la famille usait encore de la chapelle du Vieux Manoir à l'occasion d'un baptême ou de quelque autre cérémonie. À ce qu'on dit par ici, la chapelle aurait cessé d'être un lieu de culte après qu'on eut commis là-bas un meurtre, mais il s'agit probablement d'une histoire de bonnes femmes. Alors je me suis demandé si ce n'était pas ce que cherchait le sieur Barbellion.

– Mais bien sûr, c'était cela ! m'écriai-je, me rappelant le récit que m'avait fait Miss Lydia de la fugue de mes arrière-grands-parents et du mariage prononcé dans la chapelle du Vieux Manoir.

Je feuilletai le vieux registre et tombai sur la bonne date : 1769. Enfin, je tenais la preuve que depuis tant d'années d'autres avaient cherchée : l'acte de mariage de James Huffam et d'Eliza Umphraville. Immédiatement au-dessous de la signature de John Umphraville, le frère d'Eliza, je vis celle de Miss Lydia.

Mr Advowson m'affirma que l'acte avait été rédigé dans le respect des formes, et dûment signé par les témoins. Je le remerciai de s'être donné tant de peine, et je lui demandai de mettre le registre en lieu sûr. Puis je pris congé et remontai dans la chaise.

– Où va-t-on, monsieur? me demanda le cocher.

– On retourne à Hougham, dis-je.

Puis je me ravisai:

– Non, repartez par la grand-route, droit vers le Green.

J'avais songé à la copie de mon acte de baptême confiée à Sukey, pièce qui m'était devenue indispensable, et je voulais m'arrêter chez notre ancienne servante.

En passant par Silver Street, que le dégel et plusieurs jours de pluie avaient transformée en bourbier, je crus bien que le cocher allait faire demi-tour. Mais c'est moi qui fus bien étonné de ne plus y retrouver une seule chaumière, et de ne plus reconnaître, dans cette lande envahie de folles herbes, le moindre vestige de la vie d'autrefois. La première pensée qui me vint à l'esprit fut que la copie de mon acte de baptême avait été détruite, réduisant à néant la dernière preuve capable de valider mes droits. C'est ensuite seulement que je me représentai l'exil forcé de mon amie de jadis et des siens. Je donnai ordre au cocher de contourner le Green pour retrouver la grand-rue, où j'espérais interroger un passant. Mais il faisait un temps à ne pas mettre un chien dehors, et je dus frapper à une porte. Une vieille m'indiqua la partie du village où je devais me faire conduire.

Quand nous arrivâmes à l'endroit où était censée habiter Sukey, je trouvai un hameau dont les chaumières, loin d'être groupées, se dressaient plutôt comme des meules qu'un chariot aurait déversées çà et là, tristement isolées.

J'en choisis une au hasard. Je ne pus frapper, car la maison, en guise de porte, n'avait qu'un rideau taillé dans une peau et simplement destiné à protéger de la pluie. J'appelai:

–Y a-t-il quelqu'un? Sukey!...

Tout aussitôt, de cette sombre tanière, je la vis sortir, vieillie, usée, amaigrie, clignant des yeux dans la faible lumière du jour. Il lui fallut un certain temps pour me reconnaître, mais sitôt qu'elle l'eut fait elle se précipita vers moi, manifestant bruyamment sa joie, pour me saisir dans ses bras avant de reculer, confuse.

– J'aurais pas dû me permettre... fit-elle. Vous êtes grand maintenant, maître Johnnie. Presque un monsieur.

À mon tour je la serrai contre moi.

– Ah ! Sukey, comme c'est bon de vous revoir ! m'écriai-je.

– Décidément, c'est le jour pour la retrouvaille ! dit-elle en reculant d'un pas pour mieux m'examiner. Ce que j'en dis, c'est pas pour dire que l'autre figure je me souciais de la voir, mais la vôtre, c'est bon sang pas pareil !

Je n'eus pas le temps de lui faire éclaircir l'allusion.

– Mais... qu'avez-vous à la tête? me demanda-t-elle.

– Rien de grave. Un petit accident.

Elle me regarda sans me croire. Puis elle vit la chaise de poste arrêtée à quelques toises de nous.

– Ça y est? Vous avez hérité?

– Non, dis-je. Malheureusement je ne suis pas plus riche que la dernière fois où nous nous sommes vus.

– Mais alors, cette grande voiture... et le serviteur?

– Je l'ai loué, avec tout l'argent que j'avais de reste.

Je me sentis rougir.

– Sukey, dis-je, jamais je ne vous ai rendu l'argent que vous m'avez prêté quand je suis passé par ici.

Elle hocha la tête avec gravité, et je m'en voulus de ne pas l'avoir remboursée sur l'argent de Miss Lydia au lieu d'aller m'installer chez Mrs Quaintance, aussitôt après avoir échappé à l'entreprise criminelle de Silas Clothier.

– Il s'est passé tant de choses, dis-je. Ma mère...

Je n'achevai pas ma phrase.

– Entrez vous asseoir, fit-elle. Vous êtes tout pâle.

Je la suivis à l'intérieur. Le logis n'était qu'un bouge dépourvu de fenêtres, couvert d'un toit très bas de tiges d'ajoncs tressées et au sol en terre battue. Il n'y avait pas de feu, et seule une chandelle de suif donnait un peu de lumière. Je pris l'une des deux chaises bancales.

En quelques mots je lui relatai la mort de ma mère, ce qui l'émut profondément, puis une partie de ce qui m'était arrivé depuis notre dernière rencontre. Mais bientôt je changeai de sujet.

– Pourquoi êtes-vous venue habiter ici? lui demandai-je.

– Ben, pour la raison qu'à Silver Street, et y a pas seulement que là, ils ont démoli toutes les maisons afin d'abaisser les secours aux pauvres. Maintenant, on n'est plus sur la paroisse. Ça fait qu'icitte on reçoit plus rien.

– C'est atroce, dis-je, sentant croître en moi la hargne que j'éprouvais à l'endroit des Mompesson.

– Vous savez, on est beaucoup beaucoup à être dans la même situation, à présent. Comme voilà ce pauvre Mr Pimlott… À propos, ça me fait rappeler, maître Johnnie: la fois où le bonhomme était rentré par bris dans la maison de vot' maman, eh ben, c'est Mr Pimlott qui lui avait prêté la main.

– C'est bien ce qu'il m'avait semblé, mais pourquoi en êtes-vous si certaine?

– Il est mort y a quelques mois d' ça. Et ma tante s'est occupée de lui quand il était à l'agonie. Paix à son âme, la pauvre, parce qu'elle est passée elle aussi, moins d'une semaine après. Et lui, il m'a fait dire par ma tante qu'il avait à me parler avant de mourir. Alors j'ai été le voir, et il m'a demandé pardon pour le tort qu'il nous avait fait, à moi et à Job. Il avait aidé le bonhomme seulement pour faire préjudice à vot' maman, pour la raison qu'elle était du grand monde, et qu'envers ce monde-là il avait gardé un chien de sa chienne. Toute sa vie il avait travaillé pour les Mumpsey, mais à tant s'échiner sur les terres mouillées il était rongé par le mal de Saint-Genou, et alors le régisseur – je vous parle pas de l'ancien, qu'était un brave homme, mais de son neveu, celui-là qu'est venu après –, alors le régisseur l'a cassé aux gages. Renvoyés de leur logis sur le domaine, lui et sa femme ! Et après, tout ce qu'il a pu trouver pour se loger, c'est une petite masure, auprès de chez vot' maman. Il disait que si sa femme était morte, c'était à cause du froid et de l'humidité du logis.

– Bon, mais quelle part a-t-il prise dans le vol ? demandai-je, impatient d'en apprendre davantage.

– Ce jour-là, quand vot' mère a chassé le galvaudeux qu'était venu gueuser à la barrière du jardin, Mr Pimlott l'a vu, et après, il l'a appelé pour lui dire de venir manger et passer la nuit chez lui. Alors ils en ont reparlé en long et en large, et c'est là qu'ils ont mijoté les choses ensemble et que Mr Pimlott lui a promis qu'il lui prêterait la main. Après, il m'a dit à moi qu'il avait vu un dessin ou quelque chose de gravé sur l'écritoire que le bonhomme avait volée, et que c'est comme ça qu'il a appris que vot' mère était parente avec les Mumpsey. Alors il s'est dit qu'au moins il s'était revengé. Mais par après, la fois où vous avez repassé par icitte en revenant du Nord, ça l'a travaillé dans sa tête, qu'il m'a dit, de vous voir si mal en point et si malheureux. Si bien que le lendemain, quand Mr Advowson lui a dit tout d'un coup qu'il lui donnerait plus d'ouvrage à faire, il s'est mis dans l'idée qu'il était puni pour ce qu'il vous avait fait, à vous et à vot' maman. Et voilà que guère longtemps après on l'a renvoyé de son logis, comme je vous disais. Alors il a voulu se faire un logis pareil que le nôtre, que Harry a bâti. Seulement, un grand vent l'a emporté, et lui, il a pris la maladie, et pendant des jours il avait pas d'abri au-dessus de sa tête, pour ainsi dire, et il arrêtait pas de se manger les sangs en repensant à ce qu'il avait fait.

Songeant au passé et au tour qu'avaient pris les choses,

je gardai le silence pendant quelque temps avant de demander :

– Et Harry ? Et les enfants ?

Elle baissa les yeux.

– Mieux vaut qu'ils ne vous voient pas icitte, fit-elle.

En prononçant le nom de Harry, je m'étais souvenu de l'engagement qu'il m'avait obligé à formuler et à signer sur la copie de mon acte de baptême.

– Sukey, avez-vous encore cette pièce de parchemin ? demandai-je.

Mais avant même qu'elle pût me répondre, quelque chose qu'elle venait de me dire me revint subitement à l'esprit, et j'en éprouvai de la terreur : Mr Advowson m'avait affirmé que c'était Hinxman qui avait arraché dans la sacristie la page du registre sur laquelle était porté mon acte de baptême, et maintenant j'essayais de me rappeler si Sukey l'avait vu ce jour-là, bien des années auparavant, lorsque Emma et lui avaient voulu m'enlever. Se pouvait-il qu'il m'eût suivi, et que de nouveau il fût quelque part dans les environs ?

– Sukey, me hâtai-je de demander, à qui songiez-vous en me disant qu'aujourd'hui je n'étais pas le premier à resurgir du passé ?

– Bon, je m'en revenais de Nether-Leigh quand j'ai aperçu des lumières dans les bois. Le mur du parc, vous vous en ressouvenez ? Là où il est écroulé ! Moi, j' remontais par le vieux chemin du charroi, et c'est là que j'ai vu des lumières dans le Vieux Manoir. Alors je me suis approchée un peu, et devinez qui…

– Des lumières dans le Vieux Manoir ! m'exclamai-je. Mais il est en ruine. Personne ne l'habite plus.

Tout à coup je songeai à la vieille chapelle où avait eu lieu le mariage de James et d'Eliza. Un édifice qui jadis avait été consacré pouvait assurément se prêter encore à la célébration d'une cérémonie nuptiale autorisée par une dispense !

Je me levai d'un bond.

– Il faut absolument que j'y aille ! dis-je.

– Où ça ?

– Au Vieux Manoir.

– Mais avez-vous vu la tempête qu'il fait ? se récria-t-elle, car le vent hurlait au-dessus de nos têtes. Sans compter que vous êtes tout pâle !

Elle voulut vaguement me retenir, mais je lui échappai comme jadis l'enfant espiègle qui faisait tout pour retarder l'heure du coucher, et je sortis d'un seul élan pour remonter dans la chaise.

– Repartez par où nous sommes venus ! criai-je au cocher. Je vous dirai à quel endroit tourner.

La voiture s'ébranla, et sous la pluie battante Sukey la suivit un instant en courant pour me hurler quelque chose que le martèlement des sabots et le sifflement du vent m'empêchèrent de saisir. Mais bientôt nous la laissâmes en arrière.

V

Le cocher avait lancé ses chevaux au grand trot, et l'orage, qui depuis longtemps menaçait, éclata, tandis que dans la chaise cahotante je me remémorais les promenades que si souvent j'avais faites au temps de mon enfance. Quand nous passâmes au bas du Gibet le ciel s'assombrit et la pluie redoubla de violence, cinglant les vitres avec une implacable fureur. Alors seulement je me souvins de ce que je voulais demander à Sukey : mon extrait de baptême, qu'était-il devenu ? Je m'en voulus de ne pas lui avoir laissé le temps de répondre à cette question.

La nuit n'allait pas tarder à tomber quand nous passâmes entre les piliers de pierre de la poterne du vieux domaine Huffam. Puis nous nous engageâmes dans l'allée, herbue à présent, qui sinuait entre les arbres dépérissants pour descendre vers le lac, cette même allée que ma mère et moi avions suivie jadis, à pied, le jour où elle était venue vainement faire appel à l'honneur et à la générosité de Sir Perceval et de son épouse. Le vent soufflait maintenant avec tant de force que les ormes ondulaient tels des saules, et que d'énormes nuées noires s'amoncelaient dans le ciel comme pour monter à l'assaut de la lune blanche. Un œil sur le chemin qu'avalait la voiture, je repensais à ce que m'avait dit Sukey du régisseur des Mompesson, Assinder. Ils n'avaient aucun droit sur ces terres. Ils les détenaient par fraude, et ils avaient failli à leurs obligations de propriétaires. Si je pouvais contraindre Bellringer à se dessaisir du testament, ce domaine serait le mien.

Je profitai de notre passage sur le pont, à l'amont du lac, pour tenter d'apercevoir par la fenêtre gauche de la voiture la vieille demeure. Nous n'en étions plus maintenant qu'à quelques centaines de toises à vol d'oiseau, mais pas par le chemin qui serpentait. Le plus court assurément était de traverser la mouillère qui s'étendait du lac au coteau où s'élevait le mausolée de Jeoffrey Huffam, et au pied duquel on avait bâti le Vieux Manoir. Nous n'avions pas d'autre choix que de couper à travers cette prairie, et je forçai le cocher réticent à s'aventurer précautionneusement sur le sol détrempé.

D'où nous la voyions, l'antique bâtisse paraissait plus noire encore que la pénombre crépusculaire et, même si Sukey y avait vu de la lumière, ce n'était plus le cas. Ne s'était-elle pas trompée en croyant l'intérieur éclairé, quand les vitres d'une fenêtre auraient simplement reflété la clarté du ciel ? Un éclair illumina le manoir, révélant soudainement la toiture béante de l'aile orientée vers nous. La construction menaçait ruine. Je scrutai les alentours dans l'espoir de découvrir la chaise louée par Bellringer, mais sauf une masse noire que j'aperçus à quelque distance, sous les arbres, je ne découvris rien qui y ressemblât.

Le sol meuble de la prairie ralentit notre progression, si bien que je finis par demander au cocher de m'attendre là. Sautant à bas du véhicule, je me précipitai vers le vieil édifice trapu. Les longues heures du voyage m'avaient mis à bout de forces, j'avais la tête encore endolorie, et très vite, sentant mes oreilles bourdonner, vidé de mon énergie, je dus faire halte, hors d'haleine. Puis je repartis d'un pas plus mesuré, pour m'engager sur ce qui avait dû être une terrasse pourvue d'allées gravillonnées, bordées de balustrades, où l'on distinguait encore, assombries et envahies par les herbes aquatiques, des pièces d'eau où autrefois avaient dû s'ébattre des poissons. À présent je voyais luire faiblement les fenêtres à meneaux dont les carreaux de vitre, mis en plomb, n'avaient pas disparu. Je me dirigeai vers l'entrée voûtée percée sur le côté du corps de logis, et, constatant que la grande porte n'était pas verrouillée, j'entrai.

Une odeur chaude, terreuse, mais que je n'aurais su définir me vint aux narines, et je croyais poser le pied sur des ardoises brisées. Tout d'abord j'avançai dans une totale obscurité, et je me fis reproche de ne pas m'être muni d'une lampe, mais peu à peu je m'habituai aux ténèbres, suffisamment pour constater que le plafond était fort élevé au-dessus de ma tête, et que je me trouvais dans la grande salle. Jamais je n'avais oublié l'histoire que m'avait jadis contée Mrs Belflower – celle de la fugue amoureuse et du duel –, et dont la véracité m'avait été si étonnamment confirmée par Miss Lydia. C'était donc ici que les choses s'étaient passées, soixante années plus tôt !

J'avais la tête levée quand il se fit un éclair ; quoique ébloui par la fulguration, j'eus le temps d'apercevoir l'énorme ouvrage de solives du plafond en berceau, les insignes armoriés peints sur les chantignoles cintrées, l'arc brisé des hautes fenêtres, les anciens portraits accrochés par-dessous, encore drapés dans les pièces de mousseline, à présent jaunies et pendillantes, dont on avait dû les recouvrir pour les protéger des injures du temps. Sous mes pieds j'observai la configuration du dallage : c'était un nombre incalculable d'immenses quinconces, à base de losanges noir et blanc, et dont je remarquai en marchant que le point central variait selon la perspective.

Tout indiquait que la maison était inhabitée, comme elle l'avait été pendant tant d'années, mais entre les grondements intermittents du tonnerre il me sembla que me parvenaient des bruits de voix couvrant le gémissement et le crépitement continuels du vent et de la pluie. Peut-être s'agissait-il tout simplement de l'effet des tournoyantes bourrasques, car autant que je pouvais en juger j'étais seul dans l'immense bâtisse.

Tout à coup une énorme silhouette se dressa devant moi, et j'entendis un bruit de respiration râpeuse, suivi d'une manière de violent barrissement. Une vache ! Voilà donc d'où venait l'odeur. Ce qui avait été jadis la grand-salle du manoir de mes ancêtres n'était plus à présent qu'une étable !

Tant Mrs Belflower que Miss Lydia m'avaient parlé de la chapelle, mais ni l'une ni l'autre ne m'avait dit où celle-ci était située. Je poussai plus avant mon exploration. Alors que j'avançais prudemment, à l'aveuglette, vers le fond de la salle, de nouveau le tonnerre éclata et je sursautai en voyant une forme se profiler devant moi, un peu sur la gauche. Puis, comprenant qu'il s'agissait de mon ombre, je me mis à rire à haute voix, éveillant des échos si caverneux que de nouveau je pris peur. J'écartai une vieille tenture ornée de découpes de cuir peintes toutes craquelées, maintenant en lambeaux, pour pénétrer dans une pièce plus petite, envahie d'un fort remugle. À la faveur d'un autre éclair, je vis qu'aux murs étaient encore pendues des pièces d'étoffe damassée et des tapisseries ondulant aux courants d'air, sauf là où, s'étant décrochées, elles gisaient sur le sol, moisies, en tas, au-dessous de leur cadre vide. Je passai à côté d'un grand lit à baldaquin

– celui, peut-être, dans lequel était né Jeoffrey Huffam – toujours pourvu de ses courtines en broché rouge et or.

Dans un coin de la pièce s'élevait un escalier en spirale où je m'engageai. Ses marches de pierre étaient usées, mais aucune ne s'était effondrée. Alors que je montais tant bien que mal dans le noir, soudain j'eus le sentiment qu'on parlait, et, à me rappeler le récit de Miss Lydia, je me sentis tout chose : n'était-ce pas ici qu'elle avait vécu quand on l'avait jugée folle ?

Tout à coup une voix surgit de l'obscurité, proche et distincte. Si j'avais tressailli et senti mes cheveux se hérisser, c'est que je l'avais reconnue avant même de comprendre le sens de ce qui était dit.

– Non mais des fois, maître Jean-qui-veut-pas va-ti pas laisser faire une fois Jean-qu'obéit ?

Mes sens me trompaient-ils ? Ou bien si je « foleyais », comme eût dit Bissett ? Car c'était bien la voix de Bissett que je venais d'entendre. Mais comment cela se pouvait-il ? Non, je déraisonnais, à moins que ce ne fût un rêve. Je gravis les derniers degrés et débouchai dans le fond de la vieille chapelle, derrière une cloison d'ais. Le toit était en partie effondré, l'eau qui ruisselait sur les murs inondait le sol et giclait par les fenêtres brisées encore ornées de vestiges de vitraux. Le peu de lumière qui éclairait les lieux provenait de deux fanaux de coche et d'une paire de lanternes suspendus à des perches, derrière l'autel. Côte à côte, me tournant le dos, se tenaient Bellringer et Henrietta, faisant face à Mr Pamplin. Mr Phumphred était debout, près de Bellringer, et Bissett – oui, Bissett ! – du côté opposé, près de Henrietta.

– C'est point à vous d' me régenter ! déclarait Mr Phumphred. Faut pas me prendre pour vot' serviteur !

– Comme c'est moi qui conduis la mariée, répliqua Bissett, c'est à moi de veiller à faire juste comme veut la jeune fille !

– Merci, monsieur Phumphred, fit Henrietta.

Elle s'exprimait à mi-voix, et j'eus quelque peine à l'entendre lorsqu'elle ajouta :

– Je sais que seules vous guident de bonnes intentions, mais je puis vous assurer que je me marie de mon plein gré.

– Très bien, dit Mr Phumphred, d'un ton où perçait l'irritation. Alors il est établi qu'il n'y a pas d'empêchement légitime au mariage[1].

Au même instant je surgis de derrière la cloison pour m'avancer vers l'autel.

– Arrêtez ! hurlai-je.

Tous se retournèrent vers moi, et je vis l'épouvante et la consternation – encore que diversement exprimées – envahir les traits de la petite compagnie. Henrietta poussa un cri et recula, les mains plaquées sur son visage, mais continuant à me regarder fixement à travers ses doigts écartés. Bellringer poussa un juron. Mr Pamplin semblait éperdu. Stupéfaits, Bissett et Mr Phumphred avaient pâli.

– Non, je ne suis pas un fantôme, dis-je. Simplement, je n'ai pas péri dans les gadoues du canal de Fleet Street.

Je continuai d'avancer sur le dallage fissuré de l'allée centrale. Tous, sauf Bellringer et l'ecclésiastique, s'écartèrent à mon approche. Je tendis la main au vieux cocher, qui me la serra précautionneusement. Henrietta, qui était allée à reculons se blottir contre l'autel, nous dévisageait avec frayeur.

Je fis quelques pas vers elle, mais elle se déroba, comme si elle contemplait une apparition.

– Je vous prie de me pardonner, lui dis-je à voix basse. Sans doute pensiez-vous que ma mort avait été une délivrance. Pour vous comme pour moi.

Elle hocha la tête, abasourdie.

– J'en suis fort peiné.

– Pourquoi ne m'avez-vous rien fait savoir ? fit-elle.

1. Formule consacrée par le rite de l'Église anglicane.

À l'expression de son visage je voyais bien qu'elle m'avait aimé, et aussi qu'elle avait souffert. C'était pour cela qu'elle s'était laissé circonvenir par Bellringer.

– Je ne voulais pas vous surprendre, repris-je. Mais il fallait que j'empêche ce mariage.

Elle me dévisageait toujours avec épouvante, et c'est dans un murmure que j'ajoutai, afin qu'elle fût seule à m'entendre :

– Il vous ment. Il ne cherche qu'à s'enrichir en se servant de vous.

Tandis que je parlais, Bellringer s'était approché d'elle pour la regarder avec une expression de sollicitude qui demeure à jamais gravée dans mon souvenir.

– C'est faux ! protesta Henrietta dans un filet de voix. Il sait que je suis totalement démunie.

Elle nous regardait, l'un après l'autre.

– Non, dis-je. Le testament est retrouvé. Au contraire de ce qu'on avait cru, il n'a pas été détruit. Il en résulte que si j'avais péri pour de bon, c'est vous qui seriez l'héritière du domaine.

– Ne l'écoutez pas, Henrietta, fit Bellringer. C'est de la haine qu'il a pour moi. Il cherche à me rabaisser honteusement devant vous.

– Mais je le sais, que le testament n'a pas été détruit, me lança-t-elle. C'est même pour cela qu'ils voulaient me faire épouser Tom. Grâce à Henry j'y ai échappé.

Ces mots me laissèrent sans voix. Se pouvait-il qu'elle se fût entendue avec Bellringer pour braver les volontés de ses tuteurs ? Mais ce qu'elle me dit ensuite dissipa tout malentendu :

– Ainsi, voyez-vous, quand tante Isabella apprendra ce que j'ai fait, elle détruira le testament, ce qui coupera court à toutes mes espérances d'héritage.

– Il vous a dupée, dis-je. Ce n'est pas Lady Mompesson qui a le testament. C'est lui.

– Ce n'est pas vrai ! se récria-t-elle en se tournant vers Bellringer.

– Il ne vous dit que des mensonges, mon aimée, protesta-t-il en lui prenant doucement la main.

Consterné, je vis qu'elle le laissait faire.

J'étais bouleversé. Je n'avais rien prévu de tel. Qu'arrivait-il ? Henrietta ne ressentait-elle plus rien pour moi ? Aimait-elle Bellringer ? J'allai plus loin : supposé qu'elle le sût en possession du testament, ma seule vue ne la mettait-elle pas dans tous ses états parce que mon existence même la frustrait de tout espoir d'hériter ? Non, non, cela était impossible !

– Comment pourrait-il dire vrai ? poursuivit Bellringer. Constater qu'il est vivant ne change rien à mon désir de vous épouser : l'ayant-droit Huffam vous empêche d'hériter du domaine, vous le savez, et si seule la convoitise m'animait, ne me dédirais-je pas à présent ?

– Vous mentez encore ! m'écriai-je, car vous savez que ma vie ne tient qu'à un fil. Regardez-moi, Henrietta, dis-je en lui montrant ma tête bandée. Ses amis ont essayé une fois de plus de me tuer, et il sait très bien qu'ils n'en resteront pas là.

– Je ne vous crois pas, déclara-t-elle. C'est une manie chez vous que de vous forger des chimères, d'imaginer qu'on en veut à vos jours.

Elle se tourna vers le pasteur :

– Monsieur Pamplin, fit-elle, veuillez poursuivre.

– Non ! protestai-je, criant pour faire entendre des autres mon appel désespéré. Il vous a trompés, tous autant que vous êtes ! L'ordre de Sir David concernait bien un mariage, mais celui de Henrietta et de son frère Tom !

– Et c'est de cela qu'il m'a sauvée ! cria Henrietta.

Hors d'elle-même au point d'en être écarlate, elle se tourna vers moi avec une expression que jamais je n'avais vue sur son visage.

– Qu'attendez-vous de moi ?

– Qu'y a-t-il de vrai là-dedans ? demanda Mr Pamplin.

Voyant Henrietta déconfite, c'était manifestement moi qu'il croyait.

– Alors, vous vous êtes joué de moi, Bellringer, ajouta-t-il.

– Mais vous m'avez fait montrer la lettre de Mr Barbellion, dit Bissett, que mes propos avaient alarmée. La lettre où il disait que Sir David voulait que ça soye moi qui conduise Miss Palphramond à l'autel, pour qu'elle se marie avec vous !

Bellringer était un habile faussaire, je le savais : il avait écrit le billet qui avait provoqué le renvoi de Miss Quilliam, et aussi contrefait le testament, consommant ainsi ma perte. Mais à quoi bon tenter de les persuader de cela ?

– Vous avez pleinement raison, madame Bissett, déclara Bellringer. N'allez surtout pas le croire.

Elle me lança un regard mauvais et hocha la tête, comme si elle se souvenait de toutes les fois où elle m'avait pris en flagrant délit de mensonge.

– Procédez à la cérémonie, Pamplin, fit Bellringer. Ma future épouse est consentante et la dispense a été établie en bonne et due forme.

L'ecclésiastique y consentit d'un signe de tête, et tous reprirent les positions qu'ils occupaient lorsque je les avais interrompus. J'avais abattu toutes mes cartes. Aussi la cérémonie fut-elle bientôt accomplie, et je découvris que jamais je n'avais tant désiré Henrietta qu'en cet instant où j'étais le témoin forcé de ses épousailles avec un autre. Un autre que je haïssais plus violemment que je n'avais haï personne dans le passé. Impuissant à changer le cours de mon destin, je revivais le moment où, recroquevillé sous les quais de la Tamise, j'attendais le flot qui allait me faire périr.

– Écoutez ! s'exclama Mr Phumphred presque à l'instant même.

Dans le grondement du vent arrivait à mes oreilles le galop d'un cheval.

Je me penchai à l'une des fenêtres qui donnaient au couchant : dans la pâle clarté de la lune qui perçait de fugaces nuages se découpait sur le ciel la silhouette du mausolée, au sommet de la butte dominant le manoir ; au premier plan, les quatre grands ormes dont m'avait parlé Miss Lydia ployaient sous les rafales du vent. Et un éclair, zébrant la nuit, me montra un cavalier qui s'approchait, piquant des deux.

Je me retournai vers les autres pour les informer, et Bellringer courut me rejoindre. Au même instant le cavalier mettait pied à terre et s'élançait vers la bâtisse. Il portait quelque chose de pesant, mais que je ne pus discerner. Je ne reconnus pas ses traits, au contraire de Bellringer, qui blêmit, puis se précipita vers Henrietta :

– Vite ! s'écria-t-il. Il entre par-derrière !

Bien qu'il fût le seul d'entre nous à savoir l'identité du cavalier, un sentiment de crainte fautive nous unit immédiatement les uns aux autres, et nous suivîmes les jeunes mariés vers l'escalier, au fond de la chapelle.

– Laissez-les ici, imbécile ! clama Bellringer alors que Mr Phumphred allait se saisir d'une des lanternes.

Une fois au bas des marches, nous tendîmes l'oreille, mais sans rien entendre. Bellringer nous dirigea vers la grand-salle ; avançant dans le noir, nous avions parcouru la moitié de sa longueur lorsque soudain s'éleva derrière nous une voix que la colère rendait impossible à identifier :

– Ne bougez plus !

Nous nous figeâmes sur place. L'homme s'avançait à pas vifs, cherchant à percer l'obscurité. Dans chaque main il tenait un pistolet de duel, dont j'entendis cliqueter les chiens.

– C'est toi, Bellringer ? Vile fripouille !

Cette fois je reconnus la voix : celle de David Mompesson.

– Non, dis-je. C'est moi, John Huffam.

– Alors range-toi, mouche du coche ! Il faut que justice soit faite.

Il fit quelques pas en avant pour venir à ma hauteur.

– Ne commettez pas de folie, Mompesson, le suppliai-je.

Il fixait des yeux quelque chose, par-dessus mon épaule, et je me retournai. La foudre illumina la salle et je vis une silhouette se glisser sans bruit vers la grande porte du fond. Mompesson l'avait vue lui aussi. Il leva le bras droit. Je me déportai pour lui masquer sa cible.

– Non ! Ne tirez pas sur lui ! me récriai-je.

Rien qu'à voir Mompesson, blanc comme un linge, je compris qu'il allait tirer, et je mesurai d'un coup d'œil mon impuissance à l'en empêcher. Tout à coup une violente poussée m'écarta. Un éclair m'éblouit, et il me sembla que ma tête explosait. Une fumée âcre m'emplit les poumons, me coupant le souffle. Puis je m'aperçus que je gisais sur le sol, haletant, aveuglé comme par un tir d'artifice. Quelqu'un était à plat ventre près de moi. Tout aussitôt il y eut une autre détonation, mais cette fois à quelque distance.

Puis un cri aigu, terrible.

Et j'entendis la voix de Joey, comme enrouée :

– Tout va bien, John ?

Il m'avait sauvé la vie. Entré dans la grand-salle au moment où nous débouchions nous-mêmes de l'escalier, il m'avait d'une poussée écarté de la ligne de tir comme David déchargeait son premier pistolet. (Il devait m'expliquer plus tard comment il était arrivé au Vieux Manoir à point nommé : il avait aperçu notre chaise de poste et l'avait suivie en rentrant de Thorpe Woolston.)

Il m'aida à me remettre debout, puis me soutint tandis que, chancelant, je rejoignais les autres. Mr Phumphred était retourné à la chapelle pour se munir des deux lanternes, et dans leur lumière je vis que tous entouraient Bellringer, qui gisait à terre, étendu sur le dos. Tous, sauf Bissett, agenouillée près de lui pour lui ouvrir le col de son manteau et celui de sa chemise, souillés d'un liquide poisseux que la faible clarté lunaire rendait noirâtre. Près de lui, tremblante, Henrietta, ramassée sur elle-même, regardait fixement Mompesson.

– Tu es un homme fini, Mompesson, fit Bellringer dans un souffle alors que nous nous approchions de lui. Je t'ai eu. Tu seras pendu. Rien ne te sauvera de la corde.

Une expression de malignité triomphante se peignait sur son visage.

– Il voulait s'échapper, protesta Mompesson, qui nous regarda les uns les autres. Je ne pouvais faire autrement.

Je regardai le blessé et constatai que la balle, tirée par-derrière, lui avait percé la poitrine, juste sous le cœur.

– Je n'en ai plus pour longtemps, dit-il tout à coup.

Il eut comme un rire, et ce fut en murmurant qu'il ajouta :

– Ainsi, Umphraville est vengé.

Déconcerté par ce propos, j'allais lui demander ce qu'il entendait par là, et comment il avait été mis au fait du meurtre commis jadis en ces mêmes lieux, mais au même instant deux silhouettes se profilèrent dans l'encadrement de la porte : celles d'une dame et d'un gentilhomme tenant une lanterne. Je ne tardai pas à reconnaître Lady Mompesson et le sieur Barbellion, que Sir David avait devancés en leur laissant le coche, en rase campagne, tandis que lui-même, sur un des chevaux de l'attelage, entrait dans le domaine par le fond du parc. Tout cela, je l'appris par la suite.

– Que s'est-il passé ? demanda l'homme de loi en voyant les pistolets encore dans les mains de son client.

Il me sembla que Mompesson voulait parler, mais d'un geste le sieur Barbellion l'arrêta.

– Je vous en prie, sir David, fit-il. Je vous conseille de ne rien dire.

– Il lui a tiré dans le dos, déclara Mr Pamplin d'un ton laconique.

– L'un d'entre vous a-t-il été témoin de ce prétendu incident ? demanda le sieur Barbellion en nous dévisageant l'un après l'autre.

Bissett le fixa, dépourvue d'expression, et Mr Phumphred observa craintivement Lady Mompesson, qui ne le quittait pas des yeux. Mr Pamplin regarda ailleurs.

– Voulez-vous donc me priver de ma revanche ? lui demanda Bellringer dans un râle. Charles, bon sang, vous avez tout vu.

– Il faisait trop noir pour rien voir, grommela l'homme d'Église.

– Et vous, Henrietta ?

Elle se tut. Était-elle trop bouleversée pour parler ?

– Moi j'ai vu, affirma Mr Phumphred, qui soutint le regard de Lady Mompesson.

– Imbécile ! cria-t-elle à son fils, qu'elle souffleta d'un geste vif.

– Alors je ne puis rien faire pour vous, sir David, déclara le sieur Barbellion. Il vous reste peu de temps. Je vous conseille d'en user au mieux de vos intérêts.

À ma stupeur, Lady Mompesson s'agenouilla auprès du blessé pour examiner le contenu de ses poches. La voyant faire, son fils déposa ses armes et, penché au-dessus de Bellringer, entreprit de l'imiter.

– Vous ne trouverez rien, gémit le moribond.

Ils étalèrent au sol ce qu'ils avaient ramené. Lady Mompesson se saisit du portefeuille et l'inspecta.

– Je proteste ! dis-je en m'avançant d'un pas. Il est gravement blessé. Il faut envoyer quérir un chirurgien.

La mère et le fils ne m'entendirent même pas. Ils me firent songer à deux charognards de voleurs que j'avais vus un jour détrousser un cadavre sur un terrain vague, du côté de Bethnal Green.

Puis une pensée inquiétante m'effleura. Il leur fallait réunir deux conditions pour que le testament trouvât son sens : ma mort, d'une part, le mariage de Henrietta avec l'un des deux fils Mompesson, de l'autre. Or ils mettaient un tel empressement à s'emparer du testament qu'on ne pouvait que les soupçonner de me savoir la cible d'un assassin.

Le sieur Barbellion m'observait, et m'adressa, manière de me complimenter, un mince sourire. Je présentais un étrange et bien piètre spectacle, car outre les blessures que m'avait infligées Barney, j'avais maintenant les sourcils roussis et le visage noirci par le coup de pistolet de Mompesson.

– Ainsi donc, c'est l'héritier Huffam qui nous accueille dans la maison de ses pères, fit l'homme de loi.

Un bruit de clés tombant sur l'antique dallage ouvragé retentit soudain : c'était un trousseau que Mompesson venait de retirer d'une poche de Bellringer. L'une des clés était énorme.

– Je ne l'ai pas, dit Bellringer. Je ne suis tout de même pas fou à ce point !...

Il se tut, faisant effort pour reprendre haleine. Puis il souleva un peu la tête pour regarder Lady Mompesson et son fils, qui avait renoncé à le fouiller. Tous deux maintenant le scrutaient.

– ... mais il est en lieu sûr, reprit-il.

Sa voix était de plus en plus ténue, et son langage de plus en plus haché.

– Il est retourné... là... là... d'où il est venu.

Sa tête retomba sur le dallage.

« D'où il est venu ! » me répétai-je en regardant la grosse clé. Lors de la visite qu'il m'avait faite, Bellringer avait usé de l'expression : « En lieu sûr. Là où il doit être ». Et ces mots m'avaient rappelé quelque chose qu'un autre m'avait dit, mais je n'arrivais pas à me souvenir de qui il s'agissait.

– Vous avez commis une folie ! lança d'une voix sifflante

Lady Mompesson à son fils. Vous nous avez tous précipités à la ruine.

– Et moi, que vais-je devenir? grommela-t-il.

– Je n'ai nullement le droit de rien vous conseiller, dit le sieur Barbellion. Cela reviendrait à me faire le complice d'un crime consommé.

Je vis Mompesson serrer le poing et s'avancer vers l'homme de loi. Mais sa mère lui prit le bras pour le retenir.

– Tout ce que je puis faire, reprit le sieur Barbellion, c'est vous recommander, en désespoir de cause, la seule conduite que puisse encore adopter un homme qui vient de commettre un forfait d'une telle gravité: fuir le plus promptement possible et gagner le port le plus proche – Boston, en l'occurrence, si je ne me trompe – et embarquer sur la première malle à destination de la Hollande. Vous devrez passer la fin de votre existence dans un pays étranger, je le crains fort.

– Pas si vite! dis-je. Cet homme a commis un meurtre. Il est de votre devoir de le faire appréhender.

– Maudite canaille! hurla Mompesson.

– Chercheriez-vous à vous venger vous aussi? se récria Lady Mompesson.

– Vous parlez d'or, jeune homme, déclara le sieur Barbellion d'un ton ironique. Mais malheureusement Sir David est aux abois… et il est armé.

Il s'interrompit avant de reprendre:

– Car vous êtes armé, n'est-ce pas, sir David?

Mompesson se hâta de ramasser ses pistolets.

– Que pourrions-nous bien faire? continua le sieur Barbellion. Si nous nous jetions sur lui, l'un de nous serait sans doute mortellement blessé. Or la loi n'exige pas de nous que nous mettions nos vies en péril.

– Certainement pas! fit Mr Pamplin, haletant.

– Les deux armes sont maintenant déchargées, affirmai-je.

– Vous voulez vous venger, c'est cela, petite vermine ! me lança haineusement Lady Mompesson.

L'affront me frappa de plein fouet, mais je me tus, ne trouvant rien à répliquer qui ne me rabaissât et ne fît son jeu.

– Laisse-le partir, fit Joey, qui regardait le corps de Bellringer. Çui-là, i' valait pas la peine qu'on risque not' peau pour lui.

– J'en ai rechargé un, déclara Mompesson.

Il jeta l'un de ses pistolets, qui chut sur le dallage avec un bruit répercuté par les murs de la salle, et il pointa l'autre vers moi.

– Vous mentez, dis-je.

Je regardai Henrietta, qui observait la scène d'un regard étrangement fixe.

– Très bien, repris-je. Partez.

Je m'écartai, et il passa près de moi en me toisant d'un air hébété, où perçait comme une lueur de triomphe.

– Venez, Phumphred, fit Lady Mompesson en se tournant vers le vieux cocher. Nous allons conduire Sir David à Boston.

Mr Phumphred semblait indécis.

– Rien ne vous y oblige. Et si vous y allez, vous pourriez le regretter, dis-je.

– Je croyais pouvoir me fier à votre droiture, Phumphred ! se récria sa maîtresse, le voyant hésiter.

– C'était-ti de la droiture, de m'obliger à conduire ici une jeune dame pour la faire marier contre ses volontés ? répondit-il. Mais je vous obéirai, milady. Je ferai ce que vous m' commandez.

Lady Mompesson se tourna vers son conseil :

– Vous ne venez pas avec nous ?

– Non, milady, je ne me compromettrai pas davantage. Mon devoir m'ordonne de me présenter devant le magistrat le plus proche et de le requérir d'actionner contre votre fils.

Elle le regarda, les yeux écarquillés.

– Cependant, reprit-il, s'il me faut marcher par un temps pareil, sans rien connaître de la contrée, je doute fort d'en trouver un avant que Sir David ait gagné le premier relais de poste, entre ici et la côte.

Lady Mompesson lui fit un bref sourire, puis s'adressa à Henrietta :

– Vous, allez au manoir, et attendez là-bas mon retour.

Henrietta n'eut pas un regard pour sa tutrice.

– David ! cria-t-elle. Emmenez-moi !

Ne sachant que répondre, Mompesson eut un haussement d'épaules. Manifestement, Henrietta, bouleversée, avait perdu ses esprits au point de ne plus s'exprimer qu'en hurlant :

– Maintenant, l'autre ne vous épousera pas ! Elle ne vous suivra pas à l'étranger, elle !

Mompesson se dirigea vers la porte, et son sourire disait assez combien il la tenait pour insensée.

– Du calme, Henrietta, voulez-vous ! fit Lady Mompesson d'un ton tranchant.

Je m'approchai de Henrietta pour lui prendre le bras, mais, esquivant mon geste, elle s'enfuit en courant dans le noir.

Mompesson et sa mère n'étaient plus qu'à quelques pas de la porte lorsque Mr Pamplin s'avisa qu'ils partaient.

– Lady Mompesson ! s'écria-t-il. Je tiens à vous expliquer le rôle qui a été le mien en la circonstance, sinon ce malentendu va ruiner la bonne opinion que vous avez de moi. J'ai été dupé par Bellringer, bien à mon insu et… Comprenez-moi, il m'a demandé de lui rendre un service… le service divin, naturellement, et…

Lady Mompesson ne prit pas la peine de lui répondre autrement que par un regard agacé, puis elle sortit pour suivre son fils, qui marchait devant Mr Phumphred. C'est en se tournant vers nous que Mr Pamplin finit sa phrase :

– … et alors, je n'avais pas la moindre idée de ce qu'il avait en tête, voilà tout.

– Puisque vous le dites ! déclara le sieur Barbellion, qui se tourna vers Bissett : Et vous, la mère, allez-vous me dire un peu ce que vous fichez ici ?

– Mais… j'ai fait comme vous m'avez prescrit de faire.

– Mettons : je vous écoute.

– Ben, c'est Mr Bellringer qu'est venu chez moi hier soir, à Huntingdon, avec une lettre de vous qui me disait de faire comme il me demanderait, et pis que j'en s'rais bien récompensée. Sauf que c'était de la piperie. Sur le coup j'ai pas compris que c'était Mr Tom qui devait marier Miss Palphramond.

– Vous avez bien dit : une lettre de moi ? demanda l'homme de loi.

Elle mit la main à sa poche pour en retirer une feuille pliée dont le sieur Barbellion se saisit.

– Pour une récompense, vous feriez n'importe quoi, hé ? dis-je à Bissett. C'est parce que Mr Barbellion vous remettait de l'argent que tant de malheurs nous ont accablés, ma mère et moi !

– Vous n'avez que des méchantises à la bouche ! protesta-t-elle. Si je l'ai fait, c'était pour le bien de vot' mère, vu que Mr Barbellion agissait à bon dessein.

– Cette lettre est en soi un petit chef-d'œuvre, fit l'homme de loi d'un ton admiratif. Quelle habileté !

Cela, j'en savais quelque chose. Et son habileté, Bellringer n'en avait pas seulement usé pour contrefaire des documents.

– Mais vous ne devez en tenir rancune ni à votre vieille nourrice, ni à moi, mon jeune ami, ajouta le sieur Barbellion. Je ne voulais aucun mal à votre mère. Seulement lui acheter le codicille. Combien de méchefs eussent été évités si j'avais pu en venir à mes fins ! Et cela, vous êtes mieux placé que moi pour le savoir.

Je me dis qu'en effet ce n'était pas sa faute si ma mère l'avait pris pour un agent des Clothier ; et que, si nous ne nous étions pas enfuis le jour où Miss Quilliam l'avait amené à Orchard Street, les choses eussent assurément pris un tout autre tour. Peut-être l'avais-je mal jugé. Sans compter qu'à présent il pouvait m'être d'un grand secours...

Déjà il se dirigeait vers la porte.

– Je crois être en mesure de retrouver le testament ! dis-je.

Il s'arrêta tout net, se retourna, me dévisagea.

– Je vous écoute, fit-il.

– Supposons que je le retrouve. À qui reviendra la propriété ? À la Couronne, ou bien à moi ?

– Je vois que vous avez acquis quelque connaissance du droit ! s'exclama-t-il. Bien entendu, c'est à la Couronne qu'échoient les biens d'un criminel en fuite. Si donc Sir David est convaincu de meurtre, il perdra tout. Cependant, si l'on retrouve le testament, un requérant légitime pourra en exciper pour faire annuler rétrospectivement la dévolution successorale du domaine. En d'autres termes, Sir David ne pouvant être dépossédé de ce qui ne lui appartient pas, la pleine propriété du domaine viendrait entre les mains du légitime requérant. Mais sachez que le testament ne sera pour vous d'aucun avantage. Seule Miss Palphramond en sera la bénéficiaire, car vous ne pourrez réclamer l'héritage, puisque vous ne pouvez prouver que vous êtes bien l'héritier Huffam.

– Faute de produire l'acte de mariage de James et d'Eliza Huffam, c'est bien cela ?

– C'est bien cela.

Au même instant Sukey entra dans la grand-salle, ruisselante de pluie.

– Y a une chaise dehors, me dit-elle, et le cocher roumionne, vu qu'il attend là-bas depuis deux bonnes heures.

Elle scruta la pénombre, puis sursauta en voyant Bissett, qu'elle observa sans aménité.

– Ah ! vous avez trouvé Mrs Bissett, maître Johnnie. C'est ça, justement, que je voulais vous dire : que c'est elle que j'ai vue icitte, aujourd'hui, quand j'ai approché du Vieux Manoir pour regarder les lumières.

Bissett lui fit un signe de tête courtois.

Sukey retira quelque chose de dessous son châle.

– Je vous ai apporté le paquet que vous m'avez laissé la dernière fois, me dit-elle.

Je le lui pris fiévreusement des mains pour l'ouvrir. L'extrait de baptême que m'avait délivré Mr Advowson était en parfait état, mais l'encre du contrat sous seing privé que Harry m'avait fait établir était à présent effacée.

Sukey poussa tout à coup un cri. Elle regardait le sieur Barbellion.

– C'est lui ! C'est le monsieur qui nous a si tant apeurés… dans le temps, au cimetière !

– C'est bien lui, dis-je à Sukey.

Je me tournai vers l'homme de loi :

– Je sais ce que vous y faisiez, déclarai-je. Vous examiniez le caveau des Huffam.

– C'est exact, dit-il, surpris. Je cherchais un indice qui pût me renseigner sur le lieu où avait été célébré le mariage dont nous parlions.

– Vous étiez à deux doigts de le trouver, dis-je. Si vous aviez parlé plus ouvertement et dit à Mr Advowson, le pasteur, que vous cherchiez des traces de la famille Huffam, il vous aurait probablement révélé l'existence d'un coffre provenant de la chapelle du Vieux Manoir, où nous étions tout à l'heure. C'est dans cette même chapelle qu'a été célébré le mariage de mes arrière-grands-parents. Mais je sais que vous étiez tenu à la discrétion, pour ne rien dévoiler de ce que vous cherchiez.

– Et cette preuve, vous l'avez donc trouvée ? demanda-t-il, l'œil soudain animé d'une vive curiosité.

Je hochai la tête.

– Oui, Mr Advowson l'a mise en lieu sûr.

– Alors, si vous pouvez faire la preuve que vos ancêtres…

Il s'interrompit.

– Reste que votre acte de baptême, ajouta-t-il, a été volé dans la sacristie, comme vous devez le savoir.

– Certes, mais je m'en étais fait délivrer auparavant un extrait conforme, dis-je en lui tendant la feuille de papier parchemin.

Au même instant, Sukey, qui venait d'apercevoir le cadavre, poussa un hurlement d'épouvante. Puis elle courut se réfugier auprès de Henrietta, recroquevillée contre le mur. Sukey voulut l'entourer de ses bras, et tout d'abord Henrietta la repoussa violemment. Mais ensuite elle la laissa faire.

– Voilà qui change tout ! s'exclama le sieur Barbellion après avoir lu attentivement l'acte. Car si l'on peut produire le testament devant la cour, votre requête sera inattaquable. Où croyez-vous qu'il soit ?

Il s'était exprimé sur le ton du détachement, mais il me sembla que sa voix avait un peu trembloté.

Je hochai la tête en lui faisant un sourire. À présent, je pouvais faire preuve de la même circonspection qu'un avocat rompu aux tracasseries de la Chancellerie.

Il mit la main à sa poche et me tendit sa carte.

– Si je puis vous être de quelque secours, me dit-il, venez donc me voir.

Constatant mon hésitation, il me remit mon extrait de baptême, puis me demanda mon adresse. Sans savoir pourquoi, je la lui donnai, ainsi que mon nom d'emprunt, tandis qu'il consignait l'une et l'autre dans son carnet.

– À présent, miss Palphramond, déclara-t-il, permettez-moi de vous accompagner jusqu'au manoir.

Mais elle ne bougea pas, comme si elle ne l'avait pas entendu.

– Laissez-la, dis-je, nous l'accompagnerons là-bas plus tard.

– Comme vous le voudrez, fit le sieur Barbellion.

Et il sortit, suivi de Mr Pamplin et de Bissett, qui ni l'un ni l'autre ne tourna la tête vers moi.

Je voulus expliquer à Henrietta qui étaient Joey et Sukey, laquelle la tenait toujours dans ses bras, mais elle me fixa d'un œil las, sans même les regarder ni l'un ni l'autre. Qu'allait-elle devenir ? À présent que je pouvais réclamer légitimement mon héritage, il n'était plus d'aucun avantage pour les Mompesson de la marier à Tom de mon vivant. Mais tant que le testament ne serait pas dûment produit devant la Haute Cour j'avais tout à craindre de l'héritier Maliphant, et Henrietta s'exposait de nouveau à un mariage forcé.

Je m'approchai d'elle, et Sukey, avec tact, se retira vers la porte. Dehors la pluie faisait rage, et de temps à autre un éclair embrasait le ciel. Nous restâmes seuls dans la grande salle obscure. Sukey se tenait à moins de vingt pas de nous, et nous entendions tout autour le souffle rauque du bétail.

Elle ne retira pas sa main, glacée, quand je la lui pris dans la mienne.

– Il faut oublier le passé, lui dis-je.

– J'ai cru qu'il m'aimait.

– Vous n'avez rien à vous reprocher, Henrietta.

– Il m'a séduite, fit-elle, sans rien ajouter.

– Moi aussi, il m'a séduit, déclarai-je.

Elle me regarda, étonnée.

– Quand il le voulait, vous savez, il pouvait avoir beaucoup de charme, repris-je.

– Je crois que vous m'avez mal comprise, me dit-elle.

– Alors, éclairez-moi.

– Non, je ne le puis.

– Si parler vous plonge dans la détresse, dis-je, laissez-moi le faire à votre place. Je crois être en mesure de comprendre tout ce qui s'est produit. Faites-moi savoir d'un signe de tête si je ne me trompe pas.

Elle me dévisagea longuement, puis baissa les yeux quand je repris mes questions.

– Cela s'est passé le soir du bal, dis-je.

Elle hocha la tête.

– Bellringer est venu dire à vos tuteurs que j'étais toujours en vie et qu'enfin le testament était à vendre. Alors ils ont appelé Tom pour lui faire signer un acte qui le dépouillait de ses droits légitimes. Aux petites heures, Lady Mompesson a dû vous apprendre que vous partiez pour Hougham, sous la protection de Pamplin et chaperonnée par Miss Pickavance, la femme de chambre de votre tante. Ce qu'on n'a pas dû vous dire, c'est que Tom et Bellringer seraient du voyage, mais dans une chaise de poste. Ce n'est que le soir, à l'auberge de Hertford, que vous avez compris que tous les deux se rendaient comme vous à Hougham. Bien entendu Tom était ivre mort, comme à son habitude, car Bellringer n'avait cessé de lui faire boire du brandy en cours de route. Les chambres avaient été louées pour toute la compagnie, bien qu'on sût par avance que vous n'y passeriez pas plus de quelques heures. Suis-je dans le vrai, jusqu'ici ?

Elle me regarda, les yeux écarquillés.

– Et suis-je toujours dans le vrai en subodorant qu'un peu plus tard dans la nuit Bellringer est venu dans votre chambre ?

Elle rougit, et de nouveau baissa les yeux.

– Je sais quel était son pouvoir de conviction, dis-je. Il vous a dit que les Mompesson étaient rentrés en possession du testament ; qu'ils avaient résolu de vous forcer à épouser Tom ; que sans doute on vous confinerait ici, dans le Vieux Manoir, jusqu'à ce que vous cédiez à leurs volontés. Il avait fait semblant d'entrer dans leurs desseins, vous a-t-il dit encore, mais ce n'était là qu'un leurre, car sa seule ambition était de vous sauver de leurs entreprises. Et le moyen le plus sûr d'y réussir, c'était de faire de vous sa femme. Suis-je dans le vrai en affirmant qu'il vous a juré que dès le premier instant il vous avait aimée ?

Elle inclina la tête sans me regarder.

– Et, bien entendu, puisque vous ne saviez pas qu'il était en possession du testament, vous ne pouviez deviner ses véritables et cupides ambitions. Alors, vous lui aurez dit sans doute que vous étiez totalement démunie, et il vous aura rassurée, affirmant que la chose était pour lui dénuée de la moindre importance.

– Il prétendait que le choix de David, au contraire, était éloquent ! s'exclama Henrietta, qui gardait les yeux baissés.

– Seul l'argent l'intéressait, n'est-ce pas ? demandai-je, embarrassé pour déchiffrer cette remarque. Si bien qu'il vous a dit que, si David concluait une alliance de pur intérêt, lui-même voulait vous épouser par amour. Je comprends, Henrietta, et nul ne peut vous blâmer d'avoir succombé comme vous l'avez fait. Et puis, bien entendu, vous me croyiez mort. Pardonnez-moi, ma douce amie. J'ai eu tort, mais je croyais bien faire. Et Bellringer vous a expliqué, je le suppose, qu'il pouvait contrarier les desseins de votre tante en abandonnant Tom à l'auberge, ainsi que Miss Pickavance, laquelle tenait ses ordres de Lady Mompesson. Alors il vous a rassérénée en vous disant qu'il vous ferait conduire à l'autel par une respectable vieille dame de Huntingdon. Il ferait en sorte que celle-ci serait persuadée d'avoir été engagée à le faire par Mr Barbellion, à qui par le passé elle avait déjà apporté son concours. Cela, il le savait, parce que je lui avais raconté que Bissett nous avait trahis voilà bien des années, ma mère et moi, pour le compte de Mr Barbellion. Il m'a dupé moi aussi, voyez-vous, de sorte que vous n'avez nulle raison d'en éprouver de la honte. Est-ce là une reconstitution pertinente des faits ?

Elle ne me répondit pas même d'un signe de tête, mais à l'expression de son visage je voyais bien que mes propos avaient réveillé en elle de douloureux souvenirs. Aussi cessai-je de la presser de questions.

– Et quand vous êtes repartis aux premières heures le lendemain, vous avez laissé à l'auberge Tom à cuver son alcool et Miss Pickavance, qui dormait toujours, et pour la remplacer, plus tard ce jour-là, vous êtes allés à Huntingdon y chercher Bissett. Puis vous avez voyagé toute la nuit pour arriver à Hougham ce matin.

Cette fois elle approuva en silence, et me regarda.

Au même moment, Sukey, qui pendant ce temps s'était tenue près de Joey, s'approcha.

– Faut-il emmener Mr Bellringer chez les siens ? me demanda-t-elle doucement.

Il me fallut quelque temps pour comprendre ce qu'elle entendait par là. Puis je compris, et l'approuvai. Je la laissai avec Henrietta et, prenant la lanterne, j'allai en promener le faisceau du côté du corps étendu.

Des pièces étaient répandues sur le sol. Je les remis dans les poches de Bellringer. Je songeai alors qu'il ne me restait plus guère d'argent… juste assez, une fois que j'aurais rétribué le cocher, pour revenir à Londres par la diligence et donner quelques shillings à Joey afin de le dédommager de devoir retourner chez lui à pied. Je ramassai la grosse clé et, jugeant que j'étais parfaitement en droit de le faire, la mis dans ma poche. C'était elle qui m'avait incité à déclarer au sieur Barbellion que je croyais être en mesure de retrouver le testament. Car cette clé, je l'avais reconnue lorsque Lady Mompesson et son fils avaient fouillé le mort. Il m'était alors revenu à l'esprit que le mystérieux visiteur du sieur Escreet n'était autre que Bellringer, ainsi que me l'avait appris Joey, et j'avais compris qu'il s'agissait de la clé de la vieille demeure de Charing Cross. À présent que j'y songeais, c'était peut-être cette même clé que Peter Clothier, selon ses déclarations, avait trouvée sur le plancher, devant la porte du vestibule. Mais quel pouvait bien avoir été le lien qui unissait Bellringer au sieur Escreet ? Ce qu'avait dit Bellringer du meurtre de John Umphraville renforçait l'idée qu'il était apparenté à ma famille. Mais qu'avait-il dans l'idée en prétendant que sa propre mort vengerait ce meurtre ? Est-ce que je me rapprochais du fin mot de l'énigme : qui avait tué mon grand-père ? Et le testament, qu'en était-il ? Tant que quelqu'un d'autre l'avait gardé en sa possession, j'avais été en péril de mort, et Henrietta exposée à la menace d'un mariage forcé, sinon avec Tom, du moins avec quelque autre aventurier dépourvu de scrupules. Maintenant je pensais avoir une chance de le retrouver, car la phrase qu'avait prononcée Bellringer – « Il est retourné là… d'où il venait » – m'était tout à coup revenue en mémoire.

Je m'approchai de Henrietta et de Sukey, et j'appelai Joey.

– Henrietta, dis-je, nous allons vous reconduire au manoir. Il faut que je reparte pour Londres aujourd'hui même. Joey, toi et moi allons revenir à Sutton Valency en chaise, et là, je prendrai la diligence de nuit. Il me reste tout juste assez d'argent pour voyager sur le toit. Par malchance, tu vas être obligé de rentrer chez toi par tes propres moyens.

Joey et Sukey protestèrent, affirmant que je n'étais pas en assez bon état pour voyager ; Joey fit aussi valoir que Barney représentait toujours pour moi un grave danger, et qu'en aucun cas je ne devrais me risquer seul dans les rues de la capitale.

– Il faut que je reparte, dis-je. Ce qu'a dit Bellringer m'a donné une idée.

– À propos de cet exécrable testament ? fit tout à coup Henrietta.

– À propos du mystérieux assassinat de mon grand-père, lui répliquai-je, vexé.

– Non ! ce que vous voulez à tout prix, c'est le testament, affirma-t-elle. C'est pour cela que vous avez tenté de faire obstacle à mon mariage. Ce n'est pas après moi, mais après le testament que vous vous êtes mis en chasse ! Et c'est pour cela qu'à présent vous êtes si pressé de retourner à Londres !

– Prenez soin d'elle, Sukey, dis-je. Voyez dans quel état elle est.

Sukey lui saisit doucement le bras et nous sortîmes dans la nuit d'encre ; nous parcourûmes les vieilles terrasses et le parc détrempé pour regagner laborieusement la chaise de poste, où nous retrouvâmes le cocher, équipage attelé, pestant contre nous qui l'avions si longtemps fait droguer.

Comme il n'y avait de la place que pour deux personnes dans la voiture, je pris congé de Sukey et, Joey nous suivant en courant, nous revînmes au manoir. Tandis que le coche cahotait dans les ténèbres, Henrietta et moi n'échangeâmes pas une parole. Quand le véhicule s'arrêta, elle descendit et se tint quelque temps sans bouger, au bas des marches, le dos tourné, les yeux fixés dans la direction d'où nous venions. Joey prit sa place ; et comme nous repartions, un regard en arrière me la montra, toujours immobile, à l'endroit où nous l'avions laissée.

CINQUIÈME PARTIE

LA CLÉ

I

Nous n'embrassons jamais rien par l'esprit tant que nous n'en avons pas saisi la finalité, j'en conviens volontiers… Néanmoins, cette théorie de mon écervelé d'ami et colocataire (oui, presque comme dans le temps, vous vous souvenez ?) présente un risque, que je me dois de souligner pour vous : à penser ainsi, on s'expose à forcer le dessein plutôt que de le dévoiler. Au moment de prendre congé, je ne peux que vous encourager vivement à ne pas plaquer ce dessein sur les événements à venir.

Permettez-moi d'illustrer mon propos d'un exemple : la poursuite qui met à vos trousses Barney Digweed. Ce Digweed, sous l'angle du crime, représente à merveille une société telle que la nôtre : il saisit les occasions qui s'offrent, sans se laisser aveugler par aucune des idées préconçues qui devraient nous porter à faire ceci et à ne pas faire cela. Ne vivant que dans le présent, et pour le présent, il s'adapte aisément à tout changement de situation.

Comme il appert de ce que vous aurez appris de lui un peu plus tard ce jour-là, les choses ont dû se passer de la façon suivante :

La veille il s'était lancé à votre poursuite, mais vous lui aviez échappé (sans le vouloir) en partant pour Hougham. Ayant appris par les serviteurs de Brook Street que c'était le but de votre voyage, il a battu le ban et l'arrière-ban de toute sa racaille pour guetter votre retour, si bien que, ce jour-là comme le lendemain, ces gens ont couru d'une écurie de louage à l'autre et inspecté toutes les auberges où l'on peut glaner des renseignements sur ceux qui empruntent la grand-route du Nord : stratégie payante, puisqu'il s'est trouvé que vous êtes tombé par mégarde dans ses rets. Ce qu'il en est résulté, vous le savez mieux que moi. Aussi vous laisserai-je le soin d'en faire le récit.

En manière de conclusion, je vous conseille de retenir de Digweed au moins cette leçon : la manière dont s'enchaînent causes et effets est toujours plus complexe et inexplicable que nous nous complaisons à le croire. Nous devons considérer qu'un dessein – qu'il gouverne le passé ou l'avenir – recèle toujours une part d'arbitraire ou d'indétermination, dans la mesure où il peut aussi bien prendre le relais d'un précédent que s'obstiner dans ses voies. En fin de compte, nous en sommes réduits à des conjectures, à miser sur le hasard, comme au jeu de dés, et comme aussi vous l'avez fait dans votre chapitre centième [1], lorsque vous avez tiré les clous de la cheminée en vous fondant sur la probabilité d'existence d'un agencement particulier.

C'est donc affectueusement que je prends congé de vous, en vous priant instamment, mon cher et jeune ami, de ne point trop vous fier à Justice ni à Équité quand vous tirez des plans sur votre avenir.

1. C'est-à-dire au dernier du tome IV.

II

Nous n'avions pas mis deux heures pour gagner le relais de Sutton Valancy. Apprenant que la diligence de nuit arriverait une heure plus tard, je laissai à Joey, une fois en possession du billet, le reste de l'argent moins les quelques shillings qu'il me fallut pour acheter de quoi boire et manger dans la salle d'attente. À l'heure prévue, et à la minute près, la diligence fut là, et nous nous séparâmes.

Je n'étais pas équipé contre la pluie battante qui m'assaillit sur le toit du véhicule tout au long de cet interminable voyage vers le sud. Épuisé, je m'endormis, tassé contre la solide épaule de mon voisin, pour m'éveiller par un petit matin gris, froid, comme si la tempête, lasse de souffler, rassemblait ses forces avant de se déchaîner de plus belle. Cette journée et celle qui suivit n'en finissaient pas ; et moi, je ne cessai de songer aux mystères qui m'entouraient, inquiet de ce que j'allais faire arrivé à destination. Je me revis en pensée sur cette même route, suivant la même direction, harassé par les innombrables lieues que j'avais dû parcourir à pied, et me souvins de l'obligeant roulier qui m'avait pris dans son fourgon. Remontant plus loin encore, ma mémoire me représenta la diligence qui nous avait transportés à Londres, ma mère et moi, fuyant Melthorpe et ses dangers. Cette image se fit plus insistante le soir, aux environs de Hertford, où je me pris à méditer sur ce que j'avais appris depuis lors de ce que ma mère avait vécu là. J'avais passé toute la journée à m'affaiblir à chaque instant davantage, et quand je descendis de coche, dans la cour du *Dragon Bleu* où nous allions faire halte le temps de relayer, je perdis connaissance. Un valet d'écurie me releva pour me porter dans l'auberge, où la tenancière, ne voulant rien entendre de mes protestations, me força à m'aliter. J'eus beau clamer que je n'avais pas le moindre argent, rien n'y fit, bien au contraire, puisqu'on se récria que j'étais à demi mort de faim et qu'on m'apporta un bol de bouillon. Aussi passai-je la nuit à l'hôtellerie, regrettant d'avoir perdu le bénéfice de l'initiative, et craignant de ne plus pouvoir arriver à Londres avant qu'on y eût appris la mort de Bellringer et la fuite de Mompesson.

Toute la nuit la tempête fit rage et le vent mugit au-dessus de ma tête. Le lendemain, la tenancière refusa de me laisser repartir. D'ailleurs, je ne me sentais pas encore la force de continuer. Je dormis tout le jour ou presque, pour ne m'éveiller que le soir, frais et dispos. Cette fois, j'insistai pour me remettre en chemin et, à la nuit tombée, je repris la même diligence qui la veille m'avait laissé là. Le vent soufflait toujours par rafales, mais quand l'attelage passa sous l'arche de la *Croix d'Or*, une couple d'heures après minuit, le temps se remettait au beau. Soucieux comme je l'étais, je n'eus pas seulement la présence d'esprit de m'assurer qu'on ne me surveillait pas ; l'aurais-je fait que la précaution n'eût servi à rien, sinon à me faire déposer dans les faubourgs de la capitale afin de finir à pied.

De fil en aiguille, il était environ deux heures et demie du matin lorsque je me retrouvai devant la porte de Charing Cross, chez mon grand-père – comme j'appelais la vieille maison sans chercher à creuser davantage. La nuit était noire, et, fort de mon bon droit (n'étais-je pas l'héritier légitime de l'héritière du possesseur ?), je me comportai en propriétaire : je retirai la grosse clé de ma poche pour l'introduire sans bruit dans la serrure de la porte principale. La bouterolle fit entendre un petit cliquetis, et j'entrai. On n'avait pas verrouillé la porte du vestibule ; je refermai celle de la rue et me glissai dans l'antichambre.

Au même instant s'éleva un fracas retentissant, qui me jeta dans l'épouvante. Je crus d'abord qu'il s'agissait du battement de mon cœur, mais je ne tardai pas à comprendre qu'on agitait violemment le marteau. Je me figeai sur place. Était-on à mes trousses ? Le frappement se répéta, et j'entendis bouger à l'étage. Regagnant à toute vitesse le vestibule, je cherchai à me plaquer contre l'escalier afin qu'on ne pût me voir de la porte. Le peu de clarté lunaire qui filtrait par les fenêtres me permit de constater – non sans un frisson – que le sabre et la hallebarde étaient toujours accrochés au mur, ce mur qu'ils n'auraient jamais dû quitter, ainsi que l'avait dit à ma mère le sieur Escreet. Me recroquevillant dans l'ombre, j'aperçus ce dernier, une chandelle à la main et vêtu de la robe de chambre qu'il avait passée par-dessus sa chemise de nuit, au moment où il descendait les dernières marches de l'escalier. Je lus sur son visage une expression d'affreuse et déchirante tristesse, et ses traits, son nez bulbeux surtout, me firent penser à une sculpture usée par le temps. Avant qu'il n'eût atteint la dernière marche, je me glissai vers la porte de l'office afin de me mettre hors de sa vue.

Après quelques mots échangés par le guichet, il ouvrit à ses visiteurs. L'une des voix qu'on entendait était indubitablement féminine, mais, à en juger au bruit, on pouvait estimer qu'il entrait plus d'une personne. Traversant le vestibule, le groupe se tint dans l'antichambre, à deux pas de l'escalier. De ma cachette je ne pouvais rien voir.

– Ne niez pas ! Nous savons que vous l'avez.

Stupéfait, j'identifiai celui qui avait prononcé ces paroles : Sancious ! L'avocat qui avait dupé ma mère, et que plus tard nous avions rencontré chez Mrs Fortisquince, se faisant passer pour un certain Mr Steplight, celui que j'avais cru revoir dans la maison de Daniel Porteous lorsque j'étais souffrant.

– Que me dites-vous là ? protesta le sieur Escreet. Vous savez très bien qu'il a été détruit lorsque ce garçon a péri par noyade.

– Ouiche ! railla Sancious. Nous l'avons cru, tout comme nous avons cru mort cette saleté de galopin.

Ainsi, je l'avais bien deviné : Sally avait en effet rapporté à Barney qu'elle m'avait aperçu la nuit où je l'avais vue me dévisager à Haymarket, et Barney en avait à son tour averti Sancious, qui lui avait ordonné de me supprimer. Il ne fallait pas chercher plus loin la raison de leur venue : ils tenaient de Barney que le testament existait toujours puisque je le lui avais dit quelques jours auparavant, lorsqu'il m'avait assailli tout près de chez moi. Mais alors, pourquoi Sancious était-il venu ici, précisément, pour mettre la main sur le testament ? Et pourquoi était-il si mécontent de me savoir toujours vivant, puisque Silas Clothier était mort et que désormais ses héritiers n'étaient plus en mesure de tirer aucun profit de l'acte ?

Le sieur Escreet poussa un long soupir :

– Ah ! Plût au ciel qu'il le fût !

Le vieillard ne pouvait dire plus clairement qu'il me savait lui aussi rescapé de la noyade ! Mais comment l'avait-il appris, sinon de la bouche de Bellringer, bien entendu ? Plus j'en découvrais, plus j'étais perplexe.

– Cela, on en fait notre affaire, déclara sèchement Sancious.

Je me rencognai dans l'ombre.

– En attendant, reprit l'avocat, il nous faut le testament.

– Mais qu'est-ce qui vous fait penser que c'est moi qui l'ai ?

– Bellringer l'a obtenu du mégnot par ruse, nous le savons. Et quelqu'un à nous l'a suivi quand il est venu ici il y a peu. Nous en déduisons qu'il l'a confié à votre sauvegarde.

Simultanément, je me sentais envahi de stupeur et éclairé d'une subite illumination. Comment pouvaient-ils en savoir tant ? Et pourquoi avaient-ils fait suivre Bellringer ?

– Confié ? À moi ? s'exclama le vieillard. Mais quelle raison l'y aurait amené ?

C'était bien là ce qui m'échappait : quel lien avait uni le sieur Escreet à Bellringer ?

– Écoutez, inutile de finasser ! fit la voix féminine.

Je retins un cri de stupeur. Il me semblait que la folie me guettait. Que mes esprits chaviraient.

De nouveau j'entendis la voix :

– Nous savons tout. C'est vous qui aviez le testament original. Et vous avez été mêlé au vol.

Ce ne pouvait être qu'elle ! Mrs Fortisquince ! Que faisait-elle ici ? Qu'avait-elle de commun avec Sancious ? Quel avantage pouvait-elle tirer du testament ? Et que signifiait cette accusation portée contre le vieillard ? En dénonçant Paternoster comme auteur du détournement de l'acte, m'aurait-il menti ?

– Comment pouvez-vous dire une chose pareille ? protesta le sieur Escreet. Vous n'étiez pas même née à cette époque !

– Mrs Sancious en sait bien long sur cette affaire, déclara l'homme de loi.

Mrs Sancious !

J'en restais confondu. Comment cette veuve altière, fortunée, avait-elle bien pu s'unir à ce gagne-petit ? À cet avocat véreux ?

Mrs Fortisquince – ou plutôt Mrs Sancious, puisque Mrs Sancious il y avait – reprit la parole :

– Oui, bien long, fit-elle. Je sais surtout qu'Anna Mompesson a mis secrètement au monde un enfant, il y a plus de quatre-vingt-dix ans de cela.

J'entendis le vieillard pousser une sorte de gémissement.

– Un enfant né dans l'opprobre et la clandestinité, reprit Mrs Fortisquince. Je sais aussi que le père, Jeoffrey Huffam, a retiré cet enfant à sa mère pour le confier à Paternoster, son homme de loi, et le lui faire adopter. Que Paternoster a conçu le dessein de soumettre Jeoffrey Huffam au chantage, que dans ce propos il a demandé à l'un de ses clercs d'adopter l'enfant, qu'il lui a enjoint de donner pour prénom à l'enfant celui de son père naturel : Jeoffrey…

Elle s'interrompit ; dans ce silence, me revint en un éclair le nom mentionné sur le testament dérobé, que pour lire j'avais attendu d'être chez Bellringer : Jeoffrey Escreet !

Cette liaison de Jeoffrey Huffam et d'Anna Mompesson, elle était au cœur du récit de Miss Lydia parlant de son passé ! Pourtant elle n'avait jamais eu vent du sort de l'enfant… sauf si, derrière ce qu'elle avait dit d'un autre nouveau-né tout aussi peu désiré, il fallait lire une confession.

Je ne tardai pas à obtenir confirmation de mes soupçons :

– Et je sais aussi que ce clerc s'appelait Escreet, dit Mrs Sancious.

C'était bien cela ! Les Huffam et les Mompesson se fondant en une branche bâtarde pour donner naissance à Escreet et à sa lignée !

– Beauseigne ! s'écria le vieillard d'un ton amer. Ni Huffam ni Mompesson, bien que je sois l'un et l'autre pour moitié, et le dernier vivant à pouvoir me proclamer tel depuis la mort de la vieille Lydia Mompesson. Maudites soient ces deux familles ! Et maudit soit Paternoster dans ses œuvres ! Que ne m'a-t-on laissé dans l'ignorance de mes origines ! Mais je n'étais qu'un pion sur un échiquier. C'est lui qui a intrigué pour que Jeoffrey Huffam me prît à son service et fît de moi son homme de confiance, quand ni lui ni moi n'avions la moindre idée de notre parentèle. Alors, pour me persuader de prendre sa fille – un louchon, un repoussoir, bon de surcroît, avec son misérable apport, à décourager n'importe quel coureur de dot –, il a usé d'un argument péremptoire : il me dévoilerait quelque secret dont je lui serais reconnaissant. Et de quoi s'agissait-il ? Ah, beauseigne ! Du secret de ma naissance ! De la révélation du nom de mes parents naturels ! Quelle amertume ! À cette époque je fréquentais beaucoup Hougham, appelé par les affaires de Jeoffrey, mais dès lors que j'ai su quels liens nous unissaient, je ne pouvais sans être rongé par tant d'injustice voir mon demi-frère James dilapider son argent dans les chevaux, la débauche, le jeu, dans ce beau manoir tout neuf qu'il faisait bâtir à grands frais, ni contempler cette malheureuse qu'on avait rendue folle.

– Ainsi, vous avez fait chanter Jeoffrey, fit Mrs Sancious.

– Vous n'y êtes pas. Apprendre qu'il était mon père l'a ravi. Son fils légitime l'avait amplement déçu, et il se réjouit d'en avoir un autre auquel accorder toute confiance.

– C'est faux, répliqua-t-elle. Vous l'avez effrayé en brandissant la menace d'un scandale, car désormais il était bien en cour, et caressait l'espoir d'une distinction nobiliaire.

– Vous mentez ! protesta le vieillard, que l'indignation suffoquait. La preuve : je ne lui avais pas plus tôt découvert la vérité qu'il remaniait son testament pour me léguer cette maison ainsi qu'une somme de mille livres.

– Vous l'y avez obligé, affirma-t-elle. Il avait demandé conseil à Paternoster, ignorant que celui-ci avait tout à y gagner, puisque en secret il vous avait fiancé à sa fille. D'ailleurs, Jeoffrey n'a pas tardé à revenir sur ses volontés : deux ans plus tard, il annulait ce legs par adjonction d'un codicille, mais sans vous le dire.

– Là encore, vous mentez ! se récria le sieur Escreet. Il craignait seulement qu'après sa mort James ne vendît la propriété à Nicholas Clothier. Voilà pourquoi il a rédigé ce codicille qui ne faisait de James que l'usufruitier du domaine.

– Continuez-vous à vous leurrer, après tant d'années ? lui lança Mrs Sancious. Pourquoi aurait-il agi ainsi à votre insu, si ce n'était pour vous déshériter ? C'est Paternoster qui vous avait affirmé et promis que Jeoffrey Huffam testerait en votre faveur. Et il vous l'a répété, n'est-ce pas ? Alors même que votre père naturel se mourait, au printemps 1770, juste après avoir rédigé un autre testament sans vous y coucher.

– Il l'a rédigé pour exhéréder James au bénéfice de son petit-fils qui venait de naître !

– Oui, aussi… reconnut-elle. Seulement, il rescindait la donation qu'il vous avait faite de cette maison. Et quand il est mort, Paternoster et vous avez subtilisé le codicille adjoint au testament original, et dissimulé celui dans lequel il exprimait ses dernières volontés, forfaiture que James a su récompenser : ce faisant, vous le rendiez héritier de plein droit du domaine, qu'il pouvait désormais vendre aux Mompesson. Alors, bien entendu, cette maison vous est revenue, ainsi que la somme de mille livres.

Le testament dérobé – cela me revint alors en mémoire – ne stipulait nulle part le legs de cette maison au sieur Escreet. Cela expliquait-il, en partie tout du moins, pourquoi l'acte avait été volé ?

– Non, c'est Paternoster qui a tout manigancé ! s'entêta le vieillard. Tout cela s'est tramé dans mon dos.

– Vous saviez tout par le menu, oui ! ricana-t-elle, car Paternoster et vous avez dû clore la bouche à son clerc à prix d'argent, et le contraindre à témoigner de la révocation du codicille par Jeoffrey ! Et pour sceller le marché conclu entre vous et le réduire au silence, vous avez fiancé votre propre fille au fils de ce clerc. Or, ledit clerc avait pour nom Bellringer, et Henry, dont il était le grand-père, se trouve être votre arrière-petit-fils.

Tel était donc le lien de parenté qui unissait Henry au vieillard ! Les derniers éléments de l'énigme se mettaient en place.

– C'est vrai, déclara Escreet. Henry est bien mon arrière-petit-fils. Mais pour le reste, vous faites erreur.

– C'est pourquoi il était aussi résolu que vous à tirer vengeance des deux familles et à réclamer sa part d'héritage, fit le sieur Sancious.

– Sa part d'héritage ! se récria le vieillard. Il ne s'agit plus seulement de sa part, mais de tout le domaine !

– Expliquez-vous, dit Mrs Sancious d'un ton parfaitement calme. Comment pourrait-il recueillir toute la succession ?

– Par son mariage avec l'héritière Palphramond, rétorqua le sieur Escreet.

– Vraiment ? dit-elle sans se départir de son calme.

– Croyez-vous que je vais me dessaisir du testament, aujourd'hui que les espoirs nourris pendant toute mon existence sont en train de s'accomplir ? Que ma famille… que mes descendants seront bientôt en possession des terres des Huffam ? Diablezot ! Qu'avez-vous à faire du testament, maintenant ?

– Rien du tout ! fit Mrs Sancious. Le détruire, tout bonnement.

– Le détruire ? La seule personne qui aurait avantage à le détruire, ce serait…

Elle acheva :

– …l'héritière Maliphant. Eh oui, c'est moi.

Voilà qui expliquait tout ! Voilà pourquoi elle était ici, pourquoi Sancious avait soudoyé Barney pour me faire disparaître ! Maintenant que Silas Clothier était mort, c'était le requérant, ou plutôt la requérante Maliphant, qui recueillerait la succession… à la condition que la lignée des Huffam fût éteinte ! Et c'était la raison pour laquelle la veuve Fortisquince avait convolé avec Sancious : elle était légitimement fondée à réclamer l'héritage, et il avait, lui, les moyens de faire aboutir sa requête.

– Henry m'avait mis en garde ! s'écria le sieur Escreet. Il vous a aidée à écarter votre neveu, dont l'existence vous empêchait de recueillir la succession. Je le tiens de sa bouche.

Je ne m'étais donc pas trompé en soupçonnant la tante de Stephen d'avoir envoyé le malheureux garçon chez les Quigg pour qu'il n'en ressortît pas vivant ! Et pourtant je n'avais pas deviné qui était cette femme, ni qu'il fallait lui imputer de nous être retrouvés tous deux là-bas.

– Donnez-nous le testament, ordonna le sieur Sancious.

– Non, je refuse !

– Donnez-le-nous, répéta l'avocat. Il ne vous sert plus de rien. Votre arrière-petit-fils a rendu l'âme.

– Vous mentez !

J'entendis le bruit d'un papier qu'on déplie, et la voix de Sancious reprit :

– On pourra lire cet article dans les gazettes aux premières heures du jour…

Puis me vint aux oreilles la voix fluette et trébuchante du vieillard :

LE BARONNET FUIT APRÈS AVOIR TUÉ
SON COUSIN EN DUEL

Sutton Valancy, mardi 2 décembre.

Nous apprenons que Sir David Mompesson aurait quitté le pays après la mort de Mr Henry Bellringer…

La voix du sieur Escreet chancela, puis s'éteignit. Peu après j'entendis de nouveau un bruissement de papier, et ce fut Sancious qui reprit la lecture :

… un lointain parent de Sir David, qui aurait perdu la vie lors d'un duel opposant les deux gentilshommes. Selon nos informations, Mr Bellringer aurait enlevé Miss Henrietta Palphramond pour l'épouser clandestinement, et Sir David, qui en raison de l'affection qu'il portait à la jeune personne s'opposait à ce mariage de passion, aurait suivi les deux fiancés et interrompu la cérémonie nuptiale. Notre correspondant nous déclare que les deux hommes se seraient alors battus en duel, et que Mr Bellringer aurait succombé à ses blessures.

– Assassiné, gémit le vieillard. Assassiné par un Mompesson !

– En sorte que c'est l'héritier Huffam qui recueillera l'héritage s'il rentre en possession du testament, déclara le sieur Sancious. Saisissez-vous ce que je suis en train de vous dire ? Ce testament n'a plus la moindre valeur pour vous. Donnez-le-nous. Nous avons un homme qui n'attend qu'un mot de nous pour réduire à quia l'héritier Huffam.

– Alors, Umphraville est vengé ! déclara le sieur Escreet d'une voix où vibrait presque de l'exaltation.

C'était ce qu'avait clamé Bellringer alors qu'il était mortellement blessé ! Qu'avait-il voulu dire par là ? Et maintenant, quel sens le vieillard donnait-il à ces mots ?

– Mais de quoi parlez-vous ? demanda Sancious, agacé.

– Il m'avait lancé à leurs trousses… fit le sieur Escreet d'une voix absente, les deux couples… Il voulait empêcher les deux mariages… Il m'avait promis… promis d'augmenter mon héritage… J'ai galopé jour et nuit…

– Il ne maîtrise plus très bien ce qu'il dit, fit observer Mrs Sancious.

Quant à moi, je ne perdais pas un mot de ce que bredouillait le vieillard, et je bandais toutes mes énergies afin d'établir une connexion entre ses propos décousus et le récit que m'avait fait Miss Lydia.

– Quand je suis arrivé au Vieux Manoir, il faisait nuit. Alors Umphraville en est sorti pour me défier. J'ai tiré mon sabre pour le combattre. Il était mieux rompu aux armes que moi… et c'est à ce moment qu'elle est sortie de la bâtisse pour accourir derrière moi. Elle a vu que j'étais en grand danger et s'est mise à crier : « Mon fils ! Mon fils ! Prenez garde ! On vous attaque dans le dos ! » Il a cru que c'était à lui qu'elle parlait, et il s'est retourné. Je l'ai transpercé d'un coup de lame.

Pendant quelque temps, tout le monde se tut.

Je tenais donc enfin l'explication du cri « peu banal », ainsi que Miss Lydia l'avait qualifié, poussé par cette femme que l'on tenait pour une démente lorsqu'elle avait vu son enfant en péril de mort. Seulement, cet enfant qu'elle tentait de protéger, ce n'était pas John Umphraville, mais Jeoffrey Escreet.

– C'est pour l'amour de lui que j'ai fait cela, poursuivit le vieillard. Pour Jeoffrey Huffam. Pour la famille Huffam. Les Umphraville n'étaient pas jugés dignes de contracter alliance avec nous. Voilà ce qu'il m'avait dit. Mais par la suite il m'a violemment reproché de ne pas avoir empêché James d'épouser cette courtisane. Et aussi d'avoir tué Umphraville. Et c'est plus tard que, par Paternoster, j'ai su qu'il avait voulu me tromper, me frustrer de la maison et de l'argent d'abord légués. J'ai refusé de le croire, mais il m'a montré le codicille et le testament qu'il avait rédigé dans ses derniers jours. Ah ! Profiter du moment même où j'avais quitté Londres pour raison de service ! Saisir cette occasion pour me spolier de mes droits !

Ma mémoire ne me trahissait pas : Bellringer avait bien fait allusion à cette histoire d'arrière-grand-père dépouillé de ses droits. J'avais le fin mot de cette déroutante charade.

– Après tout ce que j'avais risqué ! Je me sentais le droit de me tenir pour un membre de la famille. C'est la raison pour laquelle j'ai accepté la proposition que m'a faite Paternoster. On m'avait injustement abusé, et j'étais fondé à obtenir réparation. Ah ! quelle joie ce fut pour moi que d'extorquer tant d'argent à James en faisant disparaître le codicille, et plus tard en vendant le testament aux Mompesson ! Je n'étais pas des leurs ? Très bien ! je mobiliserais mes ressources pour leur en faire voir de toutes les couleurs, monter les deux familles l'une contre l'autre et tirer parti de chacune. Si bien que lorsque j'ai vendu le testament aux Mompesson, je les ai mis au fait de l'existence du codicille, afin de leur apprendre qu'ils ne seraient jamais à l'abri d'une contestation. Et bien des années après j'ai leurré John Huffam en le persuadant de me racheter l'acte, tout en lui donnant à entendre que celui qui l'avait en sa possession était une tierce personne.

Ainsi, tout le temps où mon grand-père, John Huffam, avait épargné de l'argent sur ses rentes annuelles, puis s'était endetté auprès du vieux Clothier pour acheter le codicille, le document était entre les mains du sieur Escreet ! Et son acquisition par l'entremise d'un tiers, telle que ma mère me l'avait rapportée, n'avait été qu'une mise en scène !

– Vous avez donc autrefois assassiné un homme, c'est bien cela ? fit Mrs Sancious. Mais Umphraville n'a pas été le seul que vous ayez fait passer de vie à trépas, si je ne m'abuse ?

J'avais la bouche sèche tant j'étais tendu. Que diable insinuait-elle par là ?

– Si, le seul ! protesta le sieur Escreet. Cela ne vous suffit pas ? À moi, si, beauseigne !

– Donnez-nous le testament, fit Sancious, d'une voix tranchante. Vous ne voulez tout de même pas que ce soit le jeune Huffam qui recueille la succession !

– Certes non. Mais rien ne me décidera à vous le donner.

– Rien, vraiment ? dit Mrs Sancious. Même si je révèle ce qu'il s'est passé la dernière fois que nous nous sommes vus, vous et moi ?

La dernière fois ! Mentalement, je me mis à énumérer ceux qui étaient présents le soir du meurtre de mon grand-père : ma mère, Peter Clothier, Martin Fortisquince, le sieur Escreet… et Mrs Sancious. Ces deux derniers, seuls survivants, étaient de nouveau ici, à quelques pas de moi. Il manquait sans doute le meurtrier… Allais-je en apprendre davantage sur les événements tragiques de cette soirée ? À cette pensée, j'eus le cœur qui me martela la poitrine.

– Je ne vois pas de quoi vous voulez parler, déclara le vieillard.

– Dans ce cas je vais m'expliquer, fit-elle : ce fameux soir, j'ai senti quelque chose de louche dès le début. Pourquoi Huffam, après une si âpre brouillerie, nous avait-il invités, mon mari et moi ? Ma perplexité n'a fait que grandir à la nouvelle qu'il donnait sa nigaude de fille à ce simplet… je parle du plus jeune des fils Clothier. Et davantage encore quand mon mari lui a annoncé qu'il lui apportait je ne sais quoi, et que Huffam s'est empressé de changer de conversation, comme s'il préférait remettre à plus tard l'heure de recevoir le cadeau : qu'y avait-il donc dans ce paquet ? me suis-je demandé. Puis, lorsque l'altercation a éclaté entre Huffam et son beau-fils, j'ai tout de suite compris qu'ils ne se querellaient que pour donner le change, alors que mon gogo de mari se laissait prendre à leur jeu. Pour moi, je décidai de redoubler de vigilance. Au moment où Peter Clothier et sa femme ont quitté la maison, je suis restée sur le pied de guerre, car tout cela me semblait convenu d'avance. Dès lors je me suis retirée au premier étage pendant que les messieurs buvaient du vin. Et c'est à cet instant précis que mon mari a offert le paquet à Huffam, ainsi qu'il me l'a dit plus tard. Sur ce, vous avez laissé mon mari, lui et vous, pour aller dans l'office. Huffam a prétendu qu'il voulait ouvrir le coffre-fort pour y placer le paquet en sûreté. Mais nous savions tous ce qu'il était en train de faire : retirer le codicille pour le remettre à son gendre. C'est bien cela, n'est-ce pas ?

– C'est bien cela, confirma le vieillard.

– Mais ce dont nous sommes seuls à avoir connaissance, vous et moi, c'est que, lorsque Huffam a annoncé qu'il allait ouvrir le coffre, vous avez quitté la pièce, car l'endroit où il en cachait la clé était un secret pour tout le monde, y compris pour vous. Et vous vous êtes rendu dans le vestibule.

– Non !

– Mais si ! Et vous ne pouvez le nier. Où croyez-vous donc que j'aie passé ce temps-là ? À attendre bien au chaud, là-haut, dans le salon ? Tant s'en faut : j'avais en catimini rejoint le palier intermédiaire…

– Vous ne faites que mentir. Même de là, on ne peut rien voir.

– Vous voulez dire qu'on voit tout ! Vous ne me croyez pas ? Tenez, restez où vous êtes, j'y monte.

Au bruit des pas, je compris que Sancious et le sieur Escreet s'approchaient. Je me blottis, le cœur battant la chamade, étreint par l'idée effroyable d'être surpris dans la maison tel un vulgaire voleur. Mon seul refuge était l'office, dont la porte se trouvait derrière moi. Était-elle verrouillée ? Quel soulagement ! elle s'ouvrit lorsque j'en tournai la poignée, et je m'enfonçai en tapinois dans l'obscurité presque totale qui y régnait, les volets étant clos. Je gardai le battant entrebâillé, de sorte qu'à défaut de pouvoir compter sur mes yeux j'avais du moins le secours de mes oreilles.

– Je vous vois, déclara Mrs Sancious du haut des marches. Maintenant, refaites vos gestes de ce soir-là.

Dans le silence qui s'ensuivit, sa voix reprit :

– Allons, pas de manières. Refaites-le. Décrochez-le. Aidez-le, monsieur Sancious, je vous prie.

Un instant s'écoula avant qu'elle poursuivît :

– Voilà ! Maintenant vous l'avez dans la main. Pour le moment vous l'abaissez vers le sol. Avais-je raison ? Mais laissons cela. Alors vous êtes retourné à l'office, et une minute plus tard… que dis-je ? moins d'une minute après, vous en êtes ressorti. Sans le sabre. Je vous ai vu faire le tour par le vestibule, sans vous hâter. Inutile de vous dire que j'étais troublée. Je le fus davantage encore par ce que vous alliez faire : après avoir ouvert la porte du vestibule à l'aide de votre propre clé, vous avez retiré la grosse clé de la porte d'entrée afin de la dissimuler, une fois refermé le vestibule, sur le dessus de la vieille horloge. Oui, d'ici je la vois. Vous avez laissé s'écouler quelques minutes, en regardant votre montre de temps à autre, comme si vous attendiez quelqu'un. Mais jamais vous n'avez songé à regarder là-haut, à observer le palier plongé dans l'ombre, sans quoi vous m'auriez aperçue. Au bout de peu de temps, j'ai entendu quelqu'un entrer par la porte de derrière et gagner sans bruit la bibliothèque. C'était Peter Clothier. C'est là que j'ai compris le but de toute cette mise en scène : lui remettre le paquet. Mais je ne comprenais pas les raisons de votre conduite. Me les direz-vous, à présent ?

Nul ne souffla mot.

– Vous avez attendu qu'il soit entré dans la bibliothèque, poursuivit-elle, et vous vous êtes glissé vers l'arrière de la maison. J'ai compris, depuis, que vous alliez fermer à clé la porte de service pour l'empêcher de ressortir. Puis vous avez parlé à mon mari et vous avez laissé ouverte la porte de la salle à manger, afin de lui permettre de voir Clothier cherchant à gagner la sortie de derrière. Alors vous êtes revenu ici même, pour regagner l'office. Et comme j'ai pu le constater plus tard, vous êtes entré dans la bibliothèque, dont vous avez fermé la porte pour empêcher Clothier de se rendre à l'office. Vous aviez une bonne raison de l'en empêcher, n'est-ce pas ? Pendant ce temps, j'ai descendu l'escalier.

De nouveau j'entendis sa voix se rapprocher.

– J'ai pris la clé sur le haut de l'horloge et l'ai déposée au sol, à côté de la porte du vestibule. Pourquoi ? Par pure malignité. Tout simplement pour faire obstacle au plan que vous aviez machiné. Au bout de quelques minutes j'ai vu Clothier se diriger vers la porte d'entrée. Il avait constaté que la sortie par l'arrière lui était coupée et qu'il ne pouvait quitter la maison. Mais il a découvert la clé là où je l'avais mise, brisé une vitre de la porte du vestibule, non sans se blesser dans l'opération, et gagné le large. Moi, je suis remontée tranquillement m'enfermer dans le salon. Vous n'avez pas tardé à donner l'alarme. Quelle surprise vous avez éprouvée, et quel courroux aussi, en vous apercevant, vous qui clamiez que Clothier était l'auteur du meurtre, qu'il s'était enfui de la maison où vous vouliez le faire prendre la main dans le sac, puisqu'il avait dans ses poches l'argent de Huffam et son sang sur les mains ! Alors vous avez changé votre fusil d'épaule et inventé une autre histoire… parlé de l'intrusion d'un rôdeur, vous en souvient-il ? Mais voilà… il n'y avait pas eu le moindre rôdeur.

Je compris tout de suite les sous-entendus de sa version des faits. J'y souscrivais des deux mains ! Peter Clothier était innocent. Le meurtre avait été soigneusement prémédité dans le propos de le compromettre, mais l'initiative de Mrs Fortisquince avait ruiné toute la machination. Ses dires ne faisaient qu'apporter les éclaircissements qui m'avaient fait défaut lorsque j'avais tenté vainement de me représenter les circonstances de ce crime. Mais s'agissait-il d'un témoignage irrécusable ou de propos tenus à des fins d'intimidation ? Soudain je constatai que sa voix résonnait de plus en plus près. Je contournai l'escalier, mais elle continuait de venir vers moi.

– Pas le moindre, répéta-t-elle. Huffam était mort avant même que le cadet des Clothier n'eût pénétré dans la maison.

Les pas se rapprochaient. Je m'empressai de me réfugier dans l'office. Puis mon cœur cessa quasiment de battre. Les autres étaient sur le point de me rejoindre ! Je traversai l'espace pour entrer dans la bibliothèque. Elle était fermée à clé ! J'étais pris au piège. J'eus une brusque illumination. Je me précipitai dans le placard, qui, lui, était ouvert, et m'y enfermai, prenant soin de ménager à ma vue un léger entrebâillement.

J'avais à peine fini qu'ils entraient. Il m'était impossible de les discerner tous trois à la fois, mais la lueur de leurs chandelles éclairait la partie de la pièce qui était dans mon champ de vision.

– Si fait, il est venu quelqu'un, s'opiniâtra le vieillard. Oui, quelqu'un.

Il s'était manifestement mis en tête que la scène s'était bien déroulée comme il l'affirmait.

– Non, déclara Mrs Sancious, d'une voix plus affable. Avant même le retour de Clothier, vous êtes entré ici, armé du sabre, ne le niez pas. Huffam avait ouvert le coffre.

Elle eut une espèce de murmure enjôleur pour ajouter :

– Allons, faites-nous voir comment vous vous y êtes pris.

D'un pas de somnambule, le sieur Escreet s'avança dans la lumière et je pus le voir, tenant d'une main l'effroyable sabre à lame courbe, et de l'autre sa chandelle. Il déposa l'un et l'autre sur un grand coffre, près de la fenêtre, s'agenouilla, souleva quelques lattes du plancher, découvrant une cache dont il retira un objet. Une clé ! Toujours agenouillé, il ouvrit le coffre. Puis il fixa sur une autre partie de la pièce un regard éperdu, comme pris de vertige.

– Il a retiré quelque chose, fit la voix affable.

– Oui, déclara le vieillard d'une voix chevrotante.

Et il se pencha au-dessus du coffre.

– Trente ans que vous ne l'avez pas vu, hé ? reprit la voix câline. À moins que vous ne le rendiez aux Mompesson, c'est finalement Huffam qui va recueillir la succession. Ainsi vous ne serez même pas vengé de sa famille. Sans compter que vous serez dépossédé de cette maison, car selon le testament vous n'en étiez pas l'héritier. Dès lors qu'il vous a annoncé que quelqu'un d'autre – en l'occurrence, cette pauvre folle de Lydia Mompesson – avait l'intention de lui remettre l'acte, vous avez commencé à ourdir votre machination. Vous saviez que Sir Perceval serait disposé à donner une fortune pour rentrer en sa possession. Alors vous avez tout conçu pour faire accuser du crime Peter Clothier, le fils de votre vieil ennemi. Quelle douce revanche ! Vous êtes entré dans cette pièce au moment même où Huffam retirait du coffre le paquet que venait de lui remettre mon mari, c'est bien cela ? Peut-être même l'avait-il déjà ouvert et, constatant qu'il contenait bien ce qu'il espérait y trouver, a-t-il prononcé quelque parole qui vous a semblé insupportable. Quelque chose du genre : « Rit bien qui rit le dernier ! Le domaine est à moi ! »

Le vieillard se retourna vers Mrs Sancious.

– Non, non ! Cela ne s'est pas du tout passé comme vous le dites, murmura-t-il.

– En quelques secondes les dés étaient jetés. Pour mettre dans le blanc, pour voir votre vengeance consommée, l'acte à jamais soustrait au pouvoir des Huffam et le domaine vous échoir, il ne vous fallait plus que retirer le testament du paquet et le cacher quelque part dans cette pièce ; puis souiller de sang le codicille et la lettre qu'avait rédigée Huffam ce soir-là, ainsi que les billets de banque contenus dans le coffre, et les empaqueter de nouveau. Il vous restait à refermer la porte de la bibliothèque pour empêcher Peter Clothier d'y entrer, de là où il viendrait ; enfin, à gagner le vestibule, ainsi que je vous l'ai dit, histoire de prendre les mesures voulues pour lui couper la retraite. Il n'a donc jamais su, lorsque vous lui avez remis le paquet dans la bibliothèque, que Huffam était déjà mort à quelques pas de lui. Et quand il est sorti de la bibliothèque, il vous suffisait de revenir ici vous répandre sur le front le sang de Huffam et de donner l'alarme.

Le vieillard se remit péniblement debout et demeura planté là, abasourdi.

– Non !... fit-il d'une voix tremblante. Tout cela, vous l'avez inventé.

Sancious s'avança dans la plage de clarté et je le vis se pencher à son tour au-dessus du coffre, qu'il se mit à fouiller. Tout en l'observant, je songeais à ce que je venais d'entendre.

Était-il vrai que Peter Clothier n'avait pas tué mon grand-père ? Que prouvaient les dénégations du sieur Escreet ? Ne pouvais-je donc m'agripper à aucune certitude, même à présent ?

Au même instant, Sancious leva quelque chose qu'il tenait à la main.

– Le voilà ! Le domaine est à moi ! s'écria-t-il.

Tout aussitôt je sus ce qu'il allait advenir. Je bondis de ma cachette, hurlant :

– Gardez-vous derrière !

Malheureusement, Sancious fut si surpris de me voir brusquement surgir du placard qu'il se tourna vers moi au lieu de faire face au danger qui le menaçait dans son dos, et le sieur Escreet le transperça du même sabre dont il avait usé, d'après ce que je savais, pour tuer John Umphraville presque soixante années auparavant. Je lus une expression d'étonnement sur les traits de l'avocat, mais je n'aurais su dire ce qui, de ma soudaine apparition ou de la botte que le vieillard venait de lui porter par-derrière, avait éveillé ce sentiment. J'eus l'impression qu'il voulait m'adresser un message, mais la douleur qui lui tordait le visage semblait faire jaillir ses yeux de leurs orbites. Puis il s'affaissa sur les genoux, sa tête retomba sur sa poitrine, et sans un mot il s'affala de tout son long, privé de vie.

Nous nous dévisageâmes, Mrs Sancious et moi. Comme s'il ne nous voyait pas, le vieillard se dirigea vers la porte de la bibliothèque, qu'il ferma d'un tour de clé. Puis il retira le testament de la main inerte de sa victime et se porta vers le coffre pour y prélever une liasse de billets de banque, qu'il alla déposer dans le tiroir d'un bureau, près de la fenêtre.

Je n'avais pas quitté des yeux Mrs Sancious : pour lors elle contemplait, craintive, le corps de son époux. La voilà donc, la femme qui avait fait sciemment payer à Peter Clothier un crime dont il n'était pas coupable, la femme qui avait trahi la confiance et causé la mort de ma mère, la femme à qui son neveu devait d'être passé de vie à trépas, la femme enfin qui avait tout mis en œuvre pour me faire disparaître ! Désormais Peter Clothier était à mes yeux lavé du meurtre, et si j'avais pu douter de ce qu'elle avait dit, ces doutes s'étaient envolés, car le sieur Escreet signait de ses actes un aveu de culpabilité qu'aucun mot n'eût été capable de rétracter.

Quand il s'éloigna, on aurait pu croire qu'il se préparait à attendre Peter Clothier, qui n'allait pas tarder à franchir la porte de service…

Je m'avançai vers Mrs Sancious, qui me regardait, apeurée. Elle balbutia :

– J'ai improvisé. Je n'avais dans l'idée que de le forcer à nous remettre le testament.

Qu'entendait-elle par là ? Qu'elle n'avait pas prévu les conséquences de ses accusations, sans plus, ou qu'elle avait inventé son histoire de toutes pièces ? Voulait-elle dire qu'elle avait deviné juste en se forgeant un témoignage imaginaire ? Ce n'était guère le moment de peser ces différentes hypothèses…

– Il peut être dangereux, dis-je à mi-voix.

Comme elle semblait pétrifiée, je lui pris le bras pour la faire sortir au plus vite de la maison : je n'avais pas envie de voir, impuissant, les murs se refermer sur nous comme un piège.

– Le testament ! murmura-t-elle.

Se dégageant, elle traversa la pièce, contourna le corps et retira l'acte du tiroir du bureau.

C'était faire preuve d'un sang-froid peu ordinaire.

Attentif à éviter le vieillard, je gagnai le vestibule et m'empressai de quitter les lieux. Quelques instants plus tard, nous nous retrouvions dans le noir absolu de la petite arrière-cour peu engageante : si la tempête s'était calmée, le ciel demeurait couvert d'une chape de plomb.

– Allons prévenir la police, dis-je. Il faut faire appréhender le vieux avant qu'il ne s'en prenne à quelqu'un d'autre.

J'étais sur le point d'ajouter : « Et passer aux aveux. » L'aveu de sa rétention, pour avoir omis de produire la preuve qui eût redonné la liberté à Peter Clothier ; l'aveu de sa collusion avec Bellringer pour faire interner Stephen chez les Quigg. Mais les frissons qui la parcoururent m'en empêchèrent.

– Venez ! lui intimai-je au milieu des ténèbres qui nous environnaient.

Soudain, tandis que nous contournions la maison d'à côté, j'entrevis une silhouette surgie de l'ombre, puis une main se plaqua sur ma bouche et l'on me saisit par-derrière. J'eus le temps de me dire que le vieillard nous avait suivis, avant qu'une voix hélas trop familière ne me grondât dans l'oreille :

– Il l'a, m'dame ?

Barney ! À cet instant précis, je crus que ma dernière heure avait sonné. Le testament entre les mains, Mrs Sancious, sur la route qui la menait droit à la possession du domaine, ne s'achoppait plus qu'à un seul obstacle : moi ; moi qu'il lui fallait à tout prix éliminer ; moi, le seul à pouvoir dérouler le catalogue de ses infamies commises année après année. Depuis son arrivée chez le sieur Escreet, elle savait donc Barney ici ! Et si elle avait feint de se rendre si docilement à mes raisons, c'était qu'elle comptait bien le retrouver à peine aurions-nous mis le pied dehors ! Sans doute avait-il accompagné le couple.

– Mais... que faites-vous ici ? s'exclama-t-elle.

Sur le dernier point au moins, je m'étais donc mépris.

Coincé par-derrière, je ne pouvais, des deux, voir qu'elle de face.

– Ma foi, m'dame, commença-t-il d'un ton enjoué. J'avais fait passer le mot d'ouvrir l'œil et le bon, comme avait dit l' môssieu, et c'est Jack qui l'a vu débarquer à la *Croix d'Or*, y a pas deux heures de ça. Alors il y a filé l' train jusqu'ici, et puis il est v'nu au rapport. Il a l' document, au moins ?

– Non, c'est moi qui l'ai, dit-elle.

– Alors tant mieux. Et l' môssieu, où c'est qu'il est ?

– Toujours dans la maison, déclara-t-elle d'un ton neutre.

– Bon, alors laissez-moi tout seul, m'dame. Je m'en vais lui faire son affaire. C'est pas un spectacle pour une dame. Autant le faire ici, l'endroit est tout indiqué.

Quel geste, quelle parole tenter pour avoir la vie sauve ? Mais une idée me vint à l'esprit : n'avait-il pas à l'instant mentionné Jack, avec lequel je croyais qu'il avait rompu depuis longtemps ? Ce n'était donc pas Sally qui avait dû rapporter ! Je me débattis pour être en mesure de parler, mais il me plaquait si fort la main contre la bouche que je ne pus articuler un seul mot.

Mrs Sancious ne bougeait pas. Elle me paraissait sur le point de prendre la parole quand l'autre, retirant la main, alla fouiller dans sa veste.

Je saisis l'occasion :

– C'est Jack, le traître ! m'exclamai-je.

La main ferme revint s'appliquer sur ma bouche ; l'autre tenait maintenant un couteau.

– Mets la sourdine ! m'ordonna mon bourreau.

Écartant quelque peu son emprise, il me laissa juste de quoi bredouiller :

– C'est Jack qui s'est entendu avec Pulvertaft. Pas Sam. Je le sais, parce que ce soir-là je l'ai vu à Southwark, quand Jem a été tué.

À peine avais-je prononcé ces mots que je les regrettai : ils valaient verdict de mort. Mais le souvenir de ce que Sam avait subi du fait de Jack apaisa mon remords.

– Tout ça, c'est des craques ! clama Barney.

Pourtant il prêta l'oreille au récit que je lui déroulai de certains événements sur lesquels il avait son idée, mais qu'il fallait réinterpréter à la lumière de l'information nouvelle : celui qui avait trahi n'était pas Sam, mais Jack. Il dut comprendre que cette lecture de l'histoire était la plus vraisemblable, puisqu'elle le laissa perplexe et qu'il me posa bon nombre de questions auxquelles je pus répondre sans la moindre hésitation. Mrs Sancious, à quelques pas de nous, suivait tout cet échange avec curiosité.

– Sally vous a bien dit qu'elle avait surpris une conversation entre Sam et un chauve à la jambe de bois ? demandai-je.

– Ouais…

– C'est Jack qui lui avait dit de vous le raconter, expliquai-je.

– Pourquoi elle aurait fait ça ? fit-il en me regardant pensivement. Elle aimait bien Sam.

– Ce n'était pas sa faute ! m'écriai-je. Elle ne se doutait pas qu'en rapportant elle le condamnait à mort. Elle ignorait que l'homme dont elle parlait était Blueskin !

Comprenant qu'il avait été le dindon de la farce, Barney, avec un cri de rage, me projeta de toutes ses forces contre le mur. Il adhérait à ma version, mais il eût été insensé de croire que j'avais pour autant la vie sauve. Il était à ce point monté que je ne manquerais pas de payer les pots cassés.

Il leva son couteau ; je fermai les yeux.

– Arrêtez ! fit tout à coup Mrs Sancious.

Je rouvris les yeux : elle s'était avancée vers lui et lui retenait le bras.

– Et pourquoi donc ? fit-il d'un ton irrité. C'était-ti pas les termes du marché, entre moi et vous deux l' patron ?

– Il est mort, dit-elle à mi-voix.

– Mort ? Le patron ?

Pendant quelques secondes, Barney sembla perdre pied.

– Mais j' veux mon argent comme si j'avais exécuté l' contrat ! déclara-t-il. J'en ai passé, des heures et des heures, à l' tenir à l'œil ! Moi et les autres.

– Vous serez payé.

Elle ouvrit son réticule et jeta sur le sol une poignée de souverains.

– Maintenant, disparaissez, reprit-elle.

Barney me lâcha pour se baisser et ramasser l'argent, circonspect, un regard en coin sur nous deux, comme s'il s'attendait à une ruse. Il dut tâtonner pour s'emparer des pièces tant il faisait nuit noire.

Pendant ce temps j'observais avec ahurissement Mrs Fortisquince.

– Pourquoi ce geste ? lui demandai-je.

Elle se contenta de hocher la tête.

Était-elle bouleversée ? trop violemment émue par le meurtre de Sancious pour agir d'une façon qu'elle eût ensuite regrettée ? Quel plaisir j'aurais eu à le croire, faute de quoi la gratitude que je me serais fait une obligation de concevoir m'eût frustré du droit de la haïr !

Barney se releva, comptant ses pièces.

– Tout l' plaisir était pour moi, de traiter avec ces messieurs-dames, déclara-t-il. Si j' peux vous rendre d'autres services, j'en serai bien heureux. C'est une bonne chose de garder des relations quand on en a du profit d'un côté comme de l'autre.

– Attendez, lui dis-je. J'ai quelque chose à vous demander. Un jour vous m'avez dit que vous aviez tué un homme.

Il me regarda, étonné.

– J'ai une bonne raison de vous poser cette question, ajoutai-je. Cela s'est passé peu de temps avant ma naissance. Maintenant, vous pouvez me dire la vérité. Où était-ce ?

Il me répondit d'une moue amusée, comme mis en joie par ma question.

J'étais prêt à croire ce qu'avait dit Mrs Sancious, mais j'avais autre chose en tête.

– Dites-le-moi ! le suppliai-je. Vous n'avez rien à craindre.

Cela s'est-il passé dans cette maison? insistai-je en désignant du geste la bâtisse plongée dans l'obscurité derrière nous.

Il nous fit un semblant de sourire et s'engouffra dans la nuit. Mrs Sancious et moi quittâmes à pas lents l'arrière-cour déserte. Au bout d'un moment je ne pus m'empêcher de la questionner :

– Je reviens à votre récit de tout à l'heure concernant les événements de la nuit du meurtre... Quand vous m'avez laissé entendre que c'était uniquement pour décider le vieux à vous remettre le testament, qu'aviez-vous au juste en tête?

– Quelle importance! fit-elle d'une voix lasse.

– Une grande, pour moi. Est-ce à dire que vous avez tout inventé?

– J'ai vu Peter Clothier, dit-elle avec un haussement d'épaules indifférent.

– Alors, si vous avez tout vu, pourquoi l'avoir laissé accuser sans rien dire?

– Allez-vous cesser, avec vos ratiocinations? Pourquoi aurais-je parlé? Je détestais votre mère. C'était une enfant à qui on n'avait rien refusé. Elle avait tout : un père qui l'adorait, de belles parures, elle faisait de la musique, tout, quoi. Et moi, qui étais plus belle et plus intelligente, j'étais pauvre, méprisée... Je me réjouissais de la voir souffrir.

Je secouai la tête pour protester, lui faire comprendre que ma mère n'avait pas eu l'existence dorée qu'elle croyait.

– D'abord je l'ai enviée, poursuivit-elle. Et ensuite, jalousée.

Je la dévisageai.

– Aviez-vous des raisons d'être jalouse d'elle?

Tout à coup elle s'arrêta pour se tourner vers moi.

– Je vais m'exprimer franchement, fit-elle. Pas un instant je n'ai cru que le meurtrier était votre père. Mais, bien entendu, je n'ai pas la moindre preuve concluante de ce qui s'est passé ou ne s'est pas passé cette nuit-là.

– Dites-m'en davantage, je vous en prie ! m'écriai-je, car ce que j'avais recueilli des autres ou élaboré par moi-même laissait planer sur ses propos la plus grande ambiguïté.

Mais elle n'ajouta pas un mot d'explication, et nous continuâmes notre chemin en silence.

– J'ai là quelque chose qui vous revient de droit, fit-elle au bout d'un moment.

Plongeant la main dans son réticule, elle me tendit le paquet qu'elle avait retiré du bureau. Nous étions maintenant au coin de Charing Cross et du Strand : je m'approchai d'un lampadaire et défis l'emballage. Dès les premières lignes, je reconnus le testament dérobé que pour la dernière fois j'avais eu entre les mains, un bref laps de temps, quelque dix mois auparavant. Maintenant qu'on n'attenterait plus à mes jours, ce document n'était plus d'aucune utilité pour elle. Mais les raisons qui l'avaient poussée à empêcher Barney de me tuer demeuraient pour moi une énigme.

– Je ne comprends pas, dis-je. Alors que vous vous êtes donné tant de peine pour capter l'héritage – je me retins de préciser qu'elle n'avait pas hésité à faire occire ceux qui faisaient obstacle à ses desseins –, pourquoi renoncez-vous tout à coup à saisir l'occasion d'en venir à vos fins ?

– Trop de morts… fit-elle en chuchotant.

– Venez, dis-je, maintenant nous devons nous présenter à un magistrat et lui rapporter les événements de la nuit.

Elle ne fit pas un mouvement, et je la vis frissonner. Je tendis la main pour l'inviter à me suivre. Et, posture ô combien grotesque aux yeux de quiconque aurait su tout le mal que cette femme, à moi comme aux miens, avait infligé, s'en allaient à pas lents, sous un ciel que l'aube au levant pâlissait, deux silhouettes se tenant par le bras.

III

Au bureau de police de Bow Street, j'expliquai ce qui s'était produit. Garde et exempt furent dépêchés sur les lieux, et l'on appréhenda le sieur Escreet, qui toutefois, compte tenu de la confusion d'esprit dont il était si manifestement frappé, dut être confiné dans un asile en attendant de comparaître.

Avant de prendre congé de Mrs Sancious, vers la fin de la matinée, je lui demandai de revenir sur certains points qui m'échappaient encore. Mais elle ne consentit nullement à ajouter quoi que ce fût à son rapport sur le soir du meurtre : le témoignage était-il forgé ? était-il authentique ?... Une autre question pourtant me tarabustait : quels liens l'avaient donc unie à Henry Bellringer ? Si je me représentais bien sa filiation, puisqu'elle descendait de la sœur de Jeoffrey Huffam, Laetitia, épouse de George Maliphant, je ne comprenais pas comment son neveu Stephen pouvait bien avoir été le demi-frère de l'arrière-petit-fils de Jeoffrey Escreet. Elle m'apporta la réponse : son frère Thimothy avait épousé Caroline, veuve en premières noces d'un certain Michael Bellringer, petit-fils du sieur Escreet ; Henry était l'enfant de ce premier lit, et Stephen était né de la seconde union. Au passage, cette parenté n'avait rien d'extraordinaire : les Maliphant, aussi bien que les Bellringer, vivaient à Canterbury, où Henry Huffam possédait la propriété que Paternoster, l'autre arrière-grand-père de Henry Bellringer, avait administrée pour son compte.

Je regagnai mon logis, fourbu, car mes blessures me faisaient souffrir, et je me mis en quête d'un lieu sûr où je pourrais dissimuler le testament. L'une des briques de l'âtre était branlante : je la fis glisser et logeai le document dans l'interstice. Puis je me jetai sur mon lit où je passai à dormir une journée et une nuit entières.

Au cours des semaines qui suivirent, je n'éprouvai nul désir de revoir Henrietta tant j'étais meurtri et bouleversé par l'attitude qui avait été la sienne au Vieux Manoir. J'avais aussi de quoi méditer : Me Barbellion me réitérait l'offre de services qu'il m'avait faite lors de notre précédente rencontre. Si je réussissais à rentrer en possession du testament, m'écrivait-il, je devais garder en mémoire les éléments suivants : Sir David Mompesson, contumax, avait été accusé et convaincu du meurtre de Bellringer ; ses biens seraient confisqués, c'est-à-dire qu'ils reviendraient à la Couronne et non point à ses héritiers. Cette déchéance de ses droits serait prononcée en dépit du codicille, la requérante Maliphant – Mrs Sancious, en l'espèce – ayant perdu les siens puisque désormais j'étais réputé vivant. Il me pressait donc, si j'étais en possession du testament, de le produire devant la Haute Cour afin d'obtenir une ordonnance stipulant que le domaine n'avait jamais appartenu en première ligne à Sir Hugo Mompesson, mais à mon grand-père. Me Barbellion ajoutait qu'il serait relativement aisé d'aboutir, et que par voie de conséquence le domaine me reviendrait. Si je n'avais pas le testament, affirmait-il encore, je pourrais à tout le moins réclamer les annuités que pendant si longtemps les Mompesson avaient refusé de verser, et qu'un jugement en ce sens serait promptement rendu. Je répondis à sa lettre, et, sans lui révéler que le testament était en ma possession, je me bornai à lui communiquer ma décision : les développements à venir ne me faisaient ni chaud ni froid, et je renonçais tant aux annuités qu'au bien-fonds lui-même.

Qu'est-ce qui avait motivé ma réponse ? C'est simple : comme vous le savez, j'avais eu tout loisir de constater à quelles extrémités d'autres que moi en avaient été rendus, mus qu'ils étaient par le désir de posséder le domaine. Ce n'est pas tout : j'en avais assez de me sentir le jouet de la Chancellerie ;

je tenais à demeurer libre de décider de ma propre existence. De plus, je savais pertinemment tout ce qu'il m'en coûterait d'actionner en vue de récupérer mes arriérés. Et l'argent venait en tête de mes préoccupations, car un mois après les événements de Hougham je devais trois semaines de loyer à Mrs Quaintance, et je n'avais plus un sou vaillant. J'avais revu Joey et sa mère à plusieurs reprises, et je n'ignorais pas qu'en cas d'absolue nécessité je pourrais faire appel à leur générosité, mais je répugnais à l'idée de devoir en passer par là. Souvent je me demandais ce qu'était devenue Lady Mompesson – ou, plus précisément, Henrietta – et il m'arrivait de longer la maison de Brook Street. Elle était fermée, et désormais inoccupée semblait-il. De temps à autre j'achetais une gazette pour éplucher la chronique mondaine, mais jamais n'y était mentionné aucun des deux noms.

Encore un mot sur le sieur Escreet : deux semaines environ après la mort de Sancious, il décéda, privé de sa raison, dans l'asile où on l'avait enfermé, en sorte qu'il échappa à un procès d'assises.

IV

Et puis un jour, à peu près à la même époque, un inconnu vint me voir. Il déclina son nom – Mr Ashburner – et sa qualité – prêteur. Il avait une proposition à me faire, ajouta-t-il : il était tout disposé à me prêter de l'argent en prenant pour garantie mes espérances. Lorsque je lui exprimai ma surprise d'apprendre qu'il était si bien renseigné sur mes affaires, il me répondit que c'était là le b-a ba de son métier, mais il ne voulut pas me dire d'où il tenait ses informations. Je l'éconduisis en lui témoignant autant de politesse que je pus, c'est-à-dire fort peu, autant qu'il m'en souvienne !

L'incident me donna à réfléchir, et j'en conclus que

quelqu'un savait le testament entre mes mains. Il était cependant plus probable que c'était de ma rente que l'on avait eu vent. Auquel cas, il convenait d'en déduire qu'on me considérait à la ronde bien placé pour avoir gain de cause. Cela ne ferait pas ma fortune, bien entendu, mais je songeais au bien que je serais en mesure de répandre autour de moi avec seulement un peu d'argent : je pourrais secourir les garçons enfermés chez les Quigg, essayer de faire libérer le vieux sieur Nolloth, rechercher Pentecost, qui sans doute était toujours sur les pontons... tout comme Silverlight, peut-être. Et obtenir l'annuité qui jamais n'avait été versée à ma mère représenterait une forme de justice, me disais-je.

J'écrivis donc au sieur Barbellion et, à son invitation, allai le voir à son cabinet, sis au n° 35 de Cursitor Street. À présent que le domaine, conformément à la procédure en cours, allait échoir à la Couronne, son administration était totalement confiée à un curateur nommé par la Chancellerie. La mauvaise économie, la corruption auxquelles on ne pouvait que s'attendre, me dit-il, finiraient par miner le domaine en peu d'années. Il ne laissa subsister aucun doute sur sa position : n'étant plus le conseil des Mompesson, il alla jusqu'à me révéler que Lady Mompesson s'évertuait à sauver du naufrage tout ce qu'elle pouvait des biens de la famille, et qu'en conséquence elle et lui ne seraient pas du même côté de la barrière si je me déterminais à faire valoir mes droits. Tant de franchise m'affecta d'une vive impression.

Il m'annonça qu'il était tout prêt à me représenter devant la Cour si je décidais d'introduire une requête pour me faire attribuer mon fermage, voire restituer le domaine si je possédais le testament. Il essaya bien, sur ce dernier point, de me tirer les vers du nez, mais, sans aller jusqu'à lui mentir ouvertement, je tergiversai, alléguant que mon seul souci était de récupérer mes arriérés. Je lui rappelai que sa lettre parlait du « bref délai » nécessaire pour conclure l'affaire, et lui demandai de préciser à combien il estimait le temps et l'argent qu'il faudrait. Cinq ans au plus suffiraient, me répondit-il, à ma consternation : comment pareille durée pouvait-elle être tenue pour brève ? Je lui fis part de la satisfaction que j'aurais à faire appel à ses services, mais soulignai que les fonds manquaient pour l'honorer. Il me rétorqua qu'il n'attendait que mes directives ; quant aux provisions... eh bien... il avait sa petite idée sur la question. M'étais-je penché sur le point de savoir si j'étais fondé en droit à revendiquer le manoir ? Il me fallut quelque temps pour comprendre où il voulait en venir, mais, quand la lumière se fit dans mon esprit, je lui réaffirmai que j'étais devenu étranger à ces préoccupations. Il parut surpris et déclara qu'il préférait pour l'instant ne rien me confier de ce qu'il avait en tête, mais qu'avec ma permission il tenterait de faire progresser mes affaires, tout en s'engageant à ne rien entreprendre qu'il ne m'eût consulté au préalable. À ma grande surprise, il me proposa alors de m'avancer de l'argent sur mes espérances, affirmant que ce serait pour lui un grand plaisir que de me voir au moins rétabli dans une partie de mes droits.

La proposition me troublait grandement. L'avais-je totalement méjugé ? Était-ce un homme généreux, et qui avait foi en la justice ? Je le surpris à sourire, tandis que je m'abîmais en conjectures. À l'inverse, était-il exclu qu'il tentât de faire main basse sur une part du gâteau et voulût me prendre dans ses rets ?

Il dut entrevoir mon débat et joua franc-jeu : il s'était occupé des affaires du domaine pendant la quasi-totalité de sa carrière d'homme de loi, puisque dès sa prime jeunesse il avait été au service du père de Sir Perceval, Sir Augustus, qui avait entrepris bon nombre de restaurations dans la propriété, que par la suite son fils avait interrompues, laissant le domaine se dégrader, au grand dam de l'avocat. Celui-ci, pendant les vingt années qui avaient suivi la mort de Sir

Augustus, avait tout mis en œuvre pour mener à bonne fin divers travaux d'amélioration, battant en brèche les idées de Sir Perceval, homme d'un naturel profondément conservateur et qu'horrifiait le moindre changement. L'homme de loi n'avait pu compter que sur le soutien de Lady Mompesson, qui cependant n'avait pas toujours vu très loin elle non plus. Mais ce qui l'avait le plus dépité, c'était d'avoir constaté que pendant des lustres et des lustres Assinder n'avait cessé de se servir sur les loyers et qu'il falsifiait les comptes. Bien qu'il eût fini, avec patience et longueur de temps, par en persuader Lady Mompesson, jamais il n'avait pu faire admettre à Sir Perceval que le neveu de son vieux régisseur le volait comme au coin d'un bois, et le sieur Barbellion s'était senti profondément meurtri de voir opposer à son jugement un déni constant du baronnet.

Quand je lui exprimai mon sentiment sur certaines mesures d'économie prises par les propriétaires, Me Barbellion me déclara qu'il se faisait un point d'honneur d'en désigner le vrai responsable : si l'on avait enclos les communaux, déplacé les hameaux et à ce point aggravé le sort des pauvres, il ne fallait incriminer que le seul Assinder et sa cupidité. Il ajouta que Sir David, après avoir succédé à son père, s'était refusé à consacrer un seul penny à l'amendement des terres, contraignant son conseil à abandonner tous ses plans d'amélioration pour la propriété, de sorte que lui-même ne souhaitait plus que voir le légitime propriétaire du domaine rétabli dans ses droits ; encore faudrait-il que ledit domaine lui fût restitué dans l'état où il se trouvait après la mort de Sir Augustus.

Quand il en eut terminé, je demeurai quelque temps silencieux dans mon fauteuil, puis je lui représentai que sa proposition me touchait, mais qu'il devait comprendre que seul m'intéressait le versement de ma rente. Je n'avais pas la moindre intention de faire valoir mes droits sur le domaine depuis que je m'étais rendu compte du danger moral qui accompagnait immanquablement la possession d'une grande richesse, et qui grandissait à proportion de la fortune. Il me regarda curieusement et me demanda d'estimer le domaine à sa valeur marchande du moment. Je me récusai, n'étant point qualifié pour hasarder un chiffre, mais il m'incita cependant à formuler une grossière évaluation. J'avançai alors une réponse : plusieurs milliers de livres. Il eut un petit rire amusé, puis me déclara que je me méprenais lourdement. La propriété ne valait rien. Zéro, en chiffres et en lettres. Et encore, la vérité était sans doute plus cruelle. Je lui demandai de s'expliquer : le domaine, m'apprit-il, était si lourdement obéré par telle et telle charge – frais de succession, hypothèques, annuités diverses, au même titre que les miennes, même si je venais en tête des créanciers – que le revenu net qu'on pouvait en tirer se montait, au mieux, à néant. Mais dès lors que la Chancellerie avait nommé un curateur et que le procès de déchéance était en cours, il était fort douteux que les comptes fussent jamais apurés et que Hougham trouvât acheteur. Le malheur voulait que le domaine, après une si détestable administration, ne produirait de profit qu'au bout d'un nombre incalculable de lustres.

Ces nouvelles désolantes me donnèrent à réfléchir. Je voyais bien à quoi tendait ce discours, mais l'espoir que nourrissait le sieur Barbellion fut déçu : je me tins sur la réserve et me gardai bien de lui confesser que je possédais le testament. J'acceptai cependant l'offre qu'il me fit de me prêter quarante livres l'an, à l'intérêt de six pour cent, remboursables quand j'aurais récupéré mon annuité. Son premier clerc me remit le jour même un trimestre d'avance, et Me Barbellion entama l'action en recouvrement.

J'ai le bonheur de pouvoir dire que mon premier soin fut d'envoyer à Mr Advowson l'argent que je devais à Sukey, majoré des intérêts qui me semblaient convenir. J'allai aussi voir Joey et sa mère et je dus combattre pied à pied leur résistance pour leur remettre cinq livres en compensation de tout ce qu'ils avaient dépensé pour moi et remerciement des multiples services qu'ils m'avaient rendus. Joey m'apprit à cette occasion que, quelques jours après ma dernière rencontre avec Barney dans l'arrière-cour de la maison de Charing Cross, on avait trouvé un cadavre, celui de Jack, croyait-on, au milieu d'un terrain vague proche de Flower-and-Dean Street, canton où étaient allés vivre le voyou et sa bande après avoir quitté Neat Houses. J'ajouterai que jamais je n'eus d'autre occasion de revoir quiconque de ce joli monde ni même d'en entendre parler.

Il ne me restait plus maintenant que tout juste de quoi payer mon loyer et vivoter jusqu'à la perception de mon prochain trimestre. Au fil des semaines, je passai des heures et des heures à méditer sur le comportement à adopter. Plus d'une fois j'allai à la cache en retirer le testament, et m'y plongeai avec l'idée d'arrêter une conduite. Depuis les révélations du sieur Barbellion, je voyais le domaine sous un jour nouveau. Il avait cessé de représenter une tentation. Si j'avais une certitude, c'était de ne pas être gâté par les richesses qu'il me prodiguerait. Tout à rebours, sa possession me serait une ruine et un fardeau d'écrasantes responsabilités. Je pensais et repensais sans cesse à ce que m'avait dit Sukey des préjudices que la famille Mompesson avait infligés aux pauvres. Qu'adviendrait-il d'eux si le domaine continuait à être administré par le curateur nommé par la Chancellerie ? Désormais je commençais à me demander si mon retrait ne m'était pas dicté par l'égoïsme pur et simple et si je n'étais pas en train de me soustraire à mes devoirs. De plus, je n'avais jamais renoncé totalement à l'idée que l'exécution des dernières volontés de mon trisaïeul ne serait somme toute qu'un acte de justice.

Au début du mois de juin de l'année suivante, le sieur Barbellion, par courrier, me fixait un rendez-vous à Hougham dans les jours qui venaient. Il avait, me disait-il, bien des éclaircissements à me fournir, et préférait me les donner sur place. À sa lettre il joignait un billet de dix livres pour couvrir les frais de mon déplacement. Tout intrigué que j'étais, il m'était agréable de mettre à profit cette occasion de revoir la propriété, et, si je ne me formulais pas clairement le désir de brandir mon droit sur elle, je souhaitais du moins prendre la mesure de l'ensemble des difficultés qui m'attendaient si jamais j'en redevenais maître. Sur les lieux mêmes, il me serait plus aisé de me faire une idée claire de la situation.

Comme je m'achemine vers le terme de notre collaboration dans la rédaction de ces pages, je m'autorise à anticiper quelque peu ; laissant pour l'instant ce voyage, je m'adresse directement à vous, chers amis, et pour la seconde fois, afin de vous instruire du sort de ceux de mes anciens compagnons dont je n'ai pu retrouver la trace. Fidèle à la promesse que je m'étais faite à cette époque, je voulus tenter de faire relâcher le sieur Nolloth et fermer l'établissement du Dr Alabaster. Mais je découvris que l'excellent vieillard était mort moins d'un an après mon évasion. L'homme de loi que je consultai ensuite dans le propos de faire inculper le médecin directeur de l'asile m'affirma qu'il serait quasiment impossible de rien prouver contre le Dr Alabaster. Il me dissuada pareillement d'essayer de faire traduire en justice Mrs Sancious sous le chef d'avoir conduit Stephen à la mort. Me rappelant qu'elle m'avait sauvé la vie en empêchant Barney de me faire disparaître, je résolus d'en rester là. Après tout, la mort de son mari dans les circonstances que l'on sait était en soi un châtiment.

Je n'oubliai pas non plus l'engagement que j'avais pris de faire de mon mieux pour alléger le sort des pensionnaires de l'« académie » Quigg. Aussi écrivis-je à un avocat de la ville la plus proche, lui demandant de s'y rendre en mon nom, sous couleur de me renseigner sur une école pour mon neveu.

L'avocat me répondit qu'il avait suivi mes instructions, mais que les Quigg avaient renoncé à leurs activités pédagogiques pour ne plus se consacrer, comme devant, qu'au travail des champs. Il m'assura qu'en dehors des membres de la famille il n'avait vu personne.

Depuis qu'il a fui l'Angleterre, Sir David vit à Calais un exil besogneux, où il ne peut compter que sur les secours de sa mère, qui a là-bas une petite propriété qu'elle tient de famille. Elle-même habite un modeste logis dans le canton de Mayfair et doit épargner sur ses revenus pour l'entretien de Tom, désormais enfermé dans un établissement privé (pas dans celui du Dr Alabaster, hélas !), réclusion à laquelle son intempérance, parmi d'autres excès, l'a condamné. Daniel Porteous est allé mener ses affaires à Lisbonne, place où sa banque entretenait des relations d'affaires suffisamment étroites pour lui ménager là-bas une entrée, et suffisamment distante pour que le bruit de sa conduite dans la mère patrie ne parvînt aux oreilles de quiconque. Son épouse et son fils sont allés l'y rejoindre, ainsi qu'Emma.

Quant à parler de Henrietta, j'y viens, puisqu'il ne me reste qu'à rapporter ce voyage à Hougham effectué au mois de juin.

V

J'avais pris le coche jusqu'à Sutton Valancy – en « extérieur » –, et avec l'argent de reste j'avais loué un cheval pour me rendre à Melthorpe, car j'avais envie de revoir ces lieux et la vieille maison où nous avions vécu, ma mère et moi.

Le village ne me parut pas avoir changé. Sous le soleil de ce début d'après-midi, l'appareillage de briques roussies de ses plus belles maisons prenait des tons veloutés, les arbres et le gazon luisaient encore de ce vert vif que bientôt affadirait le déclin de l'été. Nul ne me reconnut, mais je vis Mr Advowson sortir de chez lui pour traverser la grand-rue et entrer dans l'église, et je devinai qu'il retournait à la sacristie après avoir pris son dîner. Pourquoi eût-il prêté attention à un jeune inconnu circulant à cheval ?

Notre maison avait l'air close, abandonnée, ce que me confirma un passant : elle était vide depuis six ou sept ans. Ainsi donc Mrs Sancious, loin de se trouver, comme elle l'avait déclaré, dans la nécessité d'en augmenter le loyer, ne s'était pas même donné la peine de chercher d'autres locataires ! C'était donc le prétexte qu'elle avait avancé pour dissimuler sa malveillance. Je remontai le petit chemin qui longeait le mur de clôture et levai le loquet fermant la barrière dont je me souvenais si bien. Puis j'entrai dans le jardin. Il me semblait tout petit maintenant, envahi comme il l'était par l'herbe, au point qu'on ne voyait plus où finissait la pelouse et où commençait le Désert.

C'était là que tout avait débuté, ce fameux jour d'été où le cri de Bissett m'avait enjoint de m'éloigner de la barrière derrière laquelle se tenait un inconnu... Tant de choses avaient résulté de cette rencontre ! Tant de choses qu'aujourd'hui je savais et comprenais, et que je ne pouvais même pas soupçonner la dernière fois que j'avais contemplé ce lieu, avant notre fuite pour nous réfugier à Londres ! Et pourtant, que de mystères subsistaient ! J'avais appris, surpris tant d'histoires depuis lors – celles de Mrs Belflower, de Miss Quilliam, de ma mère, du sieur Escreet, de Miss Lydia –, entendu tant de mensonges, d'inepties, d'approximations, supputé tant d'omissions...

Je me souvins de la sculpture que la mère de Martin Fortisquince avait fait enlever du domaine des Mompesson – ou, pour mieux dire, du parc de Hougham, puisqu'il avait retrouvé son vrai nom – et transporter dans ce jardin. Je foulai ce qui jadis avait été une étendue de gazon et pénétrai dans les roncières du Désert. Et là, je la vis. La mousse en avait de nouveau recouvert l'inscription, et là où j'avais gratté la pierre je découvris – alors que pourtant j'étais certain d'avoir bien lu lorsque j'étais enfant – que les mots gravés étaient les suivants : *Et ego in Arcadia*[1]. Phrase bien énigmatique. Et qu'exprimait ce visage usé, gangrené par le temps ? Et ces bras enserrant la figure, par-derrière ? Que pouvaient bien représenter ces personnages qui donnaient l'impression de lutter ? Cela symbolisait-il une poursuite – Pan et Syrinx, Térée et Philomèle, Apollon et Daphné ? Une rencontre amoureuse ? Jamais je n'aurais le fin mot. Et puis, qu'importait ce que le sculpteur (le grand-oncle d'un homme dont j'avais occasionné la mort, je le savais) ou celui qui avait commandé l'œuvre (mon trisaïeul) avait voulu figurer ? Scrutant les yeux vides de la statue, je vis que je pouvais lire sur le visage, ainsi que sur un palimpseste, tout ce que l'esprit y voulait bien découvrir. Plus je tentais de fixer une image sur ses traits, plus le dessin entrevu fuyait à l'infini, comme sur les carreaux du sol fendillé du Vieux Manoir.

À ce point surgissait un autre mystère : pourquoi l'épouse réprouvée avait-elle fait déplacer cette sculpture ? Pourtant, quelque chose me disait que je n'étais pas loin de la vérité quand je pensais qu'il y a toujours un sixième élément caché pour rompre l'harmonie du quinconce. Quand elle était venue vivre ici, marquée d'infamie, la pauvre femme avait fait transporter la sculpture en hommage à son rôle salvateur : elle avait gardé en vie son amant secret, le père, qui sait, de son enfant ! Peut-être était-elle morte de chagrin parce que lui – à tout coup je devinais qui – n'était jamais venu la voir. Ce qui aiguilla mes pensées – comme il était si fréquent – sur Martin Fortisquince. Tant de choses demeuraient inexpliquées…

1. On se souvient que dans le tome I (*Les Huffam*), John raconte avoir lu *Et nemo in Arcadia*, formule imaginaire comme l'atteste le latin approximatif qu'il reconstitue (« Et personne n'était en Arcadie », au lieu de « Moi aussi j'étais en Arcadie »).

Sur mon acte de baptême, il avait inscrit « parrain et père », et cette mention, ajoutée à ce que m'avait dit Mr Advowson des circonstances de l'événement, pouvait venir à l'appui d'une explication particulière.

Mais que d'omissions ! Que de choses ma mère ne m'avait-elle pas cachées, ou à propos desquelles elle s'était méprise. (Par exemple, elle avait cru bien à tort que Miss Quilliam l'avait trompée ; elle n'aimait pas non plus Mr Pentecost...) Je songeai à cette phrase du récit de sa vie qui si souvent m'était revenue en mémoire : « Je ne pouvais pas arriver à croire que le père de mon enfant avait tué mon papa ! » Que n'avait-elle pas enduré ? Je me souvins du jour où, alors que nous avions trouvé refuge dans le cimetière de Saint-Sepulchre après avoir fui le sieur Barbellion, elle m'avait tenu des propos décousus sur la « lune montante », le sabre en cimeterre et le sang. De là venait aussi l'un des pseudonymes qu'elle s'était choisis : *Halfmoon*. Si elle n'avait pu oublier la vérité, avait-elle au moins réussi à rendre celle-ci supportable ? Alors me revint à l'esprit ce qu'avait dit peu de temps auparavant Mrs Sancious : « Jamais je n'ai cru que le meurtrier était votre père. » Qu'avait-elle voulu me faire comprendre ? Et que devais-je croire maintenant ?

Je pris congé des lieux et me mis en selle pour Hougham. En longeant la masure de Sukey, je me demandai si je n'allais pas y faire halte, mais j'étais déjà loin quand je me décidai pour voir là une politesse qu'il eût été convenable de lui rendre, de sorte que je n'avais plus le temps de revenir sur mes pas. Craignant de faire attendre le sieur Barbellion, je lançai ma bête au petit galop, bien que le rendez-vous me laissât encore une bonne heure de délai. Un peu plus loin, je dépassai une paysanne qui portait une écharpe rouge et tenait au bras un panier et, sans doute parce que je pensais à Sukey, je fus frappé par sa ressemblance avec la jeune fille qui s'occupait de moi enfant.

Un quart d'heure plus tard je m'engageais dans l'allée carrossable qui menait au manoir, et remettais mon cheval à un valet d'écurie venu à ma rencontre. Le sieur Barbellion m'avait expliqué que le curateur n'avait conservé que le personnel strictement indispensable au train réduit de la maison, et que lui-même ne devait qu'à son habilitation devant la Haute Cour de la Chancellerie d'avoir pu me recevoir là.

Lorsque j'entrai dans le vestibule, une femme s'avança vers moi pour m'accueillir avec courtoisie. À mon grand étonnement, je reconnus Mrs Peppercorn.

– Quel plaisir de vous revoir, monsieur ! fit-elle. C'est ici que j'ai fait votre connaissance voilà bien des années, dans des circonstances plutôt pénibles. Vous étiez fort jeune à l'époque. Je suis certaine que vous ne vous souvenez pas de moi.

– Bien au contraire, répliquai-je. Il me semble que c'était hier.

Elle me sourit :

– Fort aimable à vous, monsieur Huffam, fit-elle en m'appelant du nom que, conformément au vœu exprimé par mon grand-père parmi ses dernières volontés rédigées le soir de sa mort, j'avais désormais adopté. Mr Barbellion vous attend dans la salle de justice. Je vais vous y conduire.

Je n'avais nullement besoin qu'on m'indiquât le chemin, me rappelant fort bien où Sir Perceval et Lady Mompesson nous avaient reçus, ma mère et moi, le jour où pour la première fois j'étais venu dans cette demeure, mais je la laissai me précéder. Tout en marchant, et tandis que nous passions par des enfilades de salons où meubles et tableaux étaient couverts de pièces de toile de Hollande brune, tels des moines encapuchonnés de bure, elle ne cessa de m'entretenir. Elle me parla des tragiques vicissitudes qui avaient récemment accablé la famille Mompesson et m'expliqua qu'ayant été à leur service depuis si longtemps, et avec tant de fidélité – si elle pouvait se permettre de me le rappeler –, la Chancellerie l'avait autorisée à garder son emploi dans cette maison où elle avait commencé à remplir ses fonctions à l'heureuse époque de Sir Augustus. C'est là qu'elle me mit au fait de la fâcheuse situation où se trouvait présentement la famille, et que j'ai exposée dans les pages qui précèdent. Cependant, elle ne me dit rien de Henrietta.

Lorsque j'entrai dans la salle de justice, je trouvai le sieur Barbellion assis tout au fond de la pièce, à compulser gravement des documents. Il se leva aussitôt pour me serrer la main. Après les amabilités d'usage, et lorsque Mrs Peppercorn se fut retirée, nous nous accommodâmes sur des sièges dont on avait ôté les housses, moi sur l'un des sofas, lui sur une chaise à bras.

– Si je vous ai prié ici même, monsieur Huffam, fit-il, c'est que je souhaite vous exposer sans fard ce qu'il en est au juste de cet énorme capital à gérer.

Il eut, ce disant, un geste circulaire de la main pour désigner tout à la fois le manoir, le parc, les terres attenantes et, par-delà, les fermes du domaine.

– Pour l'instant il va à vau-l'eau, et menace, faute d'un timonier, d'être drossé contre le récif de la saisie-arrêt. Un jour ou l'autre, selon moi, le domaine sera mis à l'encan. Quant à savoir ce qu'il en restera... je frémis rien que de l'imaginer. Je vous demande donc instamment de me dire si vous êtes en possession de l'ultime testament de Jeoffrey Huffam, celui qui a été dérobé. Si vous l'avez, alors le domaine peut être sauvé.

Je le laissai finir et marquai un long temps d'hésitation : par la seule des fenêtres dont on eût tiré les rideaux, je fixai le lointain par-dessus son épaule. Dans la brise les branches des grands ormes ondulaient mollement sur le ciel d'un bleu délavé ; au même instant je sentis sourdre en moi le sentiment d'être enfin à ma vraie place.

– Oui, dis-je. Je l'ai.

Je vis son visage s'empourprer, et il se leva prestement pour arpenter la salle d'un pas vif.

– Bien que le domaine soit lourdement grevé, déclara-t-il, ainsi que je vous l'ai dit à Londres, la situation serait tout à fait autre si la cour décidait de recevoir le testament. Et elle décidera. Il ne peut que s'ensuivre une annulation pleine et entière de tous les débets et charges apparus depuis que James Huffam a hérité – et indûment hérité – du bien-fonds.

Je n'osais comprendre :

– Pouvez-vous éclairer ma lanterne ? demandai-je.

– C'est fort simple... S'il est prouvé que James n'avait pas le droit de vendre le domaine, et que par voie de conséquence les Mompesson n'en ont jamais été les propriétaires légitimes, alors aucune des obligations qu'ils ont contractées n'est valide.

– Vous en êtes bien certain ?

– Rien n'est jamais certain en matière juridique, mais nul n'est mieux placé que moi pour emporter pareille décision au prétoire.

La dernière fois que nous nous étions entretenus, il m'avait dit que le domaine n'avait aucune valeur tant il était grevé de charges et d'hypothèques. Aujourd'hui il m'affirmait que le testament dérobé et retrouvé pouvait annuler tout le passif. Mais avais-je moralement le droit d'en user à cette fin ? Pour renier les dettes hypothécaires, droits de succession et autres charges afférents à la mauvaise administration des terres ? Bien sûr, puisque ces dettes avaient été contractées par des gens qui s'étaient approprié indûment le domaine. Et de plus, si j'usais de ce droit, ce serait pour garantir l'avenir de la propriété et accroître le bien-être de ceux qui en dépendaient.

– Il faudra des mille et des cents... avançai-je.

– Il existerait bien un moyen, répondit-il avec un énigmatique sourire.

– Emprunter? demandai-je. Voilà quelques mois, quelqu'un est venu me voir en se proposant de me prêter de l'argent sur mes espérances.

– Je sais. Il s'appelait Ashburner.

Je sursautai. Comment était-il au courant?

– Je n'en ai pas fini avec ce que j'ai à vous dire, mon jeune ami, continua-t-il lorsqu'il vit combien j'étais étonné. Ashburner voulait vous prêter de l'argent sur vos espérances? Il n'avait pas en vue votre annuité. Moins encore de vous faire gager le domaine à proprement parler. Il venait vous voir de la part d'un certain Vulliamy.

Voilà qui décidément me semblait de plus en plus étrange.

– Je vois que ce nom vous évoque quelque chose, dit le sieur Barbellion. Si je ne me suis pas trompé, vous aurez reconnu le premier clerc de votre défunt grand-père.

Plus encore que Vulliamy, Ashburner était un nom qui me parlait, et comment! Car la dame qui avait témoigné de la bonté à ma mère lorsque nous avions déménagé de chez Mrs Malatratt, Mrs Sackbutt, l'avait prononcé devant nous en précisant qu'il s'agissait de l'encaisseur du propriétaire. Ces taudis que nous avions habités appartenaient-ils donc aux Clothier? Je me rappelai aussi qu'à Mitre Court le même patronyme était venu dans la bouche de l'encaisseur de loyers…

– J'ai eu un entretien avec Vulliamy lors de mes enquêtes concernant vos droits sur la succession de votre grand-père, reprit le sieur Barbellion.

– Je ne vous avais pas mandaté à ces fins! protestai-je.

– Sauf votre respect, monsieur Huffam, c'est précisément ce que vous avez fait lorsque nous nous sommes vus la dernière fois à Londres. Je m'étais engagé, vous vous en souvenez sans doute, à ne rien entreprendre sans vous avoir consulté par avance.

Il avait raison, et je lui présentai mes excuses, tout en lui réaffirmant ma volonté de ne rien revendiquer de la succession Clothier.

– Acceptez au moins, fit-il, d'écouter ma relation des faits advenus depuis la mort de votre grand-père, il y aura de cela bientôt dix-huit mois. Ainsi que vous le savez probablement, son héritier était Daniel Porteous, votre oncle. Or, il appert que Vulliamy n'aura aucun mal à mettre en lumière diverses malversations du défunt.

À cet instant, le sieur Barbellion baissa les yeux et, gêné, se mit à feuilleter ses papiers.

– Il semble bien que le vieux gentleman, qui avait plus d'un tour dans son sac, et qu'animait sans doute le désir de raccourcir la durée du prêt proportionnellement aux garanties présentées, pratiquait un taux usuraire qui dépassait de beaucoup les vingt pour cent autorisés par la loi. D'autre part, certaines de ses succursales de prêt sur gages étaient tenues – à son insu, il va de soi – par des « fourgues » ou receleurs d'objets volés.

Ce n'étaient pas des informations : Peter Clothier m'en avait déjà instruit.

– J'en passe, poursuivit l'homme de loi, pour en venir au plus important : Vulliamy peut prouver que Porteous était partie prenante. Et le fait est qu'il possède des doubles de documents – Dieu seul sait pourquoi votre grand-père l'a autorisé à s'en emparer ! – montrant que Porteous, de connivence avec votre grand-père, a monté une escroquerie où il a frauduleusement exploité la raison sociale de son employeur, la maison de banque *Quintard and Mimpriss,* à laquelle, en toute connaissance de cause, il a infligé des pertes considérables : il s'agissait, si j'ai bien compris, d'une spéculation immobilière où votre oncle a roulé sa banque dans la farine en l'entraînant dans un mort-gage nanti sur un bail consenti à un homme de paille des Clothier père et fils. Ce bail a été dénoncé lors de la banqueroute du tiers, et le propriétaire du terrain a repris son bien. Comme cette affaire s'est produite sur un arrière-fond de crise pour l'activité bancaire, il y a quelques années de cela, peu s'en est fallu que *Quintard and Mimpriss* ne perdît jusqu'à sa solvabilité dans cette mésaventure.

Là non plus, il ne m'apprenait rien : j'avais entendu Vulliamy menacer Silas Clothier de tout révéler le soir où ce dernier avait perdu la vie.

– Vulliamy, reprit le sieur Barbellion, a ensuite exigé de votre oncle pour prix de son silence – chantage odieux, il va sans dire – une part de la succession ; mais il a pris peur lorsque un soir deux gredins ont tenté de l'assassiner.

J'aurais pu nommer au moins l'une de ces deux canailles, mais je continuai à écouter sans mot dire.

– Pour se garder de tout attentat contre sa personne, Vulliamy n'avait d'autre issue que de produire ses preuves devant le conseil de *Quintard and Mimpriss*. C'est à la suite de cette révélation que Daniel Porteous, pour se soustraire à des poursuites judiciaires, a dû s'enfuir à l'étranger avec sa famille. En sorte que l'intimidation de Vulliamy, qu'il n'est pas déraisonnable de lui imputer, loin de le mettre à l'abri, comme il le pensait, n'a fait que précipiter les choses.

À ce point de son discours, il me semblait en deviner la conclusion.

– Votre oncle s'étant exilé, et les assises l'ayant condamné par contumace, vous vous retrouvez donc seul et unique héritier des biens de votre grand-père. Vulliamy, bien conscient de ces données nouvelles, vous a envoyé Ashburner.

Pour un retournement de situation, c'était un retournement de situation ! Au lieu des biens Huffam, c'étaient les biens Clothier qui tombaient dans mon escarcelle, et à la seule condition de lever le petit doigt… Mais pouvait-on parler d'héritage, et pouvait-on surtout parler d'*héritier* ? Et en quoi cette fortune était-elle mienne? Ah! cette phrase: «Je n'arrivais pas à croire que le père de mon fils avait tué mon papa!»

Le sieur Barbellion n'avait cessé de me scruter.

– Autant que je sache, reprit-il, outre une importante somme d'argent en titres et bons du Trésor, la succession consiste principalement en multiples biens immeubles situés pour la plupart dans les cantons les plus défavorisés de la métropole… mais qui rapportent joliment, je crois. Il existe aussi, au passage, une hypothèque importante sur la sauvegarde de Hougham, prise par votre grand-père sous le couvert d'un prête-nom. Je ne vous apprends pas que, fils d'une fille Huffam, il voulait absolument que ses descendants fussent un jour propriétaires du manoir, volonté que je souhaite de tout cœur vous voir exécuter. Vulliamy est disposé, et même davantage, à continuer à servir: il administrerait le bien-fonds en plus du reste à gérer à Londres. Si vous acceptez la proposition que je viens de vous faire, vous serez riche et, toujours dans cette hypothèse, je pourrai agir en vue de faire rendre exécutoire le testament dérobé.

Ces propos m'avaient stupéfié. Devant cette cascade de révélations, je sentais mes oreilles bourdonner et chavirer mon cœur. Une seule idée se forma dans mon esprit: ne rien précipiter.

– Il faut que je réfléchisse à ce que vous venez de m'apprendre, dis-je.

Me demandant si mes jambes pourraient me porter, je me levai pour sortir de la salle. Errant au petit bonheur, je descendis par l'escalier de service et, cherchant la sortie, suivis de longs couloirs sombres sans rencontrer âme qui vive ni entendre le moindre bruit, me heurtant sans cesse à un mur aveugle, à une porte fermée ou à une volée de marches s'élevant vers l'étage supérieur. L'un de ces couloirs, plus large que les autres, et que de multiples chandeliers éclairaient, était une galerie de portraits, et, tandis que je le parcourais d'un bout à l'autre, je me demandai lequel de tous ces tableaux accrochés au mur et recouverts de mousseline jaune, comme endeuillés, représentait Jeoffrey Huffam. Quand je repassai quelques instants plus tard par cette même galerie, je compris que j'avais fait le tour du corps de logis principal, bâti en carré, et que je m'étais bel et bien perdu dans l'immense manoir. Immense, il n'y avait pas d'autre mot, même s'il n'avait pas été achevé conformément au plan original dont m'avait parlé jadis Mrs Belflower. Voilà donc, me dis-je, le fameux palais qui avait contraint Jeoffrey Huffam à s'endetter auprès de Nicholas Clothier et à lui accorder sa fille en mariage ! Le voilà donc, cet aiguillon par lequel il les avait instigués, lui et son fils, à se ronger d'envie pour un bien qui devait causer tant de malheurs à ses propres descendants.

Ma réflexion prit alors une autre pente : l'occasion m'était offerte de rétablir, à mon échelle, la justice. Ne pouvais-je pas faire valoir mes droits sur la succession Clothier – que je fusse ou non l'héritier légitime de Silas – et, passant outre à la répugnance que je ressentais à l'idée de m'approprier ses biens, user de cet héritage pour restaurer Hougham ? Mais quelle assurance aurais-je, si Vulliamy administrait mes biens et recouvrait les prêts, qu'il agirait conformément aux principes de l'équité et de la probité ?

Par un heureux hasard, mes pas me portèrent vers une porte de service qui me proposait une issue : je débouchai sur l'arrière, dans la cour des écuries. Soudain une voix me fit me retourner :

– Maître Johnnie !

Sukey se tenait devant moi, les épaules entourées d'un châle rouge, un panier au bras.

– Ah, ça ! s'exclama-t-elle. J'ai peine à en croire mes yeux !

Je la saluai, heureux de la revoir.

– C'est pour Miss Henny que vous voilà par icitte ? s'empressa-t-elle de me demander.

L'esprit encore tout plein de mes récentes informations, je hochai la tête, peu soucieux de m'enquérir de Henrietta auprès d'elle.

– Merci pour l'argent que vous avez envoyé au pasteur, fit-elle. C'était plus que je vous avais prêté.

– Sukey, dis-je, vous souvenez-vous du parchemin que votre frère Harry m'a fait signer le jour où je vous ai emprunté cet argent ?

– Oui, je m'en ressouviens.

J'esquissai un pas ; elle me suivit d'abord, mais je ne savais où aller, et c'est elle qui m'entraîna.

– Vous savez, lui dis-je, quand vous me l'avez apporté au Vieux Manoir, la dernière fois, l'écriture était si effacée qu'on ne pouvait censément plus la lire. Et puis, Harry m'avait à vrai dire extorqué ma signature. Le document n'aurait aucune valeur devant un tribunal.

Elle hocha la tête et me regarda bizarrement. Nous traversions le parc en direction du lac, par-delà lequel s'apercevait le Vieux Manoir.

– Quoi qu'il en soit, la propriété ne vaut rien, dis-je. Elle croule sous les dettes.

Elle me fixa d'un regard vide.

– Comprenez-vous ce que je vous dis ? Tout cela, repris-je en désignant du geste la grande maison, derrière nous, et le parc qui s'étendait vers le lac, tout cela ne vaut plus un penny.

– Ce n'est pas Harry qui vous cherchera noise, dit-elle.

– Ah bon ? De toutes façons, il ne pourrait pas grand-chose.

– Surtout que maintenant il est à Chatham, fit-elle d'un ton attristé.

– Emprisonné sur les pontons ?

Ce fut presque en un murmure qu'elle me répondit :

– Braconnage. On va le déporter, comme deux et deux font quatre.

– Je vous aiderai, Sukey, dis-je. Vous et vos frères et sœurs.

Elle me remercia, et nous continuâmes à marcher en silence. Nous gagnâmes les vieux chênes plantés en carré, au pied du coteau sur lequel se dressait le mausolée. Sukey s'arrêta pour observer les alentours. De mon côté, je me souvins de la description de Miss Lydia : cinq arbres, m'avait-elle dit qu'il y avait, alors que je n'en avais compté que quatre. Mais devant moi, au centre du carré conçu par Jeoffrey Huffam, j'en vis soudain un cinquième, dont il ne restait plus que le tronc pourrissant. Ainsi nous étions donc tous les deux dans le vrai.

Au même instant une silhouette se détacha de la masse du Vieux Manoir, sur notre droite, pour venir vers nous. Elle s'arrêta, mais la distance ne me permettait pas de la reconnaître.

– Devant vous, elle a honte, monsieur, chuchota Sukey.

Je la regardai, surpris.

– Vous ne le saviez pas ? reprit-elle. Moi qui croyais que vous veniez icitte pour la voir.

Je secouai la tête en signe de dénégation.

– Depuis ce qui lui est arrivé, elle vit dans le Vieux Manoir ; la dernière fois que je vous ai vu…

Elle me désigna son panier.

– Alors, on lui apporte sa provende, moi et des serviteurs de la grande maison, enfin, ce qu'il en reste jusqu'à tant qu'on la ferme et qu'on les renvoie. Mais on le fait dans le dos de l'intendante.

– Comment ! Elle a passé l'hiver dans cette ruine exposée à tous vents ?

– Impossible de la faire sortir de là.

Henrietta s'était-elle à ce point attachée à la mémoire de Bellringer que pour rien au monde elle ne se fût éloignée de l'endroit où il avait trouvé la mort ? Mais alors, de quel œil me regardait-elle ? Me reprochait-elle d'avoir été en partie responsable de son si prompt veuvage ?

La silhouette, à pas lents, s'approcha et vint s'immobiliser à une dizaine de pas de nous. Je voyais ses formes se découper : une surprise m'attendait, qui me coupa le souffle. Je me tournai vers Sukey, qui ne soutint pas longuement mon regard.

– Oh ! Seigneur ! murmurai-je.

– M'est avis qu'elle ne viendra pas plus près, monsieur, fit Sukey. Je vais y aller. Faut-il lui dire que vous voulez lui parler ?

– Elle ne peut pas rester ici toute seule ! protestai-je. Pas dans son état !

– Voulez-vous lui dire un mot ? me demanda de nouveau Sukey.

Incapable de répondre, j'acquiesçai d'un mouvement de tête, consterné.

Sukey s'avança vers Henrietta pour lui remettre le panier. Elles échangèrent quelques paroles et Sukey revint vers moi.

– Elle sait qui vous êtes. J'ai dans l'idée qu'elle vous parlera si vous le souhaitez, monsieur.

Je mis ma main à ma poche pour en retirer tout l'argent que je possédais. Je n'en gardai que les quelques shillings nécessaires à mon voyage de retour et donnai tout le reste, quelque trente shillings, à Sukey.

– Faites tout ce que vous pourrez pour elle, lui dis-je.

Puis je m'avançai lentement vers Henrietta. Comme j'avais déjà pu le voir de loin, ses cheveux défaits lui tombaient sur les épaules. Elle n'avait pas de bonnet et, sur sa robe, la même qu'elle portait la dernière fois, on s'était contenté, là où il avait fallu lui donner de l'ampleur, de plaquer des empiècements. Son visage était encore plus pâle, plus émacié que par le passé, et il me parut qu'elle ressemblait de nouveau – pour ce qui était du dessin de ses traits, à tout le moins – à la petite fille dont j'avais fait la connaissance, plus de dix années auparavant, à quelques centaines de pas de là.

Elle me regardait m'approcher, l'air grave. Je m'arrêtai devant elle, ne sachant que lui dire.

– Nous revoyons-nous sans rancune, Henrietta ? finis-je par lui demander.

– Vous n'avez rien à me reprocher, répliqua-t-elle d'un ton maussade.

J'étais au désespoir de constater qu'elle s'était méprise sur le sens de mon propos :

– Ce n'est pas ce que je voulais dire, protestai-je, avant d'ajouter d'une voix douce : Vous ne pouvez rester ici.

– Êtes-vous venu pour m'emmener ? demanda-t-elle calmement.

Où eussé-je bien pu l'emmener ? Elle dut lire dans mes yeux mon désarroi :

– Je crois qu'autrefois vous vouliez m'épouser.

– Allez vivre dans le nouveau manoir, dis-je. L'intendante écrira à votre tutrice et…

Je marquai une pause, puis :

– Je suis certain, déclarai-je à moitié convaincu, que Lady Mompesson vous prendra sous son toit.

Elle baissa les yeux.

Comment aurais-je pu songer à l'épouser alors que j'étais totalement démuni et que mon futur était si vacillant ? Et mes origines, donc ! Et les circonstances de la mort de ma mère ! Et ma filiation ! Car (pour dire les choses clairement et sans détour), si je n'étais pas le fils d'un homme qui avait commis un meurtre et connu ensuite l'enfer d'une semi-démence avant de périr d'une mort atroce dont j'étais en quelque sorte fautif, j'étais pour le moins le petit-fils d'un personnage du même acabit. De plus, ce que je ressentais, c'était de la pitié et non point de l'amour. Tant de difficultés m'attendaient que je ne pouvais envisager de prendre en charge celles des autres. Certes, je la secourrais avec le peu d'argent dont je disposais, mais avant tout je devais me soucier d'avancer dans le monde. Quant à me marier… Je me représentai que, toute autre considération mise à part, il m'était impossible de me représenter le domaine de Huffam, à supposer qu'il me fût restitué, entre les mains d'un héritier dans les veines duquel coulait du sang Mompesson.

– Il faut que je reste ici, dit-elle d'une voix impersonnelle. J'attends qu'il m'appelle. Un jour il viendra me chercher. C'est ici qu'il sait me trouver.

Ces mots me firent frissonner, car ils ne faisaient que confirmer ce que j'avais craint le jour où je l'avais connue. Six mois s'étaient écoulés depuis qu'elle s'était enfuie avec Henry, depuis qu'ensemble ils étaient partis pour le Nord, depuis la nuit qu'ils avaient passée à l'auberge du *Dragon Bleu*, depuis qu'il avait péri sous ses yeux. Attendait-elle depuis tout ce temps que son amour perdu vînt la retrouver ?

Et pourtant, alors que je la regardais, elle me semblait parfaitement sereine, saine d'esprit. Comme en un vertige, je compris qu'il y avait là quelque chose qui échappait à mon entendement. Et tout à coup je ressentis le besoin urgent de lui quitter la place.

– J'ai laissé pour vous un peu d'argent à Sukey, dis-je. J'essaierai de lui en envoyer encore. Je suis bien pauvre pour l'instant, mais peut-être serai-je riche un jour.

Elle me regarda, le visage fermé. Jugeant qu'il serait peu avisé de lui tendre la main, je me détournai d'elle et m'éloignai.

Quant à ce qu'elle est devenue… Peu après elle disparut, et, si vous vous référez à ce que j'ai rapporté du destin de Helen Quilliam et de sa compagne, il est inutile que j'insiste.

Arrivé en bordure de la futaie qui entoure la vaste demeure, je me retournai pour regarder derrière moi, une seule et unique fois, comme dans cet été-là où, enfants, nous avions un jour échangé, elle et moi, des gages d'affection. Et la dernière image que j'emportai, c'est elle, toujours immobile, mains croisées, debout entre les arbres en carré, près de la souche morte, à l'endroit même où le sabre de mon grand-père avait privé de vie l'amant de Miss Lydia.

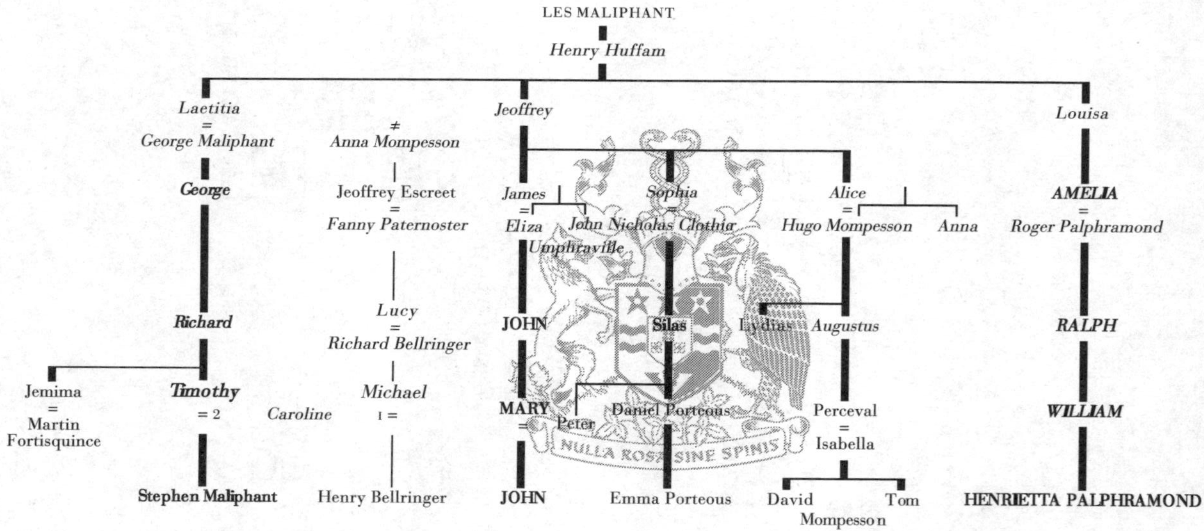

Les personnages n'apparaissant pas en personne dans le récit ont leur nom en italiques, et en gras, ceux qui pourraient entrer en possession du domaine si le codicille occulte de Jeoffrey Huffam était en vigueur. Ceux qui pourraient posséder le domaine si le testament volé était produit devant les tribunaux apparaissent en capitales grasses.

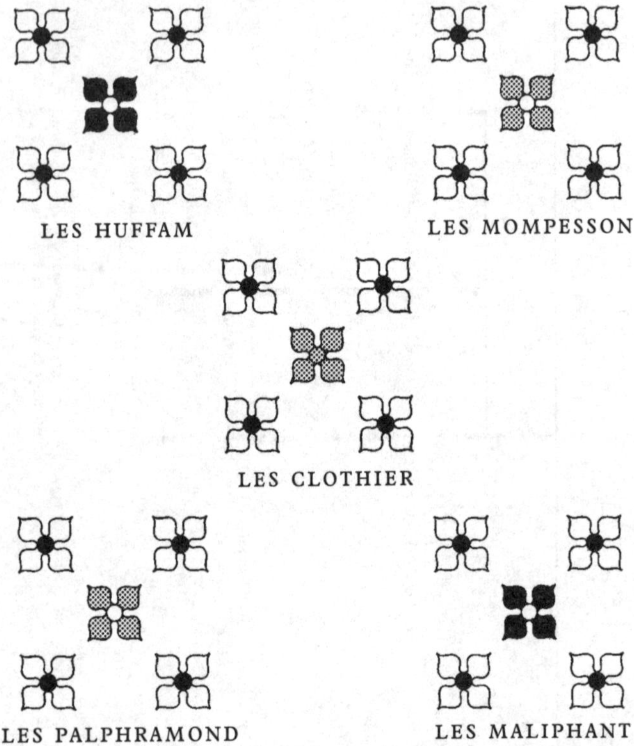
LES HUFFAM
LES MOMPESSON
LES CLOTHIER
LES PALPHRAMOND
LES MALIPHANT

POSTFACE DE L'AUTEUR

Le *Quinconce* publié, force m'a été de toucher à mon tour du doigt cette faille qui ne manque jamais de s'insinuer entre le projet caressé par l'auteur et celui que lui prêtent ses lecteurs. Ce qui m'a amené à me poser plusieurs questions : pourquoi et pour qui avais-je écrit, et qui, de mes lecteurs ou de moi, détenait la « véritable » interprétation de mon texte ?

Cette dernière question s'imposait d'autant mieux que mon roman recelait un « récit caché » dont la clé n'était pas évidente. Curieux de voir si le mystère avait été percé, j'interrogeai donc amis et collègues, tout en me gardant bien de vendre la mèche : je n'allais tout de même pas leur révéler moi-même ce que j'avais pris tant de peine et de temps à dissimuler ! J'avais néanmoins envie de savoir si l'on avait trouvé d'autres explications aux mystères que John avait résolus à sa façon, et quelles conclusions on avait pu tirer de la structure mathématique du livre. Surtout, dans quel sens avait-on résolu l'énigme que posait ce personnage central : le père de John ?

Ainsi ai-je pu observer, à fort peu près, trois types de réactions après la lecture du livre. D'aucuns, considérant ce roman comme s'il datait des années 1850, n'y avaient décelé aucune ambiguïté. D'autres avaient plus ou moins subodoré le dessous des cartes, repéré des indices qui ne cadraient guère avec les cent cinquante ans d'âge présumé que feignait d'afficher mon histoire. Beaucoup de lecteurs s'étaient, semble-t-il, posé de plus en plus de questions à mesure qu'ils avançaient dans le récit, l'un d'eux déclarant même – pour mon plus grand plaisir – que la dernière phrase du livre l'avait contraint à le reprendre depuis le début.

S'étant livré à une lecture approfondie du texte, un de mes collègues du département de littérature de l'université où j'enseignais à cette époque tira, quant à l'un des aspects du mystère, une hypothèse inattendue. Une hypothèse qui me troubla autant qu'elle m'intrigua. Je n'aurais pourtant pas dû m'en étonner, puisque c'était moi qui avais délibérément brisé le «contrat tacite» sur lequel repose le roman dans sa forme classique héritée du XIXᵉ siècle, ce pacte de confiance implicite entre l'écrivain et le lecteur, qu'on aurait pu s'attendre à voir respecter dans le *Quinconce*, ne serait-ce qu'en partie.

Le contrat en question suppose que l'auteur finira par révéler ses intentions sous-jacentes et les dessous de l'intrigue – un auteur en qui le lecteur peut avoir toute confiance, même s'il a été mené de surprise en surprise et constamment taquiné par les rebondissements de l'action. De nos jours, la fiction de qualité est beaucoup moins encline à expliciter ses mobiles, et même à avouer «ce qui se passe vraiment» dans le livre. Le caractère explicite du roman tel qu'on le concevait à l'époque victorienne se trouve compensé par l'extrême réserve dont il fait montre sur toute une série de sujets, dont, bien évidemment, le sexe, mais aussi sur d'autres questions jugées indignes de mettre le lecteur en appétit: la folie humaine, les lieux d'aisance, le quotidien des pauvres. On glissait là-dessus, histoire de conforter ce mythe commode: que de telles horreurs n'existaient tout simplement pas.

J'ai voulu bouleverser ces conventions dans le *Quinconce* en composant un livre qui puisse – à première vue – se lire comme un roman victorien, mais où les questions occultées par principe dans ce genre de récit seraient agitées en coulisse, menaçant à tout instant de faire irruption sur le devant de la scène, de déranger le noble tissu des apparences, dont l'idéologie victorienne, comme toute idéologie, se plaît à draper la réalité.

Persuadé qu'on peut s'instruire en faisant œuvre romanesque, j'espérais en apprendre plus long à la fois sur le roman classique et sur notre temps, lui aussi lourd de réticences et de tabous, même s'ils sont parfois moins faciles à identifier qu'auparavant. À notre époque d'effondrement des conventions et des préjugés, l'idéologie de la famille est demeurée presque inchangée. La preuve : l'abus sexuel perpétré par un parent sur son enfant reste un crime innommable, dont notre société commence à peine à oser parler.

J'ai surtout pris des libertés avec le modèle romanesque victorien en ce sens que j'ai laissé régner l'ambiguïté sur certains points relatifs à l'intrigue et à mes intentions. Une ambiguïté qui tient moins à l'insuffisance d'explications qu'à la redondance voulue de celles-ci : j'entends par là que le lecteur se voit offrir une explication parfaitement plausible au premier degré, mais qu'il en devine une autre en filigrane, qui n'est pas moins vraisemblable.

Au centre de tous les mystères : la nuit de noces de Mary et de Peter, qui est aussi la nuit de l'assassinat de John Huffam. C'est à propos de cette nuit que John est conduit à se poser toute une série de questions sur son père, sans pourtant les partager explicitement avec le lecteur. Et lorsque ce dernier s'avère être aussi alerte et soupçonneux que mon collègue universitaire, il en tire ses propres conclusions : une terrible hypothèse, en l'occurrence, impliquant la négation des valeurs familiales victoriennes et de nature à faire voler en éclats les conventions romanesques les mieux établies, bien au-delà de ce que j'avais moi-même imaginé ! Au terme d'une âpre discussion avec ce collègue, force me fut d'admettre qu'une telle interprétation se trouvait bel et bien inscrite dans la narration, quasi à mon insu. Cette révélation fut des plus stimulantes. Sans doute elle me flatta, mais surtout me laissa perplexe, moi qui m'attendais plutôt à ce qu'on lût dans mon texte moins de choses que je ce que j'avais bien voulu y mettre.

Quant à savoir si la lecture de mon collègue était moins «juste» que la mienne, je répondrai simplement ceci: que je conçois le roman – ou toute forme d'écrit destiné à la publication – comme un vecteur de significations possibles que le lecteur a le droit d'interpréter à sa guise. Il se peut donc que je n'aie pas plus percé le sens du livre qu'un autre lecteur. Il semble même que je n'ai pas mieux percé le sens de mon livre que n'a pu le faire le premier venu. Il semblerait enfin que j'en eusse moins bien saisi l'enjeu que n'ont fait mes éditeurs, lesquels ont apporté leur soutien à cette entreprise alors qu'elle se résumait à une jolie pile de feuillets dactylographiés (pas moins de 1 500 !). Car j'étais à cent lieues de m'attendre au succès qu'allaient recueillir ces 420 000 mots agencés de façon pseudo-victorienne, soumis au carcan d'une intrigue compliquée, et d'où les scènes de sexe étaient remarquablement absentes.

J'avais d'abord eu à cœur de construire un récit capable d'agripper l'attention du lecteur. J'ai toujours été fasciné par la mécanique de la narration, curieux du fonctionnement des rouages qui assurent le mouvement d'un récit, des techniques qui permettent de piquer et d'attiser l'impatience du sujet lisant. L'un des attraits du *Quinconce* tient peut-être, après tout, au fait que l'appât narratif qui se trouve glissé dans la trame du récit n'est pas des plus séduisants: un enfant entouré d'ennemis cachés, confronté à une série de mystères, et qui raconte sa propre histoire en évoquant le passé à partir d'un futur indéterminé. Bien que je ne m'en sois rendu compte qu'après la publication, la structure de ce roman rejoint un mythe simple mais fort: celui de l'expulsion de l'Éden, puis de l'expérience de l'enfer, avant le retour à un état qui évoque encore certains traits du paradis originel, mais où continuent de résonner tels échos de la fameuse « chute ».

En ce qui concerne le mécanisme de la narration, je crois avoir beaucoup appris sur la manière dont on peut faire naître l'intérêt du lecteur et le soutenir. Ainsi je me suis aperçu qu'il n'était pas sans fruit de distinguer entre *récit* et *intrigue*. Le récit n'est que la description d'une suite d'événements qui se déroulent dans le « présent » du roman. Si l'on a pris soin de mettre au bout de sa ligne un vigoureux appât narratif, on peut se permettre de prendre des risques : aborder, par exemple, des sujets supposés aller au rebours de l'intérêt du lecteur, voire contraindre ce dernier à résoudre une méchante énigme. Cela dit, les séductions du récit sont des friandises dont on se lasse – je parle ici pour moi. Tel est notamment le handicap de tant de romans d'aventures, qui n'ont d'autre fondement que le pur plaisir du récit.

La part respective du récit et de l'intrigue varie en effet selon les œuvres : aux romans exclusivement narratifs, où l'on n'a versé que quelques gouttes d'intrigue, répondent des cocktails exactement inverses. J'entends par « intrigue » le processus de développement narratif qui amène généralement les personnages à faire des découvertes, mais grâce auquel le lecteur aussi en apprend de plus en plus, à mesure que le récit progresse. L'intrigue est une interrogation permanente : elle renvoie le texte à lui-même en demandant au lecteur de se souvenir de ce qui s'est produit, et de spéculer sur le genre d'écrit qu'il a en main. En poursuivant sa lecture, on cherche moins à savoir ce qui va arriver qu'à comprendre ce qui s'est déjà passé, qu'à élucider le sens des pages déjà lues.

J'écris pour découvrir. Peut-être convient-il d'expliciter cette idée, qui nous écarte de l'image la plus volontiers reçue : celle de l'écrivain dont le premier désir est de livrer ce qu'il sait. Pour ce qui me concerne – et c'est aussi le cas de maints auteurs – j'envisage plutôt le roman comme un outil de découverte, et c'est surtout la curiosité qui me pousse à écrire.

M'excite, déjà, cette seule perspective : me plonger dans de longues recherches, me familiariser avec des sujets que je connais mal. (Je soupçonne même que l'écriture me sert d'alibi pour dévorer certains livres, voire pour rencontrer des gens que je rêvais d'aborder depuis longtemps, sans oser le faire.) Mais il y a plus : écrire me contraint à faire le tri parmi les connaissances que j'ai pu amasser. Je m'oblige ainsi à m'affronter à certaines questions au lieu de les contourner, à dépasser les faux-fuyants et les demi-vérités dont je pourrais me satisfaire, et que la fiction a pour première tâche de démasquer, non sans quelque cruauté.

C'est parce qu'elle est motivée par la curiosité que l'écriture est l'une des rares occupations où l'on n'ait pas à se répéter. Chaque œuvre est un nouveau défi, qui appelle des solutions neuves. Et puis, à la différence de ce qui se passe en tant d'autres domaines, il s'agit d'un défi qu'on se lance à soi-même. Joli paradoxe qui évoque à mes yeux l'image du fameux Houdini, cet illusionniste qui se faisait enchaîner, enfermé dans un cercueil que l'on jetait à l'eau, et qui trouvait le moyen d'en sortir vivant. L'écrivain, tel Houdini, est d'abord mobilisé par le goût du risque, par ce besoin de se créer des obstacles pour le seul plaisir de les surmonter.

On comprend qu'à ce compte-là on écrive d'abord pour soi, sans trop se soucier du regard d'autrui. Tout le temps que dura l'écriture du *Quinconce*, je ne me posai pas la moindre question sur ce qu'en pourraient penser les autres. J'étais bien trop occupé à l'alchimie de mon roman pour me voir dans la peau d'un romancier. Ce bienheureux état de détachement égocentrique dura jusqu'à l'heure de la publication. Mais le succès du livre, aussi inattendu que déconcertant, me confronta à un nouveau désir : je sentais à présent qu'on attendait quelque chose de moi, de mon prochain livre, et j'en venais de plus en plus à m'inquiéter de la réaction de mes futurs lecteurs. Quand sortit enfin des presses ce premier roman de ma main, j'avais déjà presque terminé la composition du suivant, *The Sensationist*. Je décidai de l'achever et de le publier sans attendre, en partie pour me prouver à moi-même aussi bien qu'aux autres que je n'entendais pas consacrer le reste de ma vie à brosser de grandes fresques historiques. Les deux livres me paraissaient différer en tout point. Le second comptait à peine 30 000 mots – moins que certains chapitres du premier ! Moderne par son contexte, il était écrit dans un style elliptique, métaphorique. Pourtant – et quelle ironie ! – par delà ces différences trop évidentes, il me fallut bien voir tout ce que ces deux enfants avaient en commun. Comment avais-je pu ne pas remarquer à quel point les deux conclusions se rejoignaient ? Je trouvais là confirmation de ce que j'avais toujours pressenti : l'écrivain a besoin de rester aveugle aux motivations souterraines des ses écrits.

Une des forces qui me poussent à écrire étant le désir de nouveauté, mon troisième livre sera entièrement différent des deux premiers. Il sera drôle – c'est du moins mon intention – et d'une structure que je ne puis comparer à rien d'autre, bien qu'elle n'ait pu manquer de subir à mon corps défendant l'influence de mes lectures. Le roman aura cette fois la forme d'une série de récits, reliés entre eux par un fil conducteur qui ne se révélera que peu à peu.

Le *Quinconce* achevé, je me croyais enfin libéré de cette fascination qu'ont toujours exercée sur moi l'histoire et ses fastes – et singulièrement l'histoire de cette période. Mais tout en relisant les épreuves, je me surprenais à griffonner des notes pour un futur projet – mon quatrième roman, peut-être –, qui de nouveau m'entraînait autour des années 1800, et me ramenait aux conventions du récit victorien, quoique de manière fort indirecte.

J'ai dit que le point de départ d'un roman était pour moi ce besoin d'explorer mes propres sentiments ; et pourtant mes intentions restent toujours à mes yeux un mystère – de même que les résultats auxquels elles donnent lieu. S'il faut les élucider, le mieux est peut-être d'expliquer ici pourquoi je me suis mis à écrire le *Quinconce* – sans déflorer pour cela l'indispensable secret de la création –, quel sentiment m'a guidé, comment il m'a fallu procéder, comment, enfin, il a été fait accueil à cette tentative.

On sait que les premiers romans portent en général la trace évidente de l'autobiographie. Ce n'est pas le cas du *Quinconce*, qui était en réalité mon second livre – le premier étant resté inachevé. Peut-être aussi en avais-je abordé la rédaction à un moment de ma vie où le matériau autobiographique ne m'encombrait pas trop, même si l'aventure du personnage principal m'excitait assez pour que je lui consacre un livre – d'où l'on peut déduire que sa figure n'est pas loin d'être la métaphore de la mienne.

Ce livre trahit bien sûr un amour de longue date pour la fiction victorienne, lieu géométrique d'une nostalgie passablement alambiquée, car elle prend sa source dans des lectures que j'ai faites à l'heure de l'enfance. J'aime ces romans où le récit n'a pas honte de tenir le haut du pavé, où l'auteur prend un malin plaisir à taquiner les nerfs du lecteur en distillant savamment le venin du mystère – Wilkie Collins étant ici, à mes yeux, la référence absolue. Et puis, il y a cet exotisme d'un passé qui intrigue et fascine : si proche de nous à bien des égards, et pourtant si radicalement différent. Il y a aussi le frisson, ce sentiment du danger couru par des compagnons imaginaires que l'auteur se plaît à soumettre aux pires épreuves, alors qu'on est soi-même retranché dans le délicieux confort que procure le recul du temps. Sensation moins innocente qu'il n'y paraît au demeurant, car l'inquiétude qui s'attache aux périls supposés d'autrui est des mieux contagieuses – ce dont se nourrit encore, obscurément, notre plaisir.

On l'aura compris, mon intention n'était pas d'imiter passivement le roman victorien, mais plutôt de le dévoyer, d'en modifier les perspectives – et, qui sait, d'en proposer une vision critique qui ne s'exprimerait pas, cette fois, sous la forme de l'essai. Je m'avise au reste que l'idée de ce livre a germé dans ma tête à une époque où je me surprenais à écumer les librairies en quête de vieilles éditions de Dickens, de Brontë, Hardy ou Collins.

La fiction victorienne formait alors la matière de mes cours et de mes écrits (j'enseignais la littérature anglaise). Oui, il est clair que ce qui m'a poussé, peut-être plus que tout, à écrire le *Quinconce*, c'est cet amour exclusif que j'avais voué, enfant, à Dickens – et le désir soudain de retrouver, en écrivant, l'intensité extrême qui s'attache aux lectures de l'enfance. J'avais dévoré tout Dickens entre dix et treize ans, et je n'ai cessé de le relire depuis. Étrange nostalgie assurément, puisque issue d'un monde où règnent la terreur, la folie, l'injustice, la cruauté ; un monde dont les héros sont presque toujours des réprouvés, à la fois attirés et repoussés par les chimères de la vie sociale, hantés au surplus par une peur d'autant plus angoissante qu'ils en portent en eux-mêmes la cause. Ainsi donc, et aussi bizarre que cela paraisse, Dickens et quelques autres décidaient pour moi de ce que j'allais écrire, mais surtout m'éclairaient sur les raisons qui me poussaient dans cette voie.

Je devais avoir onze ans quand mes parents louèrent la maison d'un dentiste à la retraite qui avait laissé sur les rayons de sa bibliothèque quelques livres dont je ne tardai pas à faire mon miel. Il y avait là les quatre volumes de *London Labour and the London Poor* de Henry Mayhew, et je fus aussitôt frappé, puis intrigué par la lumière singulière, si différente, qu'il jette sur le monde dépeint vers la même époque par Dickens – même s'il s'avère que le grand romancier l'a influencé dans sa manière de rédiger les témoignages qu'il collectait auprès du petit peuple de la rue. J'étais fasciné par la description qu'il donne de ces vies livrées à la brutalité, à la violence de l'époque, par ces voix qui se faisaient brièvement entendre, mais qui racontaient avec une crudité extraordinaire des histoires de souffrance et d'injustice, dans une langue directe, admirable parfois, et qui s'évanouissaient sans même laisser la trace d'un nom. Je voyais là autant de romans en puissance, un matériau en vrac où l'imagination n'avait qu'à puiser pour se livrer ensuite à son lent travail de modelage. Sans doute est-ce cette lecture parallèle de Dickens et de Mayhew qui me souffla l'idée de donner à mon tour la parole à ces témoins anonymes, si longtemps réduits au silence, de mettre au jour leurs confidences informulées, et de rendre à nos oreilles d'aujourd'hui le grain si particulier de leur parler.

Mis en appétit par ces témoignages oraux, je m'intéressai à la manière dont les familles racontent leur passé, dissimulant et embellissant leurs origines, comme le font les nations à l'heure d'écrire l'Histoire. On sait qu'il faut aux jeunes une fréquentation familière des mythes qui cimentent le corps social pour qu'ils se sentent eux-mêmes, à la suite de leurs aînés, partie prenante dans l'aventure collective. Car c'est bien de mythologie qu'il s'agit là, même si, de parents à enfants, l'histoire intime des familles est censée se fonder sur des relations de faits. L'aventure que supposent les liens du sang, tout comme celle qui unit les membres d'une même nation, a besoin du mensonge, de la dissimulation, et de ces lourds silences où s'enracine, plus profondément encore que dans les paroles, le secret de notre identité. Ces trop belles histoires servent à consoler, à guérir, à calmer remords et regrets. Cesse-t-on jamais de se raconter sa vie, comme fait ici John en écrivant ? Au moins peut-on espérer qu'à expliquer le monde aux enfants en les abreuvant de légendes, ils apprendront à trouver leur voie entre le vrai et le faux – et, par delà, à s'initier à l'art complexe de distinguer la vérité métaphorique de celle de l'expérience.

John évolue lui-même sur ce terrain instable, confronté à une réalité sur laquelle il n'aura pas de prise tant qu'il n'aura pas réussi à trouver son chemin dans la polyphonie des histoires contradictoires qu'on lui sert à tout bout de champ. Mieux, les versions qu'on lui offre de la légende familiale, dans la mesure où elles s'opposent entre elles, l'enferment dans un conflit d'allégeance qui est pour lui un perpétuel tourment : comptes rendus du passé de sa mère et de ses propres origines, récits divergents du combat que se livrent depuis la nuit des temps de puissantes familles pour posséder ce fameux domaine de Hougham, visions opposées du fonctionnement de la société et de la façon dont on pourrait l'amender. Tout au long du roman, c'est en confrontant ces différentes façons de voir et de dire le monde qu'il sera amené à définir sa propre liberté. Il est un peu le détective, ou le psychanalyste, de son destin, du passé de ses parents, et c'est aussi par bribes, à la faveur de rares indices – paroles surprises à la dérobée sur les lèvres de Mrs Belflower, de sa mère, de Helen Quilliam –, à travers la chicane des omissions, des incohérences, voire de réponses apportées à des questions informulées, qu'il façonne à son tour une légende : la sienne. Que le lecteur participe à son tour à cette quête n'est pas, on s'en doute, pour me déplaire, même s'il arrive à d'autres conclusions que celles du narrateur.

Il va sans dire qu'en dehors de ces mobiles majeurs d'autres raisons m'ont poussé à tisser, à la suite de John, cette toile où se mêlent les fils de la réalité et ceux de la fiction. Quelques années avant d'entreprendre la rédaction du *Quinconce*, j'avais eu l'attention attirée par deux notations de George Eliot à l'arrière-plan de ses romans. Ainsi l'on trouve dans

Middlemarch un bref passage sur les débuts dans la vie de Bulstrode, banquier bigot et hypocrite. Nous est alors livrée une information qui, lâchée dans le présent, menace de démasquer le personnage, puisqu'un des secrets inavouables de son passé se trouve tout soudain révélé : l'honorable personnage a donné la main en ses jeunes années à une entreprise de prêt sur gages qui servait de paravent à une louche affaire de recel. Tout cela ne l'a pas empêché, plus tard, de se forger une conscience benoîte, nourrie d'évangile, même s'il lui a fallu épouser au passage la fille de l'usurier indélicat – dont il finira par hériter. D'où m'est venue l'idée, piquée par ce vieux souvenir de lecture, de faire naître mon héros dans une famille qu'il a tout lieu de croire bourgeoise et honnête, lors même qu'il lui faudra se rendre compte, au fil de l'enquête, qu'elle n'est pas loin d'être un ramassis de criminels. Sa propre situation renvoie d'ailleurs à celle de Peter Clothier (son père ?), qui découvre que l'empire familial dont il héritera peut-être un jour repose sur l'extorsion, le recel, le chantage et autres aimables pratiques.

J'avais relevé une autre notation du même ordre dans *Felix Holt*, un livre dont l'intrigue joue sur une situation légale compliquée, due à l'existence d'un legs inaliénable ayant fait l'objet d'une « suspension » illicite. En sorte que le futur héritage du domaine concerné par le legs dépendra de la survivance d'un héritier qui n'a pas le droit de le posséder. Mais si le roman de George Eliot était à coup sûr captivant, je trouvais que l'auteur n'avait pas exploité tout le potentiel de la situation. C'est donc à une version plus élaborée de cet imbroglio successoral que j'eus recours pour bâtir l'intrigue juridique du *Quinconce*.

Aux premiers stades de l'écriture du livre, j'étais hanté par des images qui semblaient vouloir s'immiscer de force dans le récit. J'avais le sentiment qu'existait un rapport – qu'il me restait à découvrir – entre ces images et les personnages que j'étais en train d'inventer. L'une d'elles était un visage qui, contre toute vraisemblance, s'inscrivait soudain à une fenêtre haute – ainsi Barney pénétrant dans la chambre de John à l'aide de son échelle. Ce même visage réapparaît plusieurs fois dans le roman, inattendu et menaçant ; il incarne pour John une réalité fantastique, terrifiante, et qui malgré cela lui parle sur le mode de l'intimité. À l'opposé de ce personnage sombre s'imposait à moi – en songe peut-être – la silhouette d'une petite fille debout derrière d'énormes grilles en fer forgé, avec une grande demeure en arrière-plan. J'en fis plus tard Henrietta, marionnette entre les mains d'une famille riche, captive par le hasard d'une filiation qui fait d'elle une héritière en puissance. Une autre image – issue d'un cauchemar, celle-là – me poursuivait sans relâche : un visage grêlé, au regard fixe. Il apparaît dans la sculpture que John trouve au fond du jardin de sa mère, mais aussi sous les traits de « Justice », le mendiant aveugle, et chez les prostituées de Saint-James Park, que leurs traits ravagés par la syphilis condamnent à n'exercer leur négoce que sous le couvert de la nuit.

Mendiants et prostituées ne sont que deux exemples de cette population de l'ombre qui m'a toujours fasciné : tribu de pauvres hères vivant des restes des autres. Le roman grouille de ces parasites humains qui ne survivent que grâce à ce que d'autres ont perdu ou jeté, quand ils ne s'engraissent pas aux dépens des faibles, des crédules et même des morts. Au fil de mes recherches et de l'écriture, me frappait surtout la ressemblance que la Grande-Bretagne du siècle passé entretient avec certains aspects de notre monde d'aujourd'hui, la misère du tiers monde étant à l'évidence déjà en germe dans cette autre misère engendrée dès ses débuts par la société industrielle. Et comme malgré moi, tandis que j'explorais la matière fuyante des souvenirs, des impressions fugitives, des songes, c'est toute l'histoire sociale et intellectuelle d'un siècle mal oublié qui s'imposait à mes yeux à travers le prisme du regard ancien, avec ses préjugés, ses espérances et ses illusions, sa morale particulière; et cette histoire, bizarrement, ne cessait de me renvoyer au présent de mon temps – que je ne pouvais m'empêcher d'analyser à l'aide de cette grille empruntée à un passé soudain ressuscité.

J'avais beau déployer, à la reconstitution des pompes et des horreurs de jadis, un souci du détail digne d'un vieil antiquaire, toujours il me fallait revenir à la brutale clarté d'aujourd'hui. Mon but ne pouvait se confondre avec le pastiche d'un genre qui aurait fait ses preuves : si reconstruction il y avait, sous ma plume, du modèle victorien, elle ne pouvait être que distanciée et, pour tout dire, ironique.

Mais les règles de la « reconstruction », quelque champ qu'on daigne prendre par rapport à ses sources, sont parfaitement contraignantes. Elles impliquent, dans le cas du *Quinconce*, que les narrateurs ne peuvent se permettre des remarques que ferait un observateur moderne soulignant le caractère désuet, horrifiant ou curieux de tel ou tel détail. Cela signifie aussi que certains sujets se trouvent d'emblée exclus – par allusion directe, en tout cas –, en vertu des « règles » de convenance en vigueur à l'époque. Enfin, le point de vue du narrateur qui s'exprime à la première personne – John en l'occurrence – est forcément envisagé avec un certain recul, dans la mesure où le lecteur doit tenir compte des préjugés et des attentes du personnage.

Tel était justement pour moi l'un des attraits du projet : j'étais fasciné par la perspective de me couler dans la peau d'un romancier victorien, respectant en apparence toutes les conventions du genre, mais « rompant le contrat » à la moindre occasion et poussant les situations bien au-delà des limites que s'étaient fixées nos grands ancêtres.

Je voulais à la fois obéir aux conventions et les violer : ainsi dans le portrait que John fait des Digweed, où l'on retrouve toutes les formules de l'époque dès lors qu'il s'agit de peindre les personnages des classes laborieuses ou les malfrats, quand on ne les traitait pas dans une veine comique ou paternaliste ; et pourtant, je laissais John nouer avec ces gens – et en particulier avec Joey – des relations qui ne pouvaient manquer de faire éclater à terme les contraintes admises. J'allais plus loin encore avec la mère du héros, candide bourgeoise que je laissais sombrer dans la prostitution.

Outre qu'elle m'obligeait à orienter mon histoire et mes personnages de façon originale, cette démarche distanciée avait aussi des répercussions sur la forme, à la fois soumise aux lois du genre et dissimulant un certain nombre d'enjeux cachés – ce qui eût été impensable dans une œuvre romanesque du XIXe siècle. Pour reprendre le mot fameux de Henry James, les romans victoriens ne sont pas loin d'être des « monstres ventripotents et flasques », au lieu que la littérature moderne privilégie une structure formelle mûrement réfléchie – ainsi qu'il apparaît par excellence dans l'*Ulysse* de Joyce. Je voulais écrire un roman qui communique au lecteur cette impression de démesure « monstrueuse » propre à la nature du réel – débordant, brouillon, « gratuit » –, tout en lui révélant peu à peu les lignes d'un projet soigneusement dessiné et pensé, l'effet final visé pouvant prétendre à la noble dénomination de dialectique, par le jeu que j'introduisais entre les forces du hasard et celles de l'intention, entre accident et dessein, entre canevas anciens et modèles contemporains. Cette tension – à mes yeux rien de moins que l'axe central du roman – n'était-elle pas, au surplus, accordée à la grande interrogation qui était celle des contemporains du début de l'ère victorienne, lesquels voyaient l'idée d'un monde ordonné par la divinité (le Dieu des chrétiens ou quelque autre Grand Horloger) battue en brèche par l'effrayante notion darwinienne selon quoi l'existence de l'univers ne serait pas le fruit d'un dessein mais le produit d'une longue interaction de hasards et d'accidents ?

(C'est cette théorie, ici à l'état d'ébauche puisque Darwin ne l'a pas encore étayée par ses arguments, que j'esquisse à ma façon à la faveur des chamailleries qui opposent Pentecost et Silverlight.) Le monde ainsi défini n'a ni sens ni finalité autres que ceux que nous voulons bien lui trouver ou lui inventer. Dès lors la distinction entre «réalité» et «fiction» s'estompe, tandis que reviennent en force les vieux mythes réconfortants : fables chrétiennes, ou superstition du progrès.

Le héros du livre vit par l'expérience cette quête épistémologique. Il tente d'interpréter le monde dans lequel il se trouve et, ce faisant, il fabrique de toutes pièces une réalité signifiante, car l'alternative – absence de sens ou excès de sens – serait trop effrayante pour être seulement envisagée. Voilà pourquoi John s'inquiète tant de savoir si les apparentes coïncidences qu'il relève autour de lui sont réellement des accidents sans importance, ou si elles font partie de quelque occulte conspiration. À tout prendre, le sombre complot ourdi contre sa liberté, voire contre sa vie, lui paraît encore préférable au simple jeu d'un hasard aveugle.

Il s'avère en fait qu'aucun des grands événements qui le touchent n'est affaire de coïncidence, tous ces aimables «hasards» trouvant leur cause dans la trame plus ou moins oubliée du passé. Ainsi l'on découvre qu'il existait depuis longtemps – des dizaines d'années – des liens parfaitement nécessaires entre les vrais propriétaires du domaine de Hougham et les usurpateurs actuels et potentiels. Les Digweed eux-mêmes, ces pauvres parmi les pauvres qui avaient vécu sur ces terres depuis des générations, sont partie prenante de ce réseau qui semble ignorer le temps. On leur trouvera même une trouble parenté avec John, bien qu'il s'agisse là d'un des secrets que le héros ne partage pas avec le lecteur.

Ce dernier, pourvu qu'il ne dorme pas en chemin, n'aura pas manqué de remarquer que, plus on avance dans le récit, plus John néglige de commenter les preuves qu'il découvre

– quel que soit par ailleurs le caractère contestable de certaines de ses déductions. Ce changement noté, ledit lecteur est frappé par d'autres détails et commence à s'interroger : sur l'identité du narrateur des différentes parties du roman, sur la signification des motifs héraldiques à quatre et à cinq pétales qui lui sont proposés, sur le sens éventuel du découpage du roman en Livres, parties, et chapitres, tous constitués de cinq éléments.

Au fil des pages se révèle ainsi une histoire cachée que John ne reconstitue qu'en partie, et dont l'incomplétude est liée à la forme même du roman. La clé de cette histoire loge au centre exact du récit : dans ce chapitre où sont évoqués à la fois la nuit de noces de Peter et Mary – la seule qu'ils aient partagée en tant qu'époux – et le meurtre du grand-père de John. C'est la question de la « culpabilité » de Peter et de Mary que soulève John quand il tente d'apprendre ce qui s'est passé – ou ce qui ne s'est pas passé (peu importe) – au cours de ces quelques heures. Cette clé, nous le devinons, aurait pu nous être livrée grâce aux pages du journal de Mary – ce qu'elle appelle sa « confession ». Mais les pages en question recelaient peut-être trop d'inavouable pour ne pas finir en cendres à l'heure où Mary s'apprête à rendre l'âme ; et John ne pourra que constater plus tard, à la lecture du carnet aux pages incendiées, que le passage manquant occupait dans le récit de sa mère une place centrale, de même que le lecteur note, pour sa part, que l'aveu si longtemps attendu, gommé par les bons soins de l'auteur, s'inscrivait très exactement au centre du chapitre médian de l'ouvrage. Ainsi le pivot autour duquel tourne tout le roman se trouve être un vide, lieu vertigineux de cette absence sans fond que John craint à tout instant de voir s'ouvrir sous ses pas.

Certes, l'auteur a beau jeu de détailler ici les idées qui sous-tendent cette structure passablement retorse. Il avouera toutefois qu'elles ne lui sont pas venues d'un coup, tant s'en faut, mais au fil d'un long processus d'écriture ouvrant à chaque étape sur des possibilités toujours plus complexes, dont les perspectives ne s'éclairaient que peu à peu, sous l'effet de révélations loin d'être toujours attendues.

J'avais passé la seconde moitié des années 1970 à essayer d'écrire un long roman fort compliqué, qui mettait en scène un jeune homme fraîchement débarqué dans une université du Nord de l'Angleterre, où il devait enseigner la littérature anglaise – comme ç'avait été mon cas. Doté d'une intrigue aux circonvolutions labyrinthiques, le livre était à la fois le pastiche et la parodie de plusieurs formes romanesques. Vers 1978, épuisé et frustré par la progression de ce récit sans fin, je résolus de m'accorder une pause d'un an ou deux afin d'écrire quelque chose de plus bref, de plus simple. (Je ne devais jamais revenir à ce roman-fleuve abandonné, dont le titre était tout un programme : *Plots,* « Intrigues ».) Quant au texte simple et bref qui devait prendre la suite, ce fut le *Quinconce* !

Je m'étais borné cette fois à reprendre le fil d'une idée que j'avais notée en deux paragraphes quelques années auparavant, à titre d'exercice de narration. Le thème en était limpide : un jeune garçon et sa mère vivant à la campagne au début du siècle dernier goûtent un bonheur tranquille jusqu'à ce que les choses tournent mal, les obligeant à prendre le chemin de Londres où ils ne finissent par trouver que misère et périls. Je tombais de nouveau sur un vieux canevas de roman commencé quand j'avais dix-huit ans et qui évoquait l'horreur des rues de Londres au début du siècle dernier – projet inspiré, je suppose, par mes lectures de Dickens et de Mayhew.

Il ne me fallut pas plus de deux ans, en effet, pour venir à bout de ce qui allait devenir le premier des cinq livres du *Quinconce* (« Les Huffam »). Je dirai simplement qu'à l'heure d'expédier mes deux héros, la mère et son enfant, sur la route de Londres, je n'avais pas la moindre idée de la raison de leur départ forcé ni des dangers qui les menaçaient. Comprenant qu'il me fallait à présent organiser mon récit de telle sorte que les faits se révèlent à la fois au lecteur et à mes personnages dans le progrès d'une savante et logique gradation, j'entrepris de dessiner alors – mais alors seulement – les grandes lignes de mon intrigue. De fil en aiguille, je me retrouvai trois ans plus tard avec un synopsis de quelque trois cents pages, alors que mon récit restait à peu près en l'état où je l'avais laissé. J'avais pris soin d'établir, outre cela, une chronologie rigoureuse des événements, afin d'éviter les invraisemblances dans l'ordre des faits rapportés. J'avais tracé des arbres généalogiques. Je m'étais procuré un plan détaillé du vieux Londres, soucieux de respecter la topographie et la toponymie des lieux. J'avais même complété avec soin un petit lexique des noms de famille étranges que je collectionnais depuis des années.

Ayant repris l'écriture de mon roman, il ne me fallut pas beaucoup plus d'un an pour en achever la première mouture, à raison de mille mots par jour. Je rédigeais le premier jet à la main, avant de procéder (ou de faire procéder) à une dactylographie en bonne et due forme ; après quoi je corrigeais mes feuillets jusqu'à les rendre illisibles – une manie somme toute banale, mais qui m'amena à remanier à plusieurs reprises chacune des parties de mon bel édifice. Ce n'est que plus tard que je découvris les merveilles du traitement de texte, qui permet d'alléger de si miraculeuse façon la tâche de l'écrivain en peine de multiples réécritures. Composer un roman victorien sur un ordinateur ne manquait pas de sel, mais n'allait pas non plus sans risque : ce n'est que fort tard en effet que je constatai l'ampleur qu'avait, à ce jeu, pris mon livre.

Comme il est d'usage, mes savantes recherches ne contribuèrent pas peu, elles non plus, à ralentir mon travail. J'en étais à enquêter sur les voleurs de sépultures quand je tombai sur une réimpression des carnets intimes qu'avait laissés, vers l'an 1812, un personnage singulier, membre éminent d'un gang de « Resurrectionists ». Cette découverte allait me coûter six mois d'écriture, car les notes du bonhomme possédaient un tel pouvoir d'évocation que je ne pus résister à l'envie de m'en inspirer pour rédiger l'un des épisodes majeurs de mon roman. À l'inverse, je dus me résoudre à jeter à la corbeille bon nombre de pages : ainsi, j'avais eu pour première idée de recourir à des formes de narration à la troisième personne, dans ce style hautain et ce ton d'omniscience qu'on trouve parfois chez George Eliot et Dickens. Mais, à mesure que mon histoire s'allongeait, force m'était de constater que le procédé ralentissait considérablement le rythme du récit, et je décidai d'y renoncer.

J'en vins alors à me demander si le livre serait jamais publié, étant donné sa longueur prévisible et son sujet bien peu à la mode. Au cours de l'été 1983, je passai un ultime coup de chiffon sur la mouture définitive de la première partie (un cinquième du tout) et j'adressai l'enfant de mes veilles à huit éditeurs – sept d'entre eux ayant largement pignon sur rue à Londres. Le livre s'intitulait alors *John Huffam*, tout simplement. L'auteur, dans la lettre qui accompagnait son manuscrit, confessait la longueur probable du roman achevé et proposait d'envoyer à ses destinataires la partie de l'œuvre qu'il estimait terminée ainsi que le synopsis détaillé. Trois des éditeurs londoniens acceptèrent d'examiner ce monstre, mais le trouvèrent trop long pour être publié en l'état. L'un d'eux voulut bien se montrer encourageant, se bornant toutefois à m'inviter à reprendre contact avec lui quand je serais au bout de mes peines.

Le huitième éditeur, Canongate, était installé dans la bonne ville d'Édimbourg ; il s'agissait d'une petite maison indépendante qui s'enorgueillissait d'un assez joli catalogue d'auteurs. Y figurait déjà un long roman d'Alasdair Gray,

Lanark (1981), dont l'originalité m'avait frappé. L'admiration que je portais à ce texte, et à Canongate qui avait eu le courage d'en faire un superbe livre, m'avait poussé à frapper à cette porte. Le 12 décembre, on me téléphonait, à ma grande surprise. Mes interlocuteurs cette fois se montraient mieux qu'encourageants, et j'allai les voir. Ils m'assurèrent qu'ils étaient prêts à publier cet ouvrage pourvu que je fusse en mesure de leur en livrer le texte complet, afin de leur permettre de s'engager formellement. Je leur fis savoir que je ne comptais pas avoir terminé ma besogne avant septembre 1986.

Fort de ces stimulations, je redoublai d'ardeur au travail. Dès avant Noël, j'avais repris le taureau par les cornes. C'était surtout un travail d'élagage qui s'imposait à présent, le récit ayant proliféré au-delà du raisonnable. Faute de rênes pour la tenir en main, mon histoire risquait de galoper à l'infini... Plus sérieusement, je voulais souffler à mon lecteur l'idée que mon projet obéissait en secret à un dessein précis, que je me chargerais de faire émerger peu à peu d'une suite d'événements en apparence aléatoires, à mesure que se préciserait la nature de la conspiration ourdie contre John. Après mûre réflexion, il me sembla qu'une structure mathématique me serait ici du meilleur secours, schéma à la fois fixe et arbitraire, susceptible d'imposer sa grille à tous les niveaux. Enflammé par cette idée, je passai une semaine ou deux à mettre en place un dispositif fondé sur l'emploi de certains nombres. J'essayai le trois, le quatre et le six, en vain : tel que je l'avais écrit et conçu, mon roman n'était pas aisément divisible par des multiples de ces chiffres. Enfin, à l'issue de tout un processus d'élimination, j'en vins à m'arrêter au chiffre cinq. Alors seulement resurgit du fond de ma mémoire ce terme mystérieux de « quinconce », associé en moi à une image mentale pleine de relief. Le mot, à ce que je crus me souvenir, me venait des allusions de Pope aux jardins géométriques de son

Epistle to Burlington; j'avais vu d'autre part la représentation d'un quinconce dans une édition des œuvres de Sir Thomas Browne, collectionneur et mystique du début du XVIIe siècle, que fascinait cette figure. Je tenais enfin non seulement la solution au problème de la structure du livre, mais encore un titre parfait!

D'assez mystérieuse façon, mon travail antérieur cadrait exactement avec le choix que je venais de faire : les cinq familles qui se disputaient le domaine de Hougham me fournissaient les cinq divisions du livre. Constatant en outre que le premier Livre, déjà écrit, pouvait aisément se répartir en vingt-cinq chapitres, j'en vins à introduire dans mon plan une hiérarchie intermédiaire : chaque Livre se composerait de cinq parties de cinq chapitres chacune. À mon grand soulagement, le synopsis autorisait fort bien ce découpage, chacun des cinq Livres devant s'achever sur un crescendo dramatique, venant conclure l'histoire d'une des cinq familles mises en cause. Le schéma quintuple était donc d'ores et déjà inscrit dans ce que j'avais imaginé! Là-dessus se greffa l'idée d'orner ce bel ensemble d'un motif visuel. Aux trois couleurs du blason de mon entreprise – un quinconce de quinconces jouant sur le blanc, le rouge et le noir – correspondraient les trois régimes de narration que j'avais élus : le discours de John, le discours à la troisième personne, et celui que tenaient ici et là les différents personnages du roman. Tout cela se révéla assez difficile à mettre en œuvre. Il faut croire au reste que je besognai, ce faisant, en pure perte de mon temps, puisque ces belles arguties passèrent inaperçues aux yeux des lecteurs comme à ceux des critiques, bien qu'elles commandassent la scène décisive où John se trouve lui-même confronté à ce genre de schéma (sans pouvoir disposer pour sa part des couleurs qui en donnent la « clé »). John devra faire appel à tout ce qu'il a appris au cours de ses aventures afin de déchiffrer l'« énigme ».

Cinq étant un nombre impair, je disposais d'une structure symétrique. Il ne fallut pas longtemps pour que germât en moi l'idée de ménager au centre exact de ce dispositif une chambre vide, où je pourrais loger ma fausse clé : cette partie centrale du journal de Mary dont les pages avaient disparu.

Bien que l'intrigue fût alors presque entièrement montée et qu'une bonne partie du texte fût déjà rédigée, j'avais délibérément omis de résoudre certaines questions cruciales afin de rester moi-même, jusqu'au bout, curieux du dénouement ; soucieux aussi de laisser la conclusion s'imposer par la seule force de sa logique émotionnelle et morale, sans contrainte abusive de ma part. C'est donc fort tard qu'il me fallut décider si John allait oui ou non rentrer en possession du domaine et épouser Henrietta. Bien qu'ayant d'abord prévu de le voir parvenir à ces deux fins, je m'aperçus que le ton du roman avait tellement évolué au cours des années qu'un simple « happy end » paraissait désormais relever de l'inacceptable. Après d'angoissantes interrogations, je finis par opter pour une version sardonique de la fin optimiste des *Grandes Espérances*, que Dickens s'était vu contraint de substituer à sa conclusion initiale, beaucoup plus sombre.

Ce n'est qu'au début de 1986 que je pus prendre avec un peu de précision la mesure de mon entreprise. Ce fut un choc : si j'allais jusqu'au bout de ce que prévoyait mon synopsis, le résultat final tournerait autour de 750 000 mots (soit presque le double de l'ouvrage qui devait être finalement publié !). Je passai donc de longs mois à émonder mon bel arbre, dont les ramifications atteignaient désormais une complexité redoutable. Ensuite de quoi je me décidai à déposer mon manuscrit chez Canongate (juillet 1987). J'attendis anxieusement le verdict de l'éditeur. Conscient de ce que risquait de coûter la publication d'un pareil monument, je prévoyais un rejet. En ce cas, je savais qu'il me serait fort difficile, presque impossible, de me faire éditer. Mais j'avais pris tant de plaisir à façonner, au fil des ans, cette énorme stèle que l'éventualité d'un échec ne me troublait pas plus que cela. Elle pesait d'un poids bien léger au regard des douze années d'enthousiasme créateur que j'avais consacrées à cette œuvre : douze années que je n'avais pas le sentiment d'avoir perdues, quoi qu'il pût arriver.

L'attente fut longue et pénible. Ce n'est qu'en février 1988 que Canongate s'engagea – courageusement – à publier le livre, et à me consentir une avance de cinq cents livres sterling.

Je passai les six mois suivants à vérifier les noms, leur orthographe, les dates et autres références, pour assurer la cohérence interne de tous les détails. Il fallut également consulter les plans de Londres et mettre la dernière main aux arbres généalogiques. Pour réaliser les blasons des cinq familles qui devaient servir de frontispice à chaque livre, Canongate se chargea de trouver un artiste qui les dessinerait selon mes indications. Et quel artiste, puisque le travail fut confié au graphiste officiel des Armoiries écossaises (Scottish Herald), le Lord Lyon King of Arms !

J'éprouvai quelque alarme quand mon éditeur décida qu'il fallait supprimer une centaine de pages et changer le titre, qu'il trouvait trop difficile à retenir et à prononcer. Mais je réussis heureusement à l'en dissuader. Si j'ose cet « heureusement », c'est qu'il apparut assez vite que le livre était parti pour devenir une sorte de best-seller : Ballantine avait acquis les droits pour l'Amérique dès le mois de mars, et quelques mois plus tard Penguin achetait les droits de publication en édition de poche pour le Royaume-Uni. Mais la véritable surprise vint à l'automne, quand la Literary Guild, l'un des deux plus gros clubs du livre américains, se porta acquéreur des droits au terme d'une enchère très disputée avec son principal rival.

Quand j'appris que le livre allait être traduit en d'autres

langues, ce qui semblait une gageure eu égard aux difficultés de vocabulaire, je me hâtai de composer un commentaire destiné aux traducteurs, pour m'assurer qu'ils sauraient conserver à leur version toute l'ambiguïté voulue – notamment celle de certains mots et de maints passages cruciaux. Le document, qui comportait un glossaire des mots difficiles, faisait ses cent cinquante pages. (Mon traducteur suédois me téléphona pour m'en remercier et me faire part de sa plus grosse difficulté : la langue suédoise utilise deux mots différents pour « grand-père », selon qu'il s'agit d'un aïeul maternel ou paternel !)

Publié en septembre 1989, le *Quinconce* fut remarquablement bien reçu par la critique. Mais la vanité d'un auteur n'étant jamais satisfaite, je fus un peu déçu de constater que même les plus enthousiastes ne voyaient dans le livre qu'un pastiche du roman victorien. Tous notaient que j'avais repris à mon compte les conventions victoriennes, et nombreux furent ceux qui se firent un plaisir d'expliquer d'où venait le nom du héros, « John Huffam [1] », et la signification de sa date de naissance. Mais rares furent ceux qui mentionnèrent les points sur lesquels le roman enfreignait les « règles » du roman victorien. Plus décevant encore, beaucoup firent allusion aux « coïncidences » qui émaillent l'intrigue, trahissant par là qu'ils m'avaient lu un peu trop vite – ce qui peut se comprendre, vu la longueur du livre et la brièveté des délais impartis aux critiques –, trop vite en tout cas pour remarquer que le hasard et l'accident n'y jouent en réalité qu'un rôle minime.

Un certain nombre de chroniqueurs et de journalistes accordèrent une importance considérable au fait que les douze années que j'avais passées sur le livre coïncidaient

1. Charles Dickens, dans l'entier de son nom, s'appelait Charles John Huffam Dickens, et les esprits observateurs pourront faire le calcul : John est né le même jour que le grand romancier anglais.

avec la période de gouvernement de Margaret Thatcher (en réalité, je m'étais mis à l'ouvrage plusieurs années avant son accession au pouvoir). À leurs yeux, le livre, particulièrement dans les passages où figurent Pentecost et Silverlight, soulevait une série de questions morales et politiques redevenues d'une actualité brûlante en cette fin des années 1980, alors qu'était remis en question le rôle de l'État-providence, chargé de venir en aide aux membres les plus défavorisés de la société. On peut effectivement trouver des parallèles entre la montée du malthusianisme et celle du « thatchérisme », et une ressemblance entre les débats que ces deux doctrines qui eurent leur heure de gloire ont suscités à propos du rapport entre économie et morale. Le malthusianisme se faisait l'avocat d'un laisser-faire intégral : un système de concurrence agressive subordonnant tout aux aberrations du marché, de l'offre de biens et services jusqu'à la survie des plus faibles. C'est à l'époque du triomphe – temporaire – de cette philosophie que fut votée la nouvelle Loi des pauvres (*New Poor Law*) de 1834, qui cherchait à décourager les indigents de s'en remettre à la charité publique en les soumettant à des formalités cruelles et humiliantes. J'ai appris que plusieurs membres du cabinet Thatcher avaient lu mon livre et l'avaient aimé, et je serais curieux de savoir comment ils l'ont compris...

C'est cet aspect du livre qui lui a, semble-t-il, conféré un degré d'actualité que je n'attendais pas. Je suppose que ce roman reflète les préoccupations de son temps, plus que je ne l'ai imaginé en l'écrivant et sans doute plus que je ne peux m'en rendre compte aujourd'hui. Il est fort possible que, dans vingt ans, il paraisse plus proche des années 1980 que des années 1850 – à la manière de ces églises victoriennes qu'on arrive toujours à dater assez précisément malgré les airs de médiéval authentique qu'elles s'ingénient à se donner.

Quant à moi, je continue à découvrir mon roman à la faveur

des explications qu'on veut bien me réclamer ici et là, par écrit ou oralement, et je tire les leçons les plus surprenantes des rencontres que l'on me ménage avec mes lecteurs. J'ai ainsi goûté l'étrange plaisir de me retrouver assis dans une librairie où je n'avais jamais mis les pieds (c'était dans une ville du Nord de l'Angleterre), en train de discuter de l'intrigue avec deux inconnus passionnés qui connaissaient bien mieux que moi les arguments pour ou contre telle ou telle interprétation de mon œuvre. Et qui se lancèrent dans une farouche discussion sur le sens du dénouement : outre qu'ils s'opposaient dans leur analyse de la situation et des véritables motivations de Henrietta, ils faisaient chacun une lecture diamétralement opposée de la dernière phrase, celle-là même qui avait contraint l'un de mes amis à reprendre le livre à la première page. Celle-là même qui a dû donner tant de fil à retordre au pauvre traducteur suédois...

CHARLES PALLISER
7 août 1992

INDEX
DES LIEUX ET DES PERSONNAGES

Advowson : *Pasteur de Melthorpe.*
Alabaster : *Médecin de l'asile d'aliénés.*
Ashburner : *Collecteur des loyers de Mrs Sackbutt.*
Assinder : *Régisseur des Mompesson.*
Barbellion : *Avocat-conseil des Mompesson.*
Barnards-Inn : *Immeuble où habite Henry Bellringer.*
Barney Digweed : *L'homme que John rencontre dans les maisons en construction de Pimlico.*
Belflower, Mrs : *Cuisinière de Melthorpe.*
Bellringer, Henry : *Le demi-frère de Stephen Maliphant.*
Bissett : *Nourrice de John.*
Blackfriars : *Adresse de la maison de commerce de Silas Clothier, sur le quai Eddington.*
Blueskin : *Membre de la bande d'Isbister (Peg).*
Bob : *voir Edward.*
Bob : *Membre de la bande de Barney.*
Brook Street : *Hôtel particulier des Mompesson (au n° 48).*
Clothier, Abraham : *Père de Silas Clothier.*
Clothier, Mary : *Mère de John.*
Clothier, Nicholas : *Père de Silas.*
Clothier, Peter : *Mari de Mary.*
Clothier, Silas : *Père de Daniel et Peter.*
Consolidated Metropolitan Building C° (ou Union Foncière

du Bâtiment) : *Une des compagnies immobilières se livrant à la spéculation sur les terrains.*

Delamater, Sir Thomas : *Ami de David Mompesson.*

Delamater, Sir William : *Protecteur du père de Miss Quilliam, oncle de Sir Thomas.*

Digweed, George : *Mari de Mrs Digweed, père de Joey.*

Digweed, Joey : *Fils de George Digweed.*

Digweed, Maggie (Mrs) : *Femme qui passe à Melthorpe avec son fils Joey.*

Digweed, Sally : *Sœur aînée de Joey.*

Dragon Bleu (Le) : *Auberge de Hertford.*

Edward : *Valet de pied des Mompesson (Bob).*

Emeris : *Bailli de Melthorpe.*

Escreet, Jeoffrey : *Vieux serviteur de la famille Huffam, qui habite à Londres la maison d'enfance de Mary.*

Espenshade : *L'homme que John voit parler à Bissett à Melthorpe.*

Fortisquince, Elizabeth : *Mère de Martin Fortisquince.*

Fortisquince, Jemima : *Cousine de Mary, après son mariage avec l'« oncle Martin ».*

Fortisquince, Martin : *Le vieil ami du père de Mary, fils du régisseur du domaine de Huffam sous Jeoffrey.*

Frank : *Domestique chez les Porteous.*

Golden Square : *Adresse de Jemima Fortisquince (n° 27).*

Gough Square : *Adresse de Mrs Purviance (n° 5).*

Greenslade, Job : *voir Job Greenslade.*

Gildersleeve : *Le médecin qui examine John chez les Porteous.*

Halfmoon : *Pseudonyme que prend Mary quand elle met en gage son médaillon.*

Harry : *Le jeune homme qui accompagne Miss Quilliam à la soirée. Voir aussi sous Bellringer, Henry.*

Harry Podger : *Frère de Sukey.*

Henny, Miss : *Diminutif de Miss Henrietta.*

Henrietta Palphramond : *La fillette que rencontre John à Hougham.*

Hinxman : *L'homme, très grand de taille, commis aux basses œuvres du Dr Alabaster.*

Huffam, Eliza, née Umphraville : *Femme de James Huffam.*

Huffam, James : *Père de John Huffam.*

Huffam, Jeoffrey : *Père de James.*

Huffam, John : *Père de Mary.*

Isbister, Jerry : *Ancien associé de Barney, que John et sa mère rencontrent à Bethnal Green*

Jack : *Membre de la bande de Barney ; fiancé à Sally Digweed.*

Jakeman : *Veilleur de nuit chez les Mompesson.*

Jem : *Membre de la bande d'Isbister.*

Job Greenslade : *Jeune prétendant de Sukey.*

Joseph : *voir Ned.*

Liddy, Miss : *voir Lydia Mompesson.*

Lillystone, Mrs : *Ensevelisseuse de paroisse, à Londres.*

Limpenny, Mr : *Homme d'Église.*

Lizzie : *Vieille femme qui se lie d'amitié avec John et Mary dans le dortoir de Mitre Court.*

Luke : *Jeune garçon que John rencontre à Covent Garden Market.*

Malatratt, Mrs : *Ancienne logeuse de Miss Quilliam.*

Maliphant, Stephen : *Jeune garçon que John rencontre à l'école de Quigg.*

Marchand de mou : *voir Daniel Pulvertaft.*

Marrables, Mrs : *Première logeuse de John et de Mary.*

Meg : *Jeune femme de la bande de Barney.*

Mellamphy : *Pseudonyme que se donne la mère de John à Melthorpe.*

Melthorpe : *Le village où John a passé son enfance.*

Mint Street : *Lieu où vit Pulvertaft, dans le canton de Southwark.*

Mitre Court : *Dortoir où se font héberger John et Mary.*

Mompesson, Anna : *Sœur de Hugo Mompesson, tante de Lydia.*

Mompesson, David : *Fils aîné de Sir Perceval et Lady Isabella.*

Mompesson, Lady Isabella : *Épouse de Sir Perceval.*

Mompesson, Lydia : *« Tante Liddy », fille de Sir Hugo.*

Mompesson, Sir Augustus : *Père de Sir Perceval.*
Mompesson, Sir Hugo : *Père de Lydia et Sir Augustus.*
Mompesson, Sir Perceval : *Fils de Sir Augustus.*
Mompesson, Tom : *Fils cadet de Sir Perceval et Lady Isabella.*
Nan : *Jeune femme de la bande de Barney.*
Neat Houses : *Lotissement que jouxte la « carcasse » de Barney.*
Ned : *Membre de la bande d'Isbister.*
Ned : *Chef de la bande des jeunes « élèves » en pension chez Quigg.*
Ned : *Valet de pied des Mompesson (Joseph).*
Nellie : *La fille de buanderie chez les Mompesson.*
Nolloth, Mr : *Vieux pensionnaire de l'asile du Dr Alabaster.*
Offland : *Pseudonyme que se donne la mère de John dans son voyage pour Londres.*
Old Hall (Vieux Manoir) : *Propriété des Huffam passée aux Mompesson.*
Orchard Street, Westminster : *Adresse de Miss Quilliam (n° 47).*
Pamplin Charles : *L'ecclésiastique ami de Henry Bellringer.*
Parminter, Mr : *L'homme qui aide John et sa mère à se diriger dans Londres.*
Paternoster : *L'homme de loi qui conseille Jeoffrey Huffam.*
Peachment : *Les voisins de Miss Quilliam, à Orchard Street.*
Peg : *voir Blueskin.*
Pentecost : *L'un des deux montreurs de marionnettes que John rencontre quand il habite chez Miss Quilliam.*
Peppercorn, Mrs : *L'intendante des Mompesson.*
Philliber, Mrs : *La deuxième logeuse de John et Mary.*
Phumphred : *Le cocher des Mompesson.*
Pickavance, Miss : *Femme de chambre de Lady Mompesson.*
Pimlico and Westminster Land C° : *Une des compagnies immobilières se livrant à la spéculation sur les terrains.*
Pimlott, Mr : *Le vieux jardinier de Melthorpe, aide-bedeau à l'occasion.*
Porteous, Daniel : *Frère aîné de Peter Clothier.*
Porteous, Emma : *Fille de Daniel Clothier (Porteous).*

Porteous Nicholas : *Fils de Daniel.*

Pulvertaft, Daniel : *Ancien associé de Barney et Isbister, appelé aussi le « Marchand de mou ».*

Purviance, Mrs : *Femme citée dans le récit de Miss Quilliam et qui propose à Mary de l'aider.*

Quaintance, Mrs : *Logeuse de John dans l'appartement que Joey lui a trouvé.*

Quigg : *Le patron du « pensionnat » où l'on envoie John.*

Quilliam, Miss (Helen) : *La gouvernante de Henrietta, que John rencontre ensuite à Londres.*

Quintard and Mimpriss : *Maison de banque compromise dans la spéculation immobilière, où travaille Daniel Porteous.*

Richard : *Un des camarades de pension de John chez Quigg.*

Roger : *voir Will.*

Rookyard : *Le porte-clefs de l'asile du Dr Alabaster.*

Sackbutt, Mrs : *L'aimable dame qui habite à l'ancienne adresse des Digweed.*

Sam : *Membre de la bande de Barney.*

Sam'el : *Le vieillard de Cox's Square qui envoie John chez Isbister.*

Sancious : *L'avocat que Mary consulte de Melthorpe.*

Silverlight : *L'un des deux montreurs de marionnettes que John rencontre quand il habite chez Miss Quilliam.*

Steplight : *L'homme qui vient trouver John et Mary au nom de Sir Perceval, quand ils sont avec Mrs Fortisquince.*

Sugarman, Miss : *L'héritière que David Mompesson souhaite épouser.*

Sukey Podger : *La servante de Mary à Melthorpe.*

Thackaberry : *Le majordome des Mompesson.*

Twelvetrees, Mrs : *Tante de Sukey.*

Umphraville, Eliza : *voir Huffam, Eliza.*

Umphraville, John : *Frère d'Eliza.*

Vamplew : *Précepteur de Tom Mompesson.*

Vieux Manoir : *voir Old Hall.*

Vulliamy : *Le clerc principal de Silas Clothier.*
West London Building C° : *Une des compagnies immobilières se livrant à la spéculation sur les terrains.*
Will : *Membre de la bande de Barney.*
Will : *Valet de pied des Mompesson (Roger).*
Yallop : *Le veilleur de nuit de l'asile du Dr Alabaster.*

TABLE

DU MÊME AUTEUR

Aux Éditions Phébus

En littérature étrangère

Les Morts reviennent toujours, 1999.
Trahisons, 1996.

En Libretto

Le Quinconce :
Tome I : *L'Héritage de John Huffam*, n° 132, 2003.
Tome II : *Les Faubourgs de l'enfer*, n° 133, 2003.
Tome III : *Le Destin de Mary*, n° 138, 2003.
Tome IV : *La Clé introuvable*, n° 141, 2003.
Tome V : *Le Secret des Cinq Roses*, n° 144, 2010.

Cet ouvrage
a été reproduit et achevé d'imprimer
en janvier 2015
dans les ateliers de Normandie Roto Impression s.a.s.
61250 Lonrai
N° d'imprimeur : 1405063

Imprimé en France

Dépôt légal : février 2015